藏书万卷

候君一人

东海一族

/ 著 /

南方出版传媒

花城出版社

中国·广州

图书在版编目（ＣＩＰ）数据

藏书万卷，候君一人 / 东海一族著. -- 广州：花城出版社，2018.12
ISBN 978-7-5360-8776-7

Ⅰ.①藏… Ⅱ.①东… Ⅲ.①长篇小说－中国－当代 Ⅳ.①I247.5

中国版本图书馆CIP数据核字(2018)第238679号

出 版 人：詹秀敏
责任编辑：欧阳蘅　李珊珊
技术编辑：凌春梅
封面设计：

书　　名　藏书万卷　候君一人
　　　　　CANGSHU WANJUAN　HOUJUN YIREN
出版发行　花城出版社
　　　　　(广州市环市东路水荫路11号)
经　　销　全国新华书店
印　　刷　广东新华印刷有限公司
　　　　　（广东省佛山市南海区盐步河东中心路23号）
开　　本　880毫米×1230毫米　32开
印　　张　10.375　1插页
字　　数　192,000字
版　　次　2018年12月第1版　2018年12月第1次印刷
定　　价　30.00元

如发现印装质量问题，请直接与印刷厂联系调换。
购书热线：020-37604658　37602954
花城出版社网站：http://www.fcph.com.cn

两百杯咖啡和一部小说（自序）

　　我的第一部小说花了八年时间，而第二部小说只用了大半年，这里面有生活阅历不断丰富和写作技巧趋于成熟的因素，当然更主要的原因在于，写第一部时因为生活中的变故而被迫中断了很长一段时间，而写本书时则排除了外界的一切干扰，就像一头"无需扬鞭自奋蹄"的老黄牛一样，每天朝着一个既定的目标埋头奋进，这种完全沉浸其中潜心创作的状态，也让我真正体验到写作的快感。从某种意义上来说，不是我创造了这本书，而是这本书让我重新认识了自己。

　　在写这本书的日子里，我喝了两百多杯咖啡、奶茶和其他饮品，不是为了提神，而是为了获得一个不被打扰的静谧的写作空间。这里，我要特别感谢体育东路的1200bookshop，和东峻广场的必胜客，因为本书的大部分章节都是在这两家店里写出来的。感谢它们不仅为我提供了一个适合写作的安静环境，也为我思路受阻时提供了神奇美妙的灵感火花。

　　很长时间，我都想写一个关于书、书店和爱书人的故事，这本小说满足了我的心愿。自古以来，中国都是一个热爱读书的国度，从韦编三绝、凿壁借光、囊萤映雪、牛角挂书，到焚膏继晷、负薪读书、学富五车、开卷有益……千百年来，古人留下了无数关于读书的佳话。如今，在这个信息爆炸的现代社会，获取资讯的方式比起从前不知快捷、方便了多少，但是身边爱读书的人却似乎在呈几何等级式地减少，大多数人更喜欢对着电视煲剧、对着电脑上网、对着手机刷屏，却不愿意打开一本书，静下心来阅读。在这个时代，一个喜欢捧着本纸质书，在闲暇时光里细细品读的人似乎已成了人群中的另类，这是一件让人悲哀的事情！

埃及人曾说，我们经历了这些时代：无声时代，静默混沌的原初，天地未分之时，那是神的时代；背诵的时代，没有书籍，神意和智慧知识靠口口相传，预言家、诗人、智者被当作英雄，他们传达神意、阐释世界，那是英雄的时代；然后，书籍出现，替代口口相传，承担着书写传承人类文明与智慧的责任，在书籍的时代，神退到了天穹，人承担起责任，那是人的时代。那么未来呢？在一个书籍被电视、电脑、手机等电子产品取代的社会，很难想象人类还能不被物化地诗意地生活。

据一份国民读书调查显示，2016年，我国国民人均图书阅读量为7.86本，其中纸质图书阅读量为4.65本，远低于法国（20本）、日本（40本）、以色列（64本）。数据可以从现实得到验证，因为从我身边的朋友来看，很多人也是一年看不了几本书。

相对于纸质书备受冷落的境况，实体书店的命运更加令人揪心，过去十几年里，国内倒闭的实体书店数以万计，在盗版肆虐、店租高昂、人工飙涨、网店冲击等巨大打击下，能够幸存下来的每一家实体书店都像濒危动物一样弥足珍贵。在这种情况下，作为一个从小到大逛了无数家书店，并从书中汲取了无尽营养的资深书虫来说，我觉得有必要为它做点什么，这就是我写作本书的动机。

书中的古意旧书店寄托了我对一家书店最美好的想象，也寄予了我对那些逝去的美好的深深怀念。写作的时候，我甚至闭上眼睛，脑海里都能浮现出书店每一个角落的画面，以及男女主人公在书店里倾谈时的情景。我喜欢这种感觉，也希望读者看书时，能进入到古意旧书店的奇妙世界里。

最后，就用书中书店留言墙上的一段话来为这篇序文收尾：

英国有查令十字街84号
法国有莎士比亚书店
美国有岛上书店
还好，我们有古意旧书店

[目录]

一、伤逝

1

月黑杀人夜，风高放火天。

吴康明登上青云塔时，心中无端想起了这句古话，顿时有些不安。老乡章海靴约他深更半夜来这塔上，想想都觉得有些诡异。不过白天大伙都在一起，人多眼杂，而他们要做的事情也确实有些见不得人，所以难怪章海靴会选在这里。

吴康明正胡思乱想着，突然黑暗处闪出一个人影，顿时惊叫道："谁？"

"是我。"对方声音一出，吴康明听出来正是章海靴，这才松了口气。

"地宫图带来了吗？"

"带了。"

借着手电筒的灯光，章海靴接过地宫图，确认无误后，满意地放入口袋。

"钱呢？"

"在你身后的黄色袋子里。"

吴康明所处的位置是宝塔第四层的震门处，他一转身，果然发现门口地上有一个黄色袋子，忙弯腰伸手去拿。就在这时，他只觉得腰间被人狠狠踹了一脚，一头向前扑去，情急之下抓住门前的防护栏。不料防护栏早已断开，只抓着一节护栏，整个人从二十米的高空摔了下去。

静谧的午夜只听得一声凄厉的惨叫。随后，一个黑影猫起身，迅速走下塔，消失在茫茫的夜幕中……

第二天的《荆楚日报》上刊登了一则新闻，标题是"技术员深夜坠塔身亡，青云塔维修工程停工"。这一天是二〇〇五年九月十七日。

十年后的九月十七日，广州。

站在三十六层楼高的财富大厦天台顶上，秦风往下俯瞰，地上的芸芸众生就像蝼蚁一样渺小，每个人都在为生存而奔波劳碌着，成功者住进了高楼大厦，开上了香车宝马；失败者只能被人踩在脚下，或是像自己一样，提前放弃，随风而逝，化为尘土。

三十二岁的人生实在不算长，但秦风却已经厌倦了自己的生活：

他是个遗腹子，还没出世父亲就突发心脏病去世了。母亲一个人把他拉扯大，好不容易等他上了大学，母亲却因积劳成疾得了肾衰竭，缠绵病榻两年后丢下秦风撒手人寰。靠着勤工俭学和全优奖学金，秦风读完了大学。毕业后，秦风去了深圳，干过小报记者，当过技校老师，都不太成功。当然，命运之神也不是没有垂青过他，有两年秦风炒股碰上牛市，赚了些钱，于是和一个做出版的朋友吴仁合伙开了个文化公司，其间鼓捣着出了几本书，没想到运气来了挡也挡不住，其中一本《国家宝藏》竟然成了发行量破百万的畅销书。当时的秦风俨然一个事业有成的青年才俊，前妻慕茜便是那个时候闯入他的生活。

可惜好景不长，结婚不到一年，慕茜便和他的好友吴仁搞到了一起。秦风一气之下，签了离婚协议，供了一半的房子给了慕茜，和吴仁就公司股份做了了断后，拿了入伙钱奔去广州。

应了一句古话：时来天地皆同力，运去英雄不自由。接下来秦风是做什么都不顺，进了一家咨询机构当白领，屁股还没坐热就碰上裁员；开个咖啡馆，经营了不到半年，结果碰上市政建设要拆迁，几十万的老本投进去全打了水漂；经朋友介绍，去了一家拍卖公司当业务主管，还没拿到年底分红，公司资金链断了，老板跑路，音信杳无……两年拼下来，账户上的余额不到三千元，还欠了朋友一屁股债。

活到三十二岁，最后混成了这么个窝囊样，秦风本就一肚子的怨气，没想到前一天电视上看到的一个采访，更深深地刺激了他。屏幕上，居然是前妻慕茜作为一部都市言情剧的出品方代表接受采访，只见她一身白领丽人的职场干练打扮，浓妆艳抹，粉面含春。她在回答记者如何看待事业的成功这一问题时，说了一大通，其中有一句深深地印入了秦风的脑海中："我觉得，要想事业成功，最重要的是要找到正确的人一起合作，这样才能攻坚克难，无往不胜；如果合作伙伴是个扶不起的刘阿斗，那么，大家只能分道扬镳。"

慕茜说这话时，对着镜头意味深长地笑了笑，似乎知道屏幕下的秦风在看着她。如果说此前的秦风是一头在沙漠上忍饥挨饿跋涉多日的骆驼，全凭一口气强撑着自己坚持，那么慕茜的这番话就是压死这头骆驼的最后一根稻草。第二天晚上，秦风走到了他曾经工作过的财富大厦的天台上。

往事不堪回首，就让一切随风而逝吧。秦风闭上眼睛，深深呼了口气，正准备往前一步，纵身一跃，没想到手机不识趣地响了。

秦风打开手机，是个陌生电话，他犹豫了一下，还是接通了，一串热情得有些过分的声音像连珠炮似的扫了过来："秦先生您好，我是力天地产公司的，我们这里有稀缺的小户型一手笋盘，临近地铁七号线，首付三十万即可入住，请问您……"

秦风没等对方把话说完就挂掉了电话，心想妈的我都要跳楼了，还向我推销房子！

秦风再次闭上眼睛，深深呼了口气，就在这时，手机又响了。

秦风不耐烦地接通电话："我不买房，你他妈的找别人吧！"没想到，电话里传来的却是另一个声音："喂，秦风吗？冲谁发火呢？我是你老同学张超呀！"

秦风的思绪在记忆库里打了个转，凭着那似曾相识的声音终于打捞起张超这个人。张超和秦风是中学同学，两人初中、高中同班六年，算是死党，上大学后就各奔东西，渐渐断了联系。直到前年回老家黄州参加的一次同学会上，两人再次相遇，秦风才知道张超留在黄州做律师，十年下来，有车有房，没事瞎忙，日子过得还挺滋润的。同学会后两人也没再联系，没想到这节骨眼上他突然打电话过来。

"你有什么事快说吧，我这里有要紧事。"秦风不耐烦道。

"我要说的事，肯定比你现在的事更要紧。"张超本想卖个关子，听出秦风语气不悦，赶紧正色道："跟你说正事吧，秦风，你是不是有个亲戚叫刘少白？"

"刘少白……"秦风迟疑了一下，说道，"他不是我亲戚，他是我师父。"

"那就对了，刘老先生上周因病去世了。"

"什么！他去世了？"秦风一时间如五雷轰顶，半天回不过神来。

"刘老先生的后事已经办完了。他在去世前两个月，感觉自己不行了，于是委托我们律师事务所立了一份遗嘱，在他去世一周后执行。因为刘老先生膝下无儿无女，所以他将名下全部财产给了你和他的一个远房侄女刘子欣。"

秦风还没从悲痛中缓过劲来，一下子听到这个消息，心里五味杂陈。他沉默了一会儿，问道："现在需要我做什么？"

"希望你能尽快赶回黄州，完成相关手续。"

"好的，我明天赶过来，到时与你联系。"

挂了电话后，秦风看了看前方，距他一步之遥，就是悬崖边缘。十分钟前，他想的还是离开这个世界；但是现在，他已经放弃了轻生的念头。

"喂，你站在那里干什么？快下来！"一个穿着蓝色制服的保安远远看见秦风，大声呵斥道。

"对不起，我看看风景。"秦风赶紧沿台阶下来，在保安质疑的眼光中走掉。

2

　　黄州距离广州1300公里左右，秦风接到张超电话后，马上订了第二天的机票。次日飞到武汉，再坐车赶到黄州时已是下午三点，两人约了四点见面，地点就照张超意见，定在距离"古意旧书店"不到两百米的一间小茶馆。

　　到了茶馆，时间还早，秦风叫了一壶普洱、两样茶点，边吃边等。这时只听邻桌两名男子正在谈论黄州的风土人情，听口音，一个是本地人，一个是外地人，聊得甚是有趣，秦风不禁竖起了耳朵倾听。

　　"老表，你晓得不？黄州有三宝：赤壁、宝塔和黄高。"

　　"这赤壁就是东坡赤壁，因苏东坡而闻名，我前两天才去过。黄高自然是黄冈中学，全国闻名，这个我也知道。可这宝塔是什么呢？"

　　"从这里出门往东你就可以看见一座宝塔，这就是黄州城无人不知的青云宝塔。"

　　"各地都有宝塔，这座塔有什么特别的？"

　　"这座青云宝塔可不一般，建于明朝，塔上刻有'青云直上'四个字，据说建成之后得风水相助，哦（我）们黄冈地区那是人才辈出。"

　　"那到底出了哪些人才？"

"哦（我）们这里有个'一二三四'的说法：一是一位开国元帅，就是林彪；二是两位国家主席，董必武和李先念；三是三位党的一大代表，董必武、陈潭秋和包惠僧；四是四位历史文化名人，禅宗五祖弘忍、发明活字印刷术的毕昇、医药学家李时珍和地质学家李四光。"

"这座宝塔有这么神奇！那我真要上去看看。"

"要在十几年前，你还有机会登上去看看，不过现在可就不行了！"

"为什么？"

"以前这塔是可以让人上去的，后来因为年久失修，二〇〇五年的时候，政府派了个专家带队进行维修。结果修到一半，那个专家的助手晚上从塔上掉下来，摔死了。"

"啊！好端端的怎么会从塔上摔下来？"

"鬼晓得是莫子回事，也有人说是施工队动工时，动了青云塔的地基，那下面据说是条龙脉，老天爷不高兴，所以给了个教训。"

"真有这等事？"

"真相哦（我）也不晓得，不过出了人命后，施工队就停工了，宝塔的进出口也封起来，不准人上去了。"

"唉，真可惜，没机会上去看一看。"

秦风正听得入神，冷不防背后有人拍了一下自己肩膀，转身一看，正是张超。

两年不见，张超又胖了一圈，发际线也开始呈U形分布了，不过一身剪裁得体的西装，左手腕上戴着个拇指粗的小叶紫檀手串，很有点成功人士的范儿。秦风起身相迎，张超直接给了他一个熊抱，力度之大差点没让秦风闭过气去。

"你小子死哪去了？怎么这两年也不给我个电话？"张超埋怨道。

"唉！兄弟这两年运气不好，所以和老同学联系得少了。"秦风说着，马上岔开话题道，"先说正事吧，我师父是得什么病去世的？"

"一年前，刘老先生觉得身体不适，去医院检查，结果查出来是肺癌。他没有听医生的建议住院治疗，而是继续经营书店，直到两个月前他觉得身体实在撑不下去了，才将书店停业，随后到我们律师事务所立了一份遗嘱。"张超一边说，一边习惯性盘玩着手上的紫檀手串。

秦风眼前浮现起师父病体支离、举步维艰的情景，不由得心如刀绞，一阵强烈的自责涌上心头。他知道自己本来可以给师父打电话，也可以去探望他，但是因为心中那个结，他始终没有主动去联系过师父。现在太晚了，师父不在了。

秦风还沉浸在悲伤中，张超的话打断了他的思绪，"刘老先生的遗产继承人定为你和他的远房侄女刘子欣，遗嘱原件我会等你们两人都在场时再公示出来。"

张超停顿了一下，接着说："刘老先生在遗嘱里，将名下财产分成两大块，一块是作为不动产并拥有完整产权的书店门面，包括一个地下室在内，建筑面积一百二十平方米，目前市场价值约八十万元；另一块则是他名下的不动产以外的所有藏书和个人物品等，其中藏书约两万册，刘老先生最开始在遗嘱里注明这一块是'无价之宝'，作为法律顾问，我建议他不要这样写，最后，他退了一步，改成'价值有待评估'。老实说，这批书虽然数量众多，但都是旧书，我估计实际价值也就二十万元以内吧。"

听到这里，秦风感觉到心口仿佛被狼狗咬了一口，他知道作为爱书之人，这批藏书对师父的意义，在师父的心目中，这些就是难以用金钱来衡量的无价之宝，它们是师父一生的心血之所系。

"还有一点很特别，虽然遗产继承人有两个，但刘老先生将他财产分配的权利给了你。也就是说，刘子欣能分到几成，完全取决于你。看来，你师父真把你当亲儿子看。"张超话里带着几分调侃。

秦风心中既感动，又惊讶，师父行事常常出人意表，他也搞不明白这次师父葫芦里卖的是什么药。

"刘老先生的后事是由韦之清先生帮忙操办的，他应该是你师父的好朋友，在本地文化圈也算是个知名人物，这是他的名片，有机会你可以去拜访一下他。"

秦风从张超手里接过名片，扫了一眼，放进口袋，又问道："我能去书店看看吗？"

"原则上，暂时还不行。因为程序上，需要刘子欣同时在场，我才能将钥匙交给你们两人。不过……"张超卖了个关子，笑道："谁叫咱俩是老同学呢！再说，财产分配权在你手上。刘子欣在国外读研究生，下周三才能赶回来，你自己可以先去摸清楚有什么宝贝。"

站在书店门口，秦风仿佛穿越了时空隧道。十几年过去了，这家店依旧和他记忆中的一样，虽然岁月的风霜在它身上又刻下了一些痕迹。店门上方还是挂着那块"古意旧书店"的乌木牌匾，也许是太久没有打理了，上面结了一张大大的蜘蛛网。门口还是那副熟悉的对联：藏书万卷，候君一人。

秦风看到"候君一人"这几个字时，忍不住心中一酸，现在，要来的人终于来了，可是，店里的人，已经不在了！

秦风从包里拿出张超交给他的那个装着钥匙的信封，撕开后取出钥匙，轻轻插进门锁，打开了这扇关闭多时的木门。

推开门时，一股旧书特有的味道扑鼻而来，秦风忍不住深深吸了口气，他已经很多年没有闻到这种气味了。店内光线不太好，秦风打开灯，六盏灯只亮了四盏，不过足以看清店里的每一个角落。

店里的布局几乎与秦风第一天看到的情景别无二致：四壁依旧是直通天花板的书架，只是书架上的书少了很多，有五分之一的书架都是空着，装线装书那面墙的玻璃门书柜更是空了一半；书店中央的那两排玻璃柜都还在，不过里面已经空空如也。收银柜台旁，那张原木画案还在，只是上面已经蒙了厚厚的一层灰尘。秦风轻轻抚摸着画案，脑海中浮现起当年初遇时师父挥毫作画的情景，忍不住热泪盈眶。

走进师父书房时，秦风第一眼扫进去后浑身一震，只见墙上原本挂着的那幅"静听松风寒"画作不见了，取而代之的是一幅师父的遗像，黑白照片里的师父还是十几年前的模样，戴着黑色圆框老花镜，留着半尺长的山羊胡，笑容里掩饰不住淡淡的忧伤，充满期待的眼睛直视着前方，似乎在期待着游子的归来。

此时此刻，秦风再也控制不住自己的感情，扑通一声跪倒在地，痛哭流涕。直到这一刻，他终于意识到师父在自己心目中的分量，可是，他已经永远没有机会弥补这个遗憾了！

除了母亲，师父刘少白曾经是秦风生命中最重要的人。虽然他没有正式行过拜师礼，但在他心目中一直将刘少白当师父看待。可是他并不知道在刘少白心目中，是不是真的将自己当徒弟看待。只是，他没有机会去当面询问刘少白了，因为现在师父已经死了，而他的死讯秦风还是从别人口中得知。

和师父有多少年没见面了，十三年还是十四年，记忆有些模糊了，但师父的模样还是深深铭刻在秦风脑海里。认识师父时他已是个花甲老人，戴着副黑色圆框老花镜，留着半尺长的山羊胡。最特别的是，他一年四季都喜欢穿着身天青色的长衫，很像是从老课本中走出来的民国先生。二十世纪九十年代，民国风还没兴起来，师父这一身打扮，在四线城市的黄州，颇显得有些另类。因此，师父经营的旧书店里，偶尔会有些闲人过来，也不翻书，只是东张西望寻个好奇。每当这个时候，师父都会以打烊为由下逐客令。所以在当地人看来，师父是个性情乖张的怪老头。

师父的脾气确实不太好，跟弗格森爵爷有得一比。每次想到师父那毫不留情的一巴掌，秦风还会觉得脸上隐隐作痛。也就是从那次掌掴事件之后，秦风一怒之下和师父断绝了来往，从此再也没有去找过他。

但是去年春节前两天，师父突然打来电话（也不知他怎么知道秦风的手机），说他想见见秦风，希望他能回去一趟。电话里，师父的声音十分虚弱，似乎中气不足。

秦风犹豫了一下，还是找借口拒绝了。他知道自己终究无法忘记师父将他逐出门时的情景，虽然那次事件过去十几年了，可他依然耿耿于怀。

可是现在，他已经没法再生师父的气了，因为师父已经死了。

3

认识师父时，秦风还是个十六岁的少年。那时的他，正处在一个对未来一片迷茫的时期。当时，母亲在郊区一家工厂上班，每天早出晚归，能够陪他的时间很少。由于秦风自小就很懂事，学习上一向不用母亲操心，从小学到初中，成绩一直稳定在班上前三名，所以母亲对他也比较放心，对他最大的心愿就是希望他能考上一所好大学。中考时，秦风顺利考上了当地最好的高中——黄冈中学，这是一所在全国都享有盛名的老牌重点中学，在当时的省内中学里更是如同神一般的存在。

秦风知道自己身上被母亲寄予了太多的期望，可是上了高一后，他开始对自己的前途产生了怀疑，身边的同学，有的一身名牌，每天上学甚至有豪华轿车接送；有的仗着人帅多金，整日里就是和女生打情骂俏，一学期谈了两三个女朋友；还有的三天两头旷课，寒暑假不是去新马泰，就是去港澳台旅游。秦风一开始对这些人嗤之以鼻，可后来他才发现，原来这些同学的未来都已经安排好了，有的家里打算送出国读大学，有的会在高三下学期转去省会城市高考，还有的压根不打算读大学，高中毕业就直接去接手家族企业。

看清这些残酷的事实后，秦风突然觉得自己辛辛苦苦读书毫无用处，哪怕考上一个好大学，毕业后依然拼不过那些家境好、有背景的纨绔子弟。想到这一点，秦风十分灰心，学习上再没有之前那么刻苦了，有时上晚自习甚至偷偷溜出来，跑到录像厅去看电影，或是去网吧玩游戏，直到有一天，他鬼使神差地走进了那家书店。

那是一个阴雨绵绵的晚上，秦风打着伞，百无聊赖地走在街上。他身上一分钱也没有，录像厅和网吧自然去不了。下雨天，街上没几个行人，店铺大多也关门了，秦风漫无目的地走着，不知不觉间，走到了一条小巷，巷子里星星落落开着几家小店，其他几家都已经关门了，唯有一家还没打烊，店里的灯光显得格外温暖。

秦风走近一看，只见小店正门上方挂着块乌木牌匾，上面题着"古意旧书店"。秦风少年时练过书法，见这几个楷书字体笔法圆熟、遒劲有力，不禁暗暗点头。再看门口还有副对联，上联是"藏书万卷"，下联是"候君一人"。

见是书店，秦风不由喜出望外，他从小喜欢读书，可惜因家境困难，很多时候看见喜欢的书只能望而却步，于是他将目标转向了借书，亲朋好友间但凡能借到的书都被他借了个遍，不论是《上下五千年》《十万个为什么》，还是《林海雪原》《三个火枪手》，他都照看不误，甚至连《大众菜谱》也不放过。在班上，他是出了名的书虫，每天做完功课后，剩下的时间他大多用来读书。他读小学和初中时，把学校和家里附近的书店全都逛遍了，没想到今天在一个偏僻的小巷，居然撞上了这么一家之前从未光顾过的书店，这时他心中的狂喜不亚于阿里巴巴发现了四十大盗的藏宝洞。

秦风欣欣然走进去，浏览了一圈，才发现这家书店和他以前去过的书店都不一样。店面不大，也就五十平方米左右，四壁都是直通天花板的书架，书架上堆满了琳琅满目的书籍，但是没有一本新书，大多是20世纪90年代以前以及民国时期的旧书。有一面墙是带玻璃门并上了黄铜锁的书柜，里面摆放的全是线装书。书店中央放了两排玻璃柜，里面摆着些碑帖字画和笔墨纸砚之类的文房用品，看上去都有些年头。店主是位身着长衫的花甲老人，正伏身在一张四尺来长的原木画案上，挥毫作画。秦风进来时，老人只漫不经心地瞥了一眼，便继续作画。

秦风在书店里逛了片刻，只觉得心跳加速，心脏似乎都要从胸腔中蹦了出来，他没想到，这么一家小小的书店，居然有这么多他想看的书：有1977年上海人民文学出版社出版的《斯巴达克斯》，有1979年中国青年出版社出版的《第二次握手》，有1982年人民文学出版社出版的《静静的顿河》，有1983年湖南人民出版社出版的《我这三十年》，有1988年光明日报出版社出版的《青年时代的蒋经国》，甚至还有20世纪50年代平明出版社出版的一整套《契诃夫小说选集》……

秦风挑了又挑，选了又选，最后拿了本张恨水的《啼笑因缘》。

走到老人面前，秦风正准备结账，这才想起今天身无分文，顿时脸涨得通红。

老人看出了他的窘状，也不以为意，笑道："小伙子，你看看我这幅画怎么样？"

秦风定睛一看，只见老人画的是一幅山水人物图，画上背景是山间松林，一位琴师正在弹琴，旁边一位高士正侧耳倾听，若有所思。画上山水和人物只是寥寥数笔，但却意境全出，落款是：

静听松风寒　丁丑年秋少白作。

秦风看到"静听松风寒"这几个字，想到这是唐代诗人刘长卿《听弹琴》诗中的一句，顿时灵光一闪，脱口道："我对国画并不在行，但觉得先生这幅画笔墨萧疏，意境高远，颇得原诗神韵，正是：泠泠七弦上，静听松风寒。古调虽自爱，今人多不弹。"

老人露出惊讶的表情，盯着秦风看了半天，仿佛秦风是一件出土千年的文物，看得他浑身不自在。终于，老人欣慰地说道："孺子可教也！这本书送给你了，以后你想看书的话，都可以来我这店里借阅。"

秦风一听，掩饰不住内心的狂喜，连忙致谢，并向老人深深鞠了一躬。出店门时，秦风还沉浸在喜悦中，没留神差点被门槛绊了一跤。他直起身来，回头见老人正朝他笑，顿时有些不好意思，于是又朝老人鞠了一躬，然后三步并作两步地走了。

从此，秦风有空便去"古意旧书店"。每次他来，老人都十分热情，除了帮他选书外，还会陪着他天南海北地聊些书林掌故、名人轶事。秦风一开始还怕影响老人生意，后来发现书店的生意似乎一直都不太好，顾客三三两两，买书的人更是寥寥无几，不禁奇怪老人这书店如何经营的下去。老人倒是豁达得很，有时陪秦风聊得兴起，直接将生意交给伙计阿木打理，拉着秦风去自己的书房，泡上一壶好茶，一老一少促膝长谈。

老人的书房就在书店大堂内侧，只隔着一道竹帘，掀开竹帘，是一间十余平方米的卧室，室内有窗，正对着外面一棵参天古树，树上时有鸟儿啾鸣，生意盎然。卧室内一侧是红木书架，上面错落有致地放着些函册装的古籍善本；另一侧则是一个古色古香的博古架，上面放着几件瓷器和两方砚台。书房正中是一张包浆浑厚的鸡翅木大书案，案头除了文房四宝外，只摆了一盆青翠怡人的菖蒲，案后是配套的官帽椅，旁边还放了两个蒲团。闲坐案前，映目的便是墙上那幅老人自画并装裱的"静听松风寒"画作。置身于这小小的书斋中，给人的感觉却如世外净土，俗世里的浮华喧嚣，尽被挡在这书房之外。

一老一少，就在这小小的天地内，畅谈古今中外，放论人物文章，从诸子百家到汉唐盛世，从希腊罗马到美苏争霸，从商彝周鼎到琴棋书画，兴之所至，无所不谈。

秦风本来在学校里算得上是个无书不读的书虫，可和老人一交流，才知道自己真的是井底之蛙，见识浅薄。每次听老人用不紧不慢的声音娓娓道来时，他觉得仿佛有一道神奇的光笼罩在老人身上，自己就像是子路在聆听孔夫子传道授业解惑，乐而忘食；偶有所得，又像是迦叶尊者领悟到佛祖释迦牟尼的拈花之意，那种喜悦，简直难以言表。每当这个时候，他在内心深处便将老人当成了循循善诱的师父，虽然他口里还是称呼着"先生"。而每次在老人这里受教之后，秦风都会带上几本老人推荐的好书，回去补课。

一来二去，两人便成了忘年交，秦风也了解到老人的一些个人情况。老人名叫刘少白，江苏镇江人，早年在镇江图书馆做过管理员，二十世纪八十年代初迁居黄州，开了这家旧书店。老人性格孤僻，习惯独居，所以膝下也无儿女，店内除了他便是一个叫阿木的四十来岁的伙计，为人忠厚老实，日常帮忙做些看店、进货、搬书、收银的杂务，见秦风来得多了，两人也熟络起来。有时秦风过来，碰上老人有事外出，阿木便会等秦风选好书后，招待他去书房内看书，后来秦风方知道，这是只有他才能享受到的上宾待遇，因为老人特意嘱咐过阿木。

秦风很享受在书房读书的快乐，每次伏案时，他只要闭上眼睛，就能感觉到古人所言"寂然凝虑，思接千载；悄焉动容，视通万里"的含义。回想起来，和老人相处的日子也许是秦风有生以来最快乐的时光。

可惜，这美好的一切，都因为他的一个过失而终结了！

二、师嘱

4

不知道哭了多久，秦风终于站起身来，仔细打量了一下书房四周，只见书房正中的鸡翅木大书案上，原来那盆菖蒲已经不见了踪影，取而代之的是一尊高约一尺的石雕，雕的是一头幼狮，歪着脑袋拨弄一个绣球，包浆温润，憨态可掬。秦风轻轻抚摸着狮子，闭上眼睛，仿佛看到无数个寂寞的夜晚，师父在书案前对着石狮沉思的情景，心中又是一阵伤感。

书案上一边放着石雕，另一边放着文盘，里面摆着笔、墨、砚台等文房用品，文盘下压着一个大信封，上面用毛笔写着"秦风启"，显然是师父留下来的。秦风坐在椅子上，撕开信封，竖格子的老式信笺上写满了师父龙飞凤舞的行书字迹。

秦风：

当你读到这封信时，我已经不在人世。我知道我将要走到生命的尽头，因此我想把我最珍贵的东西——也就是这家书店送给你！

你知道，我是个爱书如命的人，所以我的后半生都献给了这家书店。

书看得越多，就越觉得自己的渺小。如今我越发深刻地体会到，这个世界上有难以穷尽的好书，有的情节跌宕起伏，有的内容趣味十足，有的能带人穿越时空，有的能让人潸然泪下。几十年来，我皓首穷经，想看更多的书，可到头来，手头的书都没能看完一半。

秦风，十几年没看到你了，也不知道你变成什么样，但即便你忙得不可开交，没有时间看书，可在我看来，你骨子里还是那个喜欢读书的小伙子。

我在书的世界中找到了莫大的幸福，希望你也能品味到这样的幸福。我把这家书店托付给你，还有它所有的秘密。希望你能找到属于你的宝藏！

明代陆绍珩在《醉古堂剑扫》一书中说：读书，最乐之事，而懒人常以为苦；清闲，最乐之事，而有人病其寂寞。就乐去苦，避寂寞而享安闲，莫若与高士盘桓，文人讲论。

沉入这家书店，你会找到你人生的目标。

祝你好运！

少白书

（另：子欣你曾见过，不知你是否还有印象？她也是个爱读书的孩子，我想让她回国，和你一起打理这家书店，望你慎重考虑。）

秦风看完信后，叹了口气。师父想要他接手这家书店，可是他怎么接手得了？他已经半年多没有完整地看过一本书了，当年那个喜欢读书的小伙子，已变成了一个每日为生计而四处奔波、蝇营狗苟的物质男。大学毕业后，他在深圳、广州这两个一线城市生活了十年，现在让他为了一家小书店，回到家乡这座四线小城市生活，他做不到。更何况，他现在还欠了三十万的债务，当务之急是将书店卖掉，把欠下的债还清，多出来的钱自己还可以从头开始做点小生意。

秦风正在天人交战之际，无意中又看到了墙上师父的遗像，仿佛听到了师父的责备声，顿时不敢再胡思乱想，郑重其事地将信札放进了自己的包里。

当晚，秦风没有去酒店开房，而是直接在书店的地下室里过夜。买了机票后，秦风手里已经没多少钱了，当然要省着点花，还好他向张超借了五千元钱，借口是自己出门时走得匆忙，没带银行卡，张超也没犹豫就慷慨解囊了，秦风心想张超这么爽快，大概是因为自己现在名下有家书店可以作为信用担保的缘故吧。

书店的地下室其实就是放书的仓库，这可是师父的藏书禁地，平时从不对外开放。师父的书房秦风还可以随意进出，但地下室他进去的次数则屈指可数，几次都是碰上师父心情大好的时候，才让他进去一探究竟。

如果说书店大堂的书摆放还算错落有致、井井有条，那么地下室里的书带给人的就是一种满坑满谷、书山压顶的精神压迫感，也许是因为光线昏暗、空间逼仄，也许是因为这里的书大多是古旧书籍，岁月的沧桑感更强，以至于让人油然生叹：这一辈子，怎么才能看完这么多书？

地下室内，三面墙壁都是直通天花板的书架，居中则是十余个大书架，占据了室内三分之二的空间，书架上都堆满了书。此外，地上还堆了十几个樟木做的老式书箱，有大有小，大的四五尺见方，小的宽不足两尺。最特别的是，靠楼梯一侧，竟多了一面秦风毫无印象的书墙。

秦风走近细看，又伸手摸了半天，才发现这是一堵不折不扣的书墙，整堵墙没有书架间隔，全是由书砌成，大多是砖头厚的大部头，有中文的也有外文的，中文的主要是二十世纪九十年代市面上的一些快餐类读物和"文革"期间出版的大部头，外文的则英、美、法、德、日等各国的都有，也是大部头居多。秦风想起师父当年说的一句话："书看多了，就会发现，值得看的好书并不多，大部分都是文字垃圾，还不如拿来砌墙。"当时听了，以为师父只是说笑而已，没想到他真的砌了一面书墙。

书墙正上方挂了一幅宽边白框的铜版画，画上是一个四壁皆书的藏书室，一位白发老人站在高高的梯顶，他胁下夹着一本书，两腿之间又夹了一本书，左手拿了一本书在读，右手又从架上抽出一本书，一缕阳光从头顶的天窗上斜斜地射在老人的身上和书上。

这是一幅钢笔版画，画家的笔锋细致入微，几乎连每一册书的书脊都刻画出了。秦风目不转睛地盯着画，画面上的老人仿佛就是师父，一个在地下书库的小小世界里坐拥白城、自得其乐的书痴。版画的右下角用钢笔写着"书痴"两个字，明显是师父的字迹。

半天工夫，秦风才从沉思中走出来。再看看四周，地下室被书籍占据了大部分的空间，剩下的地方也就能放下一张茶台和两把椅子，其中一把靠背椅铺开后可以作为折叠床使用。秦风斜躺下来，随手从触手可及的书架上拿了本书，打算作为睡前读物消遣一下。这半年来，他都没有好好静下心来读过一本书，有时对着镜子时，都会觉得自己面目可憎。难得此时此刻，还能回到少时故地，置身书海，重温旧梦。

拿下来的书一看，却是清人袁枚的《小仓山房文集》。年少时，秦风读这类明清小品文，往往读不下去，一来因为是文言文，读起来有些费力；二来此类散文不以情节取胜，文字清淡，对于当时好看长篇小说的秦风来说，实在是不大过瘾，于是经常弃之一边。没想到时隔数年，再读此书，却别有滋味，尤其是《所好轩记》中的一段话：

> 所好轩者，袁子藏书处也。袁子之好众矣，而胡以书名？盖与群好敌而书胜也。其胜群好奈何？曰：袁子好味，好色，好葺屋，好游，好友，好花竹泉石，好珲璋彝尊、名人书画，又好书。书之好无以异于群好也，而又何以书独名？色宜少年，食宜饥，友宜同志，游宜晴明，宫室花石古玩宜初购，过是欲少味矣。书之为物，少壮、老病、饥寒、风雨，无勿宜也。而其事又无尽，故胜也。

普普通通一段话，却勾起了秦风无尽的思绪，他想起了那些年的自己，是一个多么爱看书的孩子，任何时刻只要一本书拿在手上，就会如饥似渴地读下去，哪怕很多地方看不懂，也还是囫囵吞枣地往下看；他想起了高中三年，在繁重的学习压力下和对未来的迷茫困惑中，只要他走进这家小书店待上片刻，所有的烦恼都会随风而逝；他想起了高二那年暑假，师父店里多了个叫刘子欣的小女孩，每天缠着他要他讲书里的故事，她长长的头发偶尔拂在他的脖颈上，那种痒酥酥的感觉好像是发生在昨天的事情……

5

第二天早上，六点钟，秦风在手机闹钟声中醒来。他已经很久没有这么早起床了，自从半年前丢掉了最后一份工作后，他几乎丧失了出去找工作的勇气，每天宅在出租屋里打游戏、煲网剧，有时一个星期都不出门，三餐都是泡面或叫外卖来解决。但是现在，他感觉自己的人生又出现了转机，他想重新找回那个曾经意气风发、踌躇满志的自己。

秦风很快穿好衣服，一条运动裤和一件短袖T恤，套上一双慢跑鞋，现在正值秋老虎刚过，秋高气爽，差不多可以算是黄州一年四季最宜人的季节了，秦风打算到江边的防洪堤上跑跑步。

街上行人很少，连太阳都还懒洋洋的没有完全露出脸来。巷角偶尔能听到几声狗叫，街边的早点铺很多还没开门。同广州相比，黄州无疑是一个慢节奏的小城，街上行人的步伐都比广州人慢上两拍，似乎都没有什么要紧的事，空气中好像弥漫着一种慵懒闲适的味道。

一阵风吹过，秦风感觉有些凉意，后悔没有多带件外套出来，他懒得回去拿衣服，于是做了下热身，就开始慢跑起来。没一会儿工夫，就出了一身大汗，他也跑得气喘吁吁。身体真的不行了，放在六七年前，他一口气跑上五公里都不在话下，可现在，才一公里跑下来，身体就有点吃不消了。没办法，就这几年的工夫，他换了四份工作，从小老板又变回了打工仔，结了婚，又离了婚，体重从130斤飙到150斤，如果不是张超突然打来的一道电话，他现在恐怕都不在这个世界上了。

一辆洒水车开过，打断了秦风的思绪，水雾喷在地上，激起无数灰尘在空中旋舞。秦风休息了一下，又接着跑，呼吸着九月早晨清新的空气，感觉十分惬意。

到了江边的防洪堤上，视野顿时开阔了不少，蓝天白云仿佛都离人更近了一些。防洪堤一边是绵延数公里、宽约五六百米的防护林，过了防护林就是辽阔无际的长江。夏季汛期到来时，长江水位上涨，有时甚至会漫过防护林区域，这时就全靠坚固的防洪堤抵御着洪水，保护着全城居民。

防洪堤西面的斜坡上长满了青草，野花在风中摇曳，红的、黄的、白的都有，花瓣上还闪动着晶莹的露珠。秦风被一束紫色的花儿所吸引，忍不住俯下身去，想闻一闻花香，不料惊动了一只正在采蜜的蜜蜂，跳出来嗡嗡地向他抗议了半天，然后扑腾着翅膀飞走了。

秦风索性蹲了下来，想好好欣赏一下花儿，不料却在花丛下发现了一个灰不溜秋的小家伙，原来是一只拳头大小的刺猬，只见它正十分享受地吃着一只虫蛹。秦风一时兴起，见地上有一个浆果，于是捡起来，朝刺猬扔了过去。刺猬吓了一跳，立刻缩成一团，全身毛刺竖立，卷成了一个圆滚滚的刺球。秦风见吓到小家伙了，赶紧起身走开。

从防洪堤上散完步往回走时，秦风已经觉得肚子在咕咕叫了，刚好经过一条小吃街，店铺都已经开门了，空气中弥漫着各种食物的香味：新鲜出炉的小笼包、糯米鸡，热气腾腾的桂花米酒、豆腐脑，刚出油锅的面窝、油条，香气扑鼻的牛肉面、肥肠粉……

秦风在一家苍蝇馆子里坐了下来，这家馆子在他印象中十几年前就有了，只是老板从当年身材挺拔、精明干练的中年大叔，变成了如今满身油腻、一团和气的啤酒肚大爷。秦风要了一份热干面、两个面窝和一碗桂花米酒，几口吃下去，感觉还是记忆中熟悉的味道。

吃完早餐后，秦风从馆子里出来，一阵清风吹过，只觉得全身三万六千个毛孔无不舒坦。从这一刻开始，他决定接下来这段时间，每天早晨都出来晨跑，晨跑完了就来这条街上吃早餐。

从小吃街出来后，往东走离书店已经不远了，秦风往书店的方向望去，目光却被一座巍然屹立的宝塔所吸引，只见这座塔大约有十层楼高，共分七层，最奇特的是，塔顶竟然长着一棵老树，虬枝苍干，枝繁叶茂。

秦风知道，这就是黄州城里无人不知的青云宝塔，当年师父曾跟他详细介绍过这座宝塔的来历：青云宝塔始建于明朝万历二年（1574），后因塔上五层倒塌，清道光二十八年（1848），又进行重建。整体皆以长方形青灰色块石砌筑而成，七层八面，层层出檐，高约42米。塔的正门上嵌有"全楚文峰"石匾，东南面内侧石壁上刻有"青云直上"四字，同时第五层门楣石匾上则刻有"笔补造化"四字。所以建造此塔的目的很明确，是为了增长黄州的文气，企盼黄州文风蔚起，文星出世。

秦风至今还记得，师父在介绍塔的来历时，还即兴挥毫，写下了一首诗：

> 惟楚有材应此中，笔补造化可建功。
>
> 青云塔下文风起，风流人物见鄂东。

师父写完条幅后，送给了秦风。秦风知道，师父对自己寄予了厚望，可是现在，自己混成了这个样子，真是无颜去见九泉之下的师父。

一路边走边想，不知不觉便走到了青云塔下，秦风抬头仰望，只见宝塔庄严气派、巍峨挺拔，而塔顶那棵老树苍干斜出，颇有凌云之势。塔身皆为青石所筑，塔顶也是砖瓦砌就，无水无土，这棵老树却能觅缝而生，大旱不枯，雷电不惊，风雨不折，历经一百三十多年始终屹立不倒，实在令人惊叹。

秦风想起师父曾评价说，做人就要像这棵老树一样，不择地而生，不怨天尤人，厚积薄发，终有出头之日。想到这里，秦风暗暗点头。

秦风朝古塔拜了三拜，然后从塔的正面走到背面，却发现距离宝塔十几米外，由简易支架屏风围了个百余平方米的围栏，屏风上印着"施工重地 请勿靠近"字样。

秦风一时好奇心起，走近去看，却见七八个工人正在施工，都是戴着安全帽，套着统一的工装马甲，领队的留着一脸络腮胡，一口河南话，指挥着其他人忙上忙下。众人旁边还停着一辆依维柯，上面印着"湖北省自然遗产保护科研所"字样。

秦风见是科研考古，来了兴致，还想多看一看，不料络腮胡走过来，横了一眼，不客气道："看什么看？"秦风想这人怎么这么没素质，不好与他计较，便转身离去。

6

回到书店，秦风开始整理店内的书籍。按照他的想法，书店如果对外出售，首先要对自身价值有一个准确评估，作为不动产的书店门面这一块的价值，应该与张超所说的相差不大，但是不动产以外的藏书和个人物品这一块，其价值还是个未知数，秦风决定好好盘点一下。

秦风先从大堂内的书籍入手，主要是做三件事：一是按照市场价值，将全部书籍进行归类，大致分为"20元以下""20－100元之间""100～500元之间""500元以上"这四大类；二是估算各类书籍的数量；三是挑出稀见甚至绝版的书籍，包括名家签名本、限量本、毛边本、明清线装书等。

对于外行人来说，很难判断一本半个世纪前出版的书到底价值几何，但是对于秦风这样一个在书海浸淫几十年，又在出版界和拍卖行混过的书虫来说，一本书拿在手上半分钟，简单翻一下，便能根据品相、内容、作者、存世量、史料价值等要素，对这本书的市场价位判断个八九不离十，其熟练程度，不亚于银行里的出纳点钞票。

不过店里的书确实太多了，饶是秦风做得驾轻就熟，半天工夫干下来，才整理了不到十分之一。秦风叹了口气，心想地下室里的书比上面的还多还乱，这要全部整完怎么也要两周的时间。

一口气忙到下午两点钟，秦风正准备歇一会儿，这时虚掩的店门被人推开，进来一个不速之客。秦风一看，是个二十岁左右学生模样的年轻人，面容清秀，背着个双肩包。

"老板，你们今天营业吗？我想挑两本民国史料方面的书。"

秦风皱了皱眉头，本想回绝，可看到学生仔那一脸期待的目光，突然想到了从前的自己，于是脱口道："书店今天在盘仓，你可以进来看，但是别把我盘好的书弄乱了。"

"谢谢啦，我会注意的。"年轻人兴冲冲地走了进来。

接下来的时间，秦风一边清书，一边注意学生仔的举动，只见对方拿书、翻书、放书的动作都很小心，看书时的神情相当投入，有时脸上不自禁露出喜悦之情，秦风知道这一定是个爱书之人。

半小时后，学生仔选好了两本书过来结账，一本是英国贝思飞教授撰写的《民国时代的土匪》，另一本是连阔如的《江湖丛谈》。

"你对民国历史很有兴趣吗？"秦风忍不住问了句。

"是的，我的大学论文选题切入口是这方面的，所以需要找相关的参考书，整个黄州城的书店我都找遍了，好不容易在你这里找到两本。"学生仔脸上有掩饰不住的喜悦。

秦风笑了笑，翻了下书的标价。旧书的标价是一门学问，因为时代变迁和通货膨胀的缘故，书底的原始标价只是作为历史数字来看，而不能据实交易，不然所有的旧书店老板都要喝西北风了。秦风知道师父习惯在书尾版权页上用特殊符号标注价格，一看，这两本书的价钱分别是10元和15元，对于这两本当年既印数不多又绝版多年的书来说，算是比较实惠的价钱了。

看着学生仔将书抱在怀里心满意足地离开，秦风心头也有了几分满足感，曾几何时，他也是这样为书痴迷。

秦风发了一会儿呆，干脆将店门完全打开，又从柜台找出"正常营业"的牌子，挂在门外，他想看看，在这个物欲横流、人心浮躁的社会，还有几个人能够走进书店，着迷地翻看一本书。

没一会儿工夫，又进来一对母子，母亲四十岁不到的样子，打扮入时，挎着个香奈儿的皮包。男孩约莫八岁，一脸不情愿的表情。

"你们这里有语数外的课外辅导书吗？"

"对不起，我们这里不卖教材和辅导书。"

"你们这里有时尚类的畅销书吗？"

"对不起，我们这里是旧书店，不卖新书。"

少妇听了，面色有些不悦："这也不卖，那也不卖，哪有像你们这样开书店的？"

秦风听了，本想怼回去，可话到嘴边还是忍住了，勉强笑了笑，没说什么。

"有没有孩子看的绘本卖？"少妇又问道。

秦风本想说没有，可脑子里灵光一现，突然想起了什么，说道："您稍等一下，有本书很适合孩子看。"说完他在刚刚清点的书堆中翻找片刻，找出一本1978年少年儿童出版社出的《小灵通漫游未来》，递给少妇。

少妇接过书后，眼前一亮："这么老的书你们这里都有啊？！这还是我上小学时看过的书呢！"

"我小时候也看过这本书，里面很多想象的东西，现在都已经变成现实了。"秦风笑道。

少妇结账后，轻声道："对不起，刚才我说话不太注意，请见谅！"

"没关系，如果以后您要找一些市面上绝版的老书，可以来我们这里看看。"看着母子俩离开，秦风突然想到，如果照自己原来的计划，这名少妇下次来的时候，这家书店恐怕已经不复存在了，顿时心情跌到谷底。

接下来三个钟头，陆陆续续进来了二十五位顾客，秦风仔细观察了一下，发现其中十六人进店后停留时间都不超过五分钟，扫视一圈后发现没有感兴趣的东西，便匆匆离去了。有五人在店内看书超过半个钟头，不过出门时一本书都没有买。真正买书的顾客只有四人，刚好人手一本，买的四本书分别是《菊与刀》《傅雷家书》《偷拳》和《远离莫斯科的地方》。

时间过得很快，转眼间就到下午六点了，感觉到肚子有些咕咕叫了，秦风这才意识到自己连中饭都忘了吃。正准备关门打烊去吃饭，这时又进来一位老年顾客，只见他六十来岁年纪，两鬓斑白，戴着副老式黑框眼镜，背微微有些驼，看上去像是个一门心思搞学问的老学究。

老学究一进门就喜道："还好你们书店开门了，最近我来了几次都吃了闭门羹。"

看样子是个老主顾了，秦风只好在一旁默默等着，这一等就是大半个钟头，老学究挑了两本书过来结账。秦风一看，发现这两本不能算是严格意义上的书，而是民国时的老日记本，一本是商务印书馆出的《国民日记》，另一本是光明书局出的《光明日记》，品相都有八五成新。

秦风扫了眼标价，说道："一本三百，一本二百五十，两本给您优惠一下，五百元好了。"

"小伙子，你是新来的吧？能不能再便宜点，你们刘老板平常都是给我打八折的。"

"刘老板已经去世了，这家书店过段时间可能也要停业了。"秦风尽可能克制住自己的感情，可心里却仿佛掀起了惊涛骇浪。

"什么？你们刘老板去世了！"老学究一脸的震惊。

"他得了癌症，上周去世的。"

"唉，可惜了！"老学究叹了口气，又问道："书店你们不打算经营了吗？"

秦风嗫嚅着，没有回答。

"整个黄州城，就只有你们这一家旧书店，要是连你们也不做了，黄州这座千年古城，还剩下什么？！"

看着老人远去的背影，秦风心情久久不能平静。

对于这座城市的绝大部分人来说，这家小小的书店，并没有多大的价值，它的生死存亡，不会激起一星半点的涟漪；但是对于在这座城市比例极小的书虫来说，这家旧书店就是他们精神的图腾，是他们灵魂栖息的港湾，这里留下过他们的青春、回忆和梦想。

　　这天晚上，秦风失眠了。

三、故人

7

第二天是九月二十日，秦风继续整理店内的书籍。他突然想到一个问题：昨天的营业额是五百三十元，根据他的经验，减去进货成本和损耗，毛利润约二百元，一个月下来就是六千元左右。而书店要想正常运行，必须招一名驻店雇员，按月薪三千五百元来算，加上水电、空调和各种税费杂费、管理费等（自有铺面，省去铺租），一个月的基本开销怎么也要五千多。这样一来，书店根本没有盈利空间。并且在他印象中，十几年前，书店的生意就已经不太好了，暑假他在书店帮忙时，经常一整天都没见多少顾客买书。这样一家惨淡经营的书店，为何能在师父手中维持三十多年而不倒？秦风想来想去，百思不得其解。

这时，手机响了，秦风一看，是好友陆天一打来的，顿时心里咯噔了一下，他最担心的事情终于来了。

"秦风吗？我是天一，你现在广州吗？"

"哦，我现在老家黄州处理一点事情，过些时日就回广州。"

"兄弟我要结婚了，下个月28号在广州摆酒，到时你可不能不来哟！"

"恭喜恭喜，到时候我一定捧场，新娘是谁呀？"

"瞧你这话说的，除了小芳还能是谁呀？在一起六年了，赶在七年之痒前把这事办了，给人家一个交代吧。"陆天一顿了顿，又说，"秦风，我借你的那笔钱本来说到年底，可我现在手头紧，你下个月能不能还给我？"

"没问题，我下个月中旬前一定还给你。兄弟你要办大事，我可不能拖你后腿。"

挂了电话，秦风长叹了一口气。他现在最大的心病就是借了陆天一三十万的债，这哥们是自己的大学同学，北方汉子，为人豪爽，口头禅是"出来混，讲的就是个义字"，毕业后在广州做生意，十年下来混得风生水起，不过豪爽的性子依旧没变，当初自己借钱时，他二话没说就答应了。现在人家等钱用了，秦风就算砸锅卖铁也得把这债给还上。

秦风坐着发了半天呆，一开始他的想法就是将书店卖掉，把欠朋友的债给还了。可是回来看了师父希望他继续经营书店的遗嘱后，他的想法开始动摇。等到昨天在书店接待了几批买书的顾客后，他发现每将一本书递到需要它的顾客手里时，他的内心都会涌上一种满足感，尤其是看到对方如获至宝的表情时，他内心的喜悦更是难以言表。他甚至在考虑，自己不如将这家旧书店继续经营下去。可是，今天这通突如其来的电话将他拉回了现实中，他现在唯一的选择就是——卖掉书店。

想明白这一点后，秦风虽然不情愿也只能开始行动了。他先给一家地产中介打电话，约了对方下午来看铺面。接着，他用白纸写了张布告，上面写着"旺铺转让，价格面议"，并附上电话，然后贴在门外。当关上店门的那一刻，他感觉自己内心有一座水晶做的城堡仿佛瞬间轰然崩塌。

下午两点，"中原地产"的销售代表沈强如约上门，是个二十来岁的精干小伙子，手里拿着个黑色公文包。

秦风领着沈强在店内走了一圈，沈强看得很仔细，每到一个房间除了所有角落都走到外，还用相机噼里啪啦拍了一堆照片。在地下室时，沈强一不留神碰到了横放的书架，结果一堆书散落在地上，秦风觉得心被揪了一下，赶紧弯下身去和沈强一起捡起来。

"秦先生，您这家书店是整体出售，还是只出售铺面，店内书籍等物品由您自行处置？"

"当然是想连同书籍等物品一起整体出售，我在广州工作，这么多书带不过去，也没时间另外处置，我希望买家能一并接收。"

"整体出售的话，您的心理价位是多少？"

"一百二十万。"

"秦先生，那我就直说了，您这家店位置还不错，作为铺面单独出售的话，八十万左右应该比较好出手。问题是您这店里的书都是旧书，没多少人感兴趣的，就算有人愿意接手的话，价钱应该也不会超过十万。您报一百二十万这个价，确实太高了。"

"你不知道，这店里的书虽然都是旧书，但不少是绝版和珍罕的好书，我才清点了一半，就发现几十本单价在三千元以上的珍稀版本，店内全部书籍，总价值绝不少于五十万，要不是现在手头缺钱急用，我绝对不会只开一百二十万的低价。"

"秦先生，对于旧书，我是外行，您说了算。您的店面，我们公司会接手并放盘，这两天马上就会有人过来看房，不过您要做好思想准备，买家愿意出的价钱可能与您的心理价位有一定差距。"

送走沈强后，秦风陷入了沉思中。他知道，对于师父来说，书店里的这些书就是无价之宝，凝聚了他多年的心血，如果师父还在世的话，是绝对不舍得将这些书全部割舍掉的；作为他自己来说，两天下来，虽然地下室的书还没来得及清点，但他也初步了解了这些书的价值，如果能有一位藏书家出面将全部书籍接手，那么将是最好的结局。不过他知道，这个只是幻想罢了。

接下来两天，秦风一边继续清点书籍，一边将书店照常对外营业。他知道，这家书店随时可能关门，他只希望，在书店生命进入倒计时的日子里，能多卖出几本好书，到那些需要它的人手上去。

这个世界上，总会有人需要这样一本书，就像一位作家所说，这个世间每出现一本书，都像在荒岛上向海里丢一只求救瓶，随着天候潮汐，随着命运，瓶中的文字总会漂到某处，漂到某人手中。

其间，沈强给秦风打来五六通电话，不过介绍的买家都只是想买铺面，对店里的书籍并不感兴趣。秦风一听，就直接回绝了。好不容易等到九月二十三日，沈强说有一个新买家，同意将铺面和书籍一并接收，于是双方约了下午三点，在店内面谈。

下午两点五十，店里有两名顾客还在看书，这两人在店里待了有大半个钟头了，秦风忍不住多看了两眼：一个是五十来岁的男子，肚子中部崛起，一身绣着五爪金龙的竹根青色唐装，左手大拇指上套了个碧绿莹润的翡翠扳指，拿着本民国版的《芥子园画谱》在看；另一个是二十来岁的女孩子，一头披肩长发，五官精致得有点像二次元世界里的动漫美少女，穿着件宽松的杏仁黄针织衫，一双大长腿被紧身牛仔裤勾勒出完美的曲线。秦风又留意了一下她手里拿着的书，发现是《明月出天山》。

秦风正远远盯着那美少女出神，冷不防面前突然多了两个人，再一看，正是沈强和他带过来的买家。

"秦先生，您好！这位是吴老板，他想看看店面。"沈强口中的吴老板满脸油光，体形矮胖，一副典型生意人的市侩模样，看上去和书店八竿子打不着。

秦风陪两人在店里转了一圈，不到十分钟的工夫，吴老板已经提了一堆意见，一会儿说要在书店入口处做一个玄关改造一下风水，一会儿又说地下室没有天窗光线太暗。秦风听了，憋了一肚子火，忍住没有发作。

看完后，三人回到书店大堂。秦风也懒得将这两人接进内室茶水伺候，直接开门见山道："吴老板，你为什么想接手这家店面呢？"

"呵呵，兄弟我是做餐饮的，生意做得还可以，这家店我想盘下来做一个私房菜馆。"

"那店里的书籍你怎么处置？"

"这里的旧书太多了，我这个私房菜馆到时也会兼作会所用，到时保留一面墙的书做摆设就行了，其他的书就算了。"

秦风听了，脑海中浮现起上万本书被运往废品站的画面，顿时心口仿佛在滴血。他强忍住心头不快，问道："吴老板，你打算出多少钱？"

"一百万。"吴老板伸出粗短的食指比画了一下。

"秦先生，吴老板这个价钱已经是所有人中出价最高的了，您考虑一下吧。"沈强补充道。

"我出一百一十万。"突然有人发声了，在场三人大吃一惊，一看，却是方才在店里埋头看书的中年唐装男子。

"请问您是？"秦风有点摸不着头脑。

"我叫胡润成，和你师父二十多年的交情了。昨天看到你店门口的转让告示，这才知道你们打算出售书店了，刚好我也有兴趣，所以过来看看。"

"一百一十二万。"吴老板仿佛被踩了尾巴的猫，咬牙切齿道。

"一百二十万，店内所有物品包括书籍我全要了。"胡润成云淡风轻道。

"托儿，一定是托儿！老子不买了！"吴老板气急败坏，拂袖而去，沈强急忙追了出去。

"胡先生，我们到内室坐下详谈吧。"

8

在书房坐下后，秦风给胡润成斟上茶。胡润成也不客气，坐在官帽椅上，跷起二郎腿，就像在自家一样轻松自然。

"胡先生，请问您是怎么认识我师父的？"秦风问。

"不瞒你说，我是做古玩生意的，对古籍善本也有所涉猎，早些年从你师父手中买了些明清的线装书，一来二去，就成了朋友。"

"那您为什么对这家书店有兴趣呢？"

"我和你师父，还有韦之清等几位朋友，因为意气相投，所以效仿古人的兰亭雅集，每年也搞几次聚会，有时在韦兄的私家宅院，有时就在你师父的书店里。这里来久了，自然也有了感情。现在你师父不在了，书店要转让出去，我也不想老友一生的心血收藏付诸东流，所以想买下来，也算是留个睹物思人的念想吧。"

听胡润成这么一说，秦风暗暗点了点头，对方既是师父老友，又对书店怀有感情，自然不会随便处置店内旧书，做出焚琴煮鹤的事来，书店转让给他，应该是最好的选择了。

"胡先生，难得您对书店这么有感情。我想确认一下，您刚才是开价一百二十万吗？"

"是的，一百二十万，店内所有物品包括书籍我全要了。"胡润成以不容置疑的语气答道。

"那好，成交！我们……"秦风话说了一半却被人毫不客气地打断："我反对！"话音未落，书房的竹帘被人掀起，一个妙龄女子俏生生地闪进来。

秦风和胡润成都吃了一惊，再一看，来人正是之前在书店内看书的那名黄衫女子。

看着黄衫女子杏眼圆睁、满脸怒容的样子，秦风猛地恍然大悟："你是刘子欣！你怎么提前回来了？"

"书店又不是你一个人的，你凭什么决定擅自出售？！"刘子欣没有回答秦风的问题，而是直接质问道。

空气中充满了火药味。一旁的胡润成见势不妙，赶紧起身道："看来今天我来得不是时候，你们先谈事吧，有空给我电话。"说完在桌面放了张名片，就赶紧走人了。

"坐下来，喝杯茶吧。"秦风想转移一下对方的注意力。

"我要是没提前回来，还真不知道你秦风会做出这种没品的事情来！"刘子欣怒气未消道。

"我怎么没品了？"

"我还没回来，你就先接管了书店；没经我同意，你就擅自决定出售书店。秦风，你这样做，对得起我伯父吗？"

"师父的遗嘱里已经说明，财产分配的权利在我，我当然可以自行定夺了。"

"我伯父的遗嘱里还有一个条款：只有在两名遗产继承人协商后意见一致的情况下，才能将书店出售。"

"你怎么会知道遗嘱内容？"

"你那个同学张超要是敢不把遗嘱给我看，我连他一起告！"

"那你现在想怎么样？"

"秦风，你敢不敢和我来一场公平的比赛？如果你赢了，书店处置权和财产分配权都归；如果你输了，书店处置权和财产分配权归我。赢家处置，输家闭嘴！"

"我为什么要答应你？"

"因为你的人生已经够失败了，三十多岁了还一事无成，除了我伯父，没人看好你……"

"够了！你想比什么？"秦风像一头狮子般咆哮道。

"什么！你答应她来一场'K书之王'比赛？"两小时后，坐在茶馆里的张超冲着秦风问道。

"刘子欣提前回来了，你怎么也不跟我说一声？你知不知道，我今天差点就被她逼疯了。"

"她之前在电话里是跟我说周三才回来的，我怎么知道她会提前赶回来。她一来就找我要看遗嘱原件，我想等你来了再说，她就威胁我说我不守职业道德，让你擅自接手了书店，要去律协投诉我，我只好把原件给她看了。她一走，我就给你打了几通电话，谁知你都不接，你说能怪谁呢？"张超一脸无辜道。

"这事确实怪我，你给我电话时，我手机放地下室充电，都没留意到，结果被她杀了个措手不及。"

"其实你完全没必要答应她的，毕竟遗嘱本身对你有利呀。"

"她不同意，书店我也没办法出售。这次我要是光明正大赢了她，她也就无话可说了。"

"你们这'K书之王'比赛到底怎么比呀？"

"简单说，就是在十分钟的时间内，我和刘子欣从书店的地下室里各找出五本书来，然后一本对一本进行PK，按书籍价值大小定输赢，五局三胜制。评委一个是本地的知名收藏家韦之清先生，另一个是市博物馆的专家钱斯同教授，他们都是我师父的生前好友。"

"刘子欣这小姑娘很不简单，我查了下，她今年才二十三岁，就已经是美国哥伦比亚大学信息管理学专业的在读研究生。你和她比K书，你有把握赢她吗？"

"我好歹也在出版界和拍卖行打拼过几年，一本书有多大价值，我会没有她清楚吗？"

"你们什么时候比？"

"明天下午四点，书店大堂，除了两位评委外，还需要你做下见证人。"

"没问题。"

9

九月二十三日晚上，秦风是在市内的一家七天连锁酒店里度过的。为公平起见，当晚他自然不能在书店过夜了，钥匙交回到张超手中，他只能在外住宿。

躺在酒店的席梦思上，秦风辗转反侧。他感觉，自己就像一个快要输得精光的赌徒，好不容易抓了一手好牌，结果还没出手就被别人先甩了一个炸弹，炸得晕头转向，好在自己手里还有一对王炸，当然这也是自己最后的机会了。

他又想起了刘子欣，女大十八变，当年那个七八岁的小女孩，缠着他要听《皮皮鲁和鲁西西》的故事，那一幕仿佛是发生在昨天的事情，一转眼十几年过去了，那个天真无邪的小女孩已经出落成亭亭玉立的少女，而且变成他最大的竞争对手，真的是世事难料啊！

如果时光可以倒流，他希望回到高二那年的暑假，那时他拥有世界上最好的师父，世界上最美的书店，世界上最可爱的小读者，只是这一切都再也回不去了！

一脑子的兵荒马乱，一晚上的彻夜难眠。第二天下午张超过来，见到秦风时吃了一惊："你怎么了？眼圈这么黑！"

"昨晚没睡好。"

"别想多了，今天看你的了。"

秦风"嗯"了一声，目光转向了从门口飘然而入的刘子欣。只见她穿了条黑色连衣裙，外搭一件浅卡其色的风衣，脚上一双灰色的过膝长靴，浑身散发着一种与年龄有点不太相称的成熟与妩媚，一眼望过去，妥妥的女神范儿。相比之下，一身淘宝货的秦风不觉有些自惭形秽。

秦风正不知怎么招呼刘子欣，这时门口又进来一高一矮两位老人，年纪都有六十多岁，高个老人面容清癯，不苟言笑，身板挺直得就像一棵不畏风霜的雪松；矮个老人比同伴矮了大半个头，但体重明显要多出一个量级，他一个油光发亮的光脑袋，配上笑容可掬的一张圆脸，怎么看都和庙里的弥勒佛有几分神似。

"韦伯伯、钱教授，你们好！"刘子欣热情地迎了上去，并向秦风和张超做了介绍。

秦风一边说着客套话，一边注意到高个的韦先生一见刘子欣，一张严肃的脸顿时露出笑容；而矮个的钱教授虽然满脸堆笑，但进门后却目光游移地打量着书店内的摆设，心思似乎不在众人身上。

一番寒暄过后，一场别开生面的"K书之王"比赛终于拉开了序幕。首先由韦之清先生做开场白：

各位朋友，大家好！今天能作为评委出席"K书之王"比赛，我深感荣幸。我和少白兄是多年的至交好友，眼看着他胼手胝足，将一家旧书店苦心经营了三十多年，为黄州城的读书人保住了滋味绵长的一脉书香，可谓功德无量。如今少白兄虽已驾鹤西去，但他留下的这间书店却是一份宝贵的文化遗产，我们希望它能在一个爱书人的手中，继续得以传承和发展。

现在，关于书店的前途，两位继承人产生了意见分歧，决定用比赛的方式来定胜负归属。子欣和我讲到"K书之王"比赛的方式，我很赞同，因为胜者必定是真正的爱书之人，书店在他手上，足以使我们老怀堪慰。

当年，少白兄让我为书店题写楹联，我想了八个字"藏书万卷，候君一人"，今天，我们可以拭目以待，书店将迎来一位新的主人！

谢谢大家！

韦之清说完后，众人禁不住都鼓起掌来，看他外表像是个不苟言笑之人，但此番话里却是饱含深情，令人动容。秦风琢磨着话里的深意，想起师父对自己的期望，既感且愧。

钱斯同教授接着出场，宣布了比赛规则：

为保证本次比赛的公正公平，特约法三章。

一、两名选手同时进入书店的地下室找书，限时十分钟，各找五部书出来。

二、两名选手找的书，分别一对一进行PK，按书籍价值大小定输赢，五局三胜制，选手在展示书籍时可做必要的口头说明，但结果由评委定夺。

三、比赛期间，选手严禁使用手机、电脑等工具，同时不得向其他人寻求帮助。

钱斯同说话时，秦风一直盯着刘子欣，突然见她朝自己笑了笑，这笑容里很有几分不屑和藐视的感觉。秦风顿时熊熊火起，感觉体内的小宇宙正在翻江倒海，随时准备爆发。

四点二十分，韦之清按响了计时器，"K书之王"比赛正式开始。

除了两名评委外，现场还有张超作为见证人负责监督。三人目光牢牢注视在已开始紧张找书的秦风和刘子欣身上。

十分钟的时间内，即便是把地下室所有书架上的书脊过目一遍，时间都不够用，更不要说在上万本旧书中找出价值最高的五部书了。

秦风暗自庆幸，自己先到了几天，因为有心盘点书店藏书，虽然还没来得及对地下室里的书籍进行全部清点，但几天下来朝夕相处，加上闲来无事时也经常从书架上抽出些书来翻看，所以一些较为珍稀的版本，但凡自己经手过眼的，放在哪里都很清楚，于是三下五除二便从书架中找出五部书来。

秦风自觉胜券在握，看看表还有几分钟的余暇，于是装作继续找书，眼角余光却在打量刘子欣的一举一动。只见刘子欣手上只拿了两本书，站在地下室中央的老式书箱前，怔怔发呆。

秦风见了，暗自发笑，心想这些箱子我之前打开好几个看过了，大多是空的，有一个里面装了东西，也不过是些字画卷轴和老宣纸，你这么看着，难道能看出朵花来？

还没等秦风得意完，却见刘子欣俯下身去，挪开几个大箱子后，从最里面找出一个两尺见方的小书箱，打开后，竟然从里面拿出几本书来。

秦风吃了一惊，想上前去看看书箱里有什么书，却听到计时器发出结束的鸣叫声，随之韦之清宣布："时间到，请选手停止找书，上楼就位。"

秦风只好带上自己找的书，满腹狐疑地跟着大家去了大堂。

四、较量

10

针锋相对的PK开始了，也许从来没有一场比赛，是用这样的方式来进行的。秦风不禁想到，如果师父在天有灵，看到此情此景，不知做何感想。

第一局，刘子欣拿出来展示的是一本民国时"南光书店"出版的《献给投考初中者》。秦风见了，顿时眼前一亮，他没想到，在师父的地下室里，居然还有这本书。

两位评委将书翻看了一会儿，没看出什么所以然来，钱斯同问："这是一本民国时期小学升初中的考试辅导书，虽然具有一定的研究价值，但此类书籍目前在旧书市场上并不算罕见，请问它有什么特别之处？"

刘子欣微微一笑："我见过的民国时期的考试辅导书有几十种，但从收藏角度来说，这一本可能是最具价值的。因为它的三位编著者中，有一人名为'查良镛'，也就是后来以武侠小说而闻名的金庸先生。这本书是他生平出的第一本书，而当年他还只是个十五岁的初三学生。这么多年下来，只怕金庸先生本人手上也未必会有这本少时旧作吧。"

两位评委闻言点头，目光又转向了秦风。

秦风小心翼翼地将书放到台面上，两位评委一看到书皮，几乎同时"啊"了一声，原来这是一本民国时"上海晨光出版公司"出版的《围城》单行本，封面下方是一幅图画：一位半秃顶知识分子模样的男人坐在圆桌旁的椅子上，身后是一女人伏在柜上发呆。

两位评委将书摊放在桌上，一起观摩了一阵子。接着，又将《献给投考初中者》也拿到旁边，翻开两书的版权页进行比较。

十分钟过去了，其间两位评委交头接耳了一番，似乎最终达成一致意见。只见钱斯同清了清嗓子道："这两本书都颇具特色，一本是金庸先生生平出的第一本书，另一本是钱钟书先生唯一的一部长篇小说，都极具收藏价值。两本书的品相也不错，都有八五品，保存较好，殊为难得。但从版本上来看，《献给投考初中者》一书最早问世于1939年，而这本是'民国三十七年一月四版'，距离初版已过了八九年，相较于这本1947年5月的'晨光版'《围城》初版本，在版本价值和市场价值上均逊了一筹。所以本局PK，秦风获胜。"

首战告捷，秦风忍不住兴奋地挥了挥拳头。再看刘子欣，却见她面色如常，看不出是喜是忧。

第二局，由秦风先取书展示。秦风取出一套线装书放在台面上，两位评委各自拿了两册，小心翻阅，并示意他进行说明。

秦风侃侃而谈道："这套书名为《会试同年齿录　光绪乙未科》，线装四册，木刻本。这套书全面收集了清代光绪乙未科会试的官员、考生等名册，详细注明了官员职位、考生名次、籍贯、家属档案等信息，是珍贵的清代科举文献史料。"

秦风展示完，两位评委对视一眼，点了点头。轮到刘子欣了，只见她双手捧着一套大开本的函册拿到评委面前，看上去似乎分量不轻。秦风定睛一看，见函册蓝色硬封面上写着"旧都文物略"五个大字。

秦风脑海里正翻江倒海地搜索着关于《旧都文物略》的信息，耳边却便听到刘子欣娓娓道来："这是一本宣传老北京的大型画册，由北平市政府秘书处组织编写，成书于民国二十四年，系统介绍了北平从隋唐建城至民国期间的古都风貌和文化传统。全书分为宫殿、园林、坊巷等十二部分，并配有四百余幅老照片，是全面研究和了解老北京的权威著作。"

两位评委聚精会神地看着书，似乎都没有留意到刘子欣的话。两人的表情也大不一样，钱斯同见猎心喜之情溢于言表，笑得一双眼睛几乎都眯成了一条缝；而韦之清却是全神贯注、心无旁骛，看至酣处，脱口吟道："旧都富色香之古趣，占文明之中心。四方矜式所尊，细流盈科而进。烛龙照海，遍发光芒；琐结营巢，名饶蹊径。着婚丧之丰俭，可知因时以咸宜；备雅俗之游观，亦觉得心而应手。大邦物象，犹识千秋礼意之存；小技丸蜩，足补一编稗官之史……好书啊好书！"

秦风听韦之清这么一说，顿时感觉不妙。果然，片刻工夫后，只见两位评委低头交换了一下意见，接着韦之清正色道："无论是从文献史料价值、版本珍稀程度，还是从工艺考究等方面比较，《旧都文物略》一书都明显胜过《会试同年齿录》。所以本局PK，刘子欣获胜。"

在刘子欣做展示说明时，秦风就知道自己这一局赢面不大。两种书一比较，《会试同年齿录》说白了不过是光绪乙未科会试官员及考生的一份通讯录，而《旧都文物略》却是一套老北京的风土人情百科全书，加上四百余幅老照片，单从文献史料价值上来衡量，两者相差便不可以道里计。所以此局，自己输得也算无话可说。只是，地下室的书架上自己也曾扫过一遍，不可能漏过《旧都文物略》这样一本显眼的大部头，除非这是刘子欣从那个神秘的小书箱中找出来的。问题是，那个小书箱中还有哪些珍本呢？秦风不禁皱起了眉头。

两局下来，双方战成平手。秦风盯着刘子欣，却见她气定神闲，似乎并不急着上前展示，反而朝自己笑了一下，示意自己先上。由于比赛规则并没有规定谁先做谁后做展示，刘子欣不上前，那只有秦风先出来展示了。秦风正要迈步，突然脑子里灵光一现，想到了什么，暗叫不好，硬生生收住了步伐，大声道："评委先生，我发现比赛环节中有一个问题，对比赛结果会有很大影响。"

"什么问题？"两位评委都露出惊讶的表情。

"目前的比赛流程是一名选手先展示，另一名选手后展示，但这样一来，先展示的选手明显吃亏，因为后展示的选手可以根据前者的情况，及时调整自己的展示书籍以求压过对方，从而获得较大的赢面。"

韦之清和钱斯同听了，交换了一个眼神后，点点头，韦之清问："你有什么好的建议。"

"我建议，为了公平起见，接下来三局，选手每局都用布将自己要展示的书盖好，一起拿到评委面前，然后同时揭布，有需要的再做口头说明就可以了。"

"好，这个建议不错，接下来三局就这样进行。"韦之清和钱斯同拍板同意了。

秦风见张超朝自己暗暗使了个眼色，颇有嘉许之意，不禁暗自得意。再看看刘子欣，却见她撇了撇嘴，一副不以为然的表情。

第三局开始了，秦风和刘子欣各自用一块红布蒙上自己的书，一起拿到评委面前。

韦之清一声"起布"，两人同时揭布，众目睽睽之下，两套书露出庐山真面目：秦风拿上来的是民国版的《贩书偶记》，厚厚一套函册装，一共有八册，展开后，大字疏朗，纸白版新，观之赏心悦目；刘子欣拿上来的是一本薄薄的黄皮书，边口长短不齐，纸张又薄又脆，封面上是一副木刻的毛泽东头像，下面写着"毛泽东论文集"六个红色大字。

秦风看了，顿时宽下心来，再看两位评委：钱斯同一手拿着本《贩书偶记》，一手轻轻翻页，眼睛睁得比初见面时大了几分，一张圆脸因过分专注而显得表情有些滑稽；韦之清双手捧着那本《毛泽东论文集》，先用手轻轻摩挲了一下纸张，随后拿到鼻子前，用力嗅了嗅，接着仔细翻阅着，其专注程度，不亚于一个在犯罪现场寻找着蛛丝马迹的大侦探。

两位评委各自看完了手中的书后，又互相交换着看，一边看，一边低声交流意见。好不容易等两人看完了，示意选手进行补充说明。

秦风抢先发言："这套《贩书偶记》是民国三十六年排印

本，线装一函八册全，九品以上的完美品相。该书是民国著名书商孙殿起积累数十年贩书笔记而作，主要收录清代著作以及1911－1935年间的有关古代中国文化的著作，共约万余种。因该书资料翔实、考据严谨、工程浩大，在中国图书版本研究方面影响深远……"

秦风话还没说完，就被韦之清打断了："这套书你不用多说了，大家都很清楚它的价值，倒是这本《毛泽东论文集》，我想听听刘子欣的说法。"

刘子欣笑了笑说："从解放前到新中国成立后，关于毛泽东著作的各种版本不计其数，但这本《毛泽东论文集》在其中有着特殊的地位，因为它是目前为止所发现的出版时间最早的毛泽东著作之一，版权页上注明出版时间是1940年12月，封面上标着由'新华日报华北分馆出版'。这本书虽然纸张粗劣，印刷落后，但它是在1940年抗日战争相持阶段，作为敌后的晋冀鲁豫根据地，在环境和条件十分恶劣的情况下出版的。通过书籍外观，我们都可以感受到当时的艰苦卓绝。"

刘子欣介绍的时候，秦风的信心在一点点地动摇，本来他以为自己这一局胜券在握，没想到刘子欣这么一本不起眼的书，竟然大有来头。

还没等秦风收住自己的胡思乱想，就听到韦之清中气十足的声音："这两种书各有千秋，《贩书偶记》一向为藏书人士所重，且此套书品相完美，确实少见；而《毛泽东论文集》一书虽然印制粗糙，但基本保存完好，无缺字残损，作为珍贵的革命文献史料，历经战火，存世极少，其价值非同寻常，更胜过《贩书偶记》。故经评委协商，一致认定，本局刘子欣获胜。"

11

三局下来，秦风已经输了两局，他这时的心情，是既沮丧，又不甘心。现在，第四局对他来说，只有背水一战，赢了，就还有翻盘的机会；输了，就彻底出局了。

秦风看了眼张超，只见他眉头紧锁，不停盘着紫檀手串，显然在替自己担心。秦风朝他使了个眼色，示意他不要担心，自己会放手一搏。现在秦风手上还有两套书，价值都不菲，但其中一套价值远在另一套之上，也是他在店内所找到的价值最高的一套书，本来是他打算放在最后一局定胜负的王牌，但是现在局面凶险，他只能提前祭出这招"撒手锏"了。

第四局开始了，秦风和刘子欣对视一眼，彼此都感觉到对方眼中的杀气，虽然这只是一场看似风雅、无关生死的K书比赛，但不经意间双方都已经押上了自己的前程和命运，一方不想输，另一方更是输不起！

两人分别将红布蒙上的书，一起拿到评委面前。

韦之清一声"起布"，红布只揭起了秦风的那块，而刘子欣那块却纹丝不动。但大家的注意力全被秦风亮出的书吸引过去了，一时竟没人去催刘子欣揭布。只见秦风亮出的书是一套函册装的线装书，封皮上写着"蜃楼志全传"五个大字。

钱斯同顾不上评委的矜持，一把捧起函册，从中取出第一本

058

认真翻阅了起来，一边看一边口里还念念有词："嘉庆十二年刊本，庾岭劳人说，虞山卫峻天刻，你开个价吧，这书……"话到嘴边，钱斯同突然意识到自己说错话了，赶紧改口道："嗯，这书不错，小伙子有眼光！"

一旁仔细观望的韦之清接口道："这部书确实不错，在清代的小说中算得上是中上之作，但因其内容涉及海淫海盗，自清中期问世后一直被列为禁书，故存世量极少。据我所知，这部书最早的一个版本'嘉庆九年刊本'，目前仅存世两部，一部藏中国科学院文学研究所，另一部藏法国国家图书馆。而这一部虽然是'嘉庆十二年刊本'，但在国内也是寥寥无几，更何况品相如此完好，难怪钱兄爱不释手。"

韦之清这一番话略带调谑之意，钱斯同听了哈哈大笑道："我们这些书虫，都改不了爱书如命的臭毛病，一见了好书，都差点忘了正事了。哦，对了，刘子欣，你展示的书呢？"

刘子欣微微一笑道："《蜃楼志全传》这部书如此难得，我的书是万万比不过了，这一局我输了。"说着，刘子欣揭开了蒙在自己书上的红布。

书一亮相，顿时全场哗然，秦风更是目瞪口呆。大家都没想到，刘子欣亮出来的，竟然只是一本1979年北京出版社出的《燕山夜话》。虽然这本书已绝版多年，但因发行量大，在旧书市场上还是很容易买到，价格也不过几十元。

钱斯同还怕这本书里藏着什么玄机，于是拿到手上，仔细翻看了一遍，一边看，一边摇头，看来书中既没有什么名家手迹，也没有什么特殊之处，这只是一本平平无奇的旧书罢了。

毫无悬念的情况下，秦风赢下了第四局。但是他心中毫无喜悦之情，他只觉得奇怪，之前三局，刘子欣亮出来的书籍，不论是《献给投考初中者》，还是《旧都文物略》，抑或是《毛泽东论文集》，都算得上是书中珍本，价值高的已接近六位数，价值低的也不少于三千元，而第四局的《燕山夜话》，价值远远不能和前三者相比，亮出来可以说毫无胜算可言，那么刘子欣为什么要这样做呢？

《蜃楼志全传》是自己压箱底的王牌，狠心甩出去了，结果没撞上人家的大鱼，只是碰上只虾米，早知道，自己用另一本书都能完胜此局，不用白白浪费这张王牌，秦风心中仿佛有一千万只草泥马奔驰而过。

唯一值得安慰的是，双方战成了2：2平，自己还有获胜的机会。秦风看了看手头最后这本书，暗暗给自己鼓劲。这本书是线装本的《巴黎茶花女遗事》，光绪辛丑刊本，林纾译作，品相八五品。

林纾是中国最早翻译西洋小说的人，他一生中翻译了一百七十多种小说，引领一时潮流，被人誉为清末民初的"翻译界之王"。林纾自己不懂外文，他的翻译完全依靠别人口译给他听，由他用古文写出，因其国文功底深厚，不少作品被他译得生动传神。《巴黎茶花女遗事》是部曲折动人的爱情小说，和中国传奇小说有相通之处，而且描写更为细腻深刻，所以它对清末民初的言情小说潮流产生了不容回避的影响。该书由林纾译笔引入国内后，令国人大开眼界，风行一时。此刻，秦风将此书拿来压轴，论其分量自无不可。

第五局的决胜局开始了，秦风和刘子欣分别将红布蒙着的书，一起放到评委面前。韦之清一声"起布"，秦风并没有抬手，他想先瞧瞧刘子欣亮出来的是什么书。

　　这次刘子欣倒挺干脆，一抬手便揭开了红布，亮出一本青灰色封面的毛边本来。封面上五个大字，秦风乍一看只认出一个"外"字和一个"小"字，顿时心中纳闷："这是什么怪书？"

　　秦风还在犯糊涂，一旁的两位评委早已喜出望外，几乎同时伸出手来抢书。韦之清个高手长，抢在钱斯同之前拿到书，喜滋滋地翻阅起来。钱斯同一脸无奈，只好侧身，歪着脑袋凑过去看，丝毫顾不上自己专家的身份。

　　两位评委一边看，一边赞不绝口，仿佛两个登徒子看到了一位倾国倾城的佳人，被迷得神魂颠倒，不知身在何处。秦风和刘子欣被晾在一边，好像空气一样透明。

　　秦风有点沉不住气了，故意咳嗽了一声，然后揭开了自己书上的红布，没想到两位评委只是朝《巴黎茶花女遗事》瞥了一眼，还是自顾自地赏玩着刘子欣的那本怪书。再看刘子欣，一脸掩饰不住的得意之情，似乎知道胜局已定。

　　秦风顿时气不打一处来，还好这时张超站了出来，替他出声道："评委先生，这里还有本书，你们没看呢！"

　　"呵呵！有《域外小说集》在此，其他的书都无足轻重了。"韦之清一边说，一边拿起《巴黎茶花女遗事》，礼节性地翻了两下，又放下了。

　　"小伙子，我活这么大，还是第一次见到这本宝书的尊容，你输得不冤了。"钱斯同又补了一刀。

"《域外小说集》！"秦风仿佛五雷轰顶，半天没回过神来。

这本书，师父当年曾经跟秦风提到过，但因此书极其罕见，所以师父搜寻多年，也未能收入囊中。可以说，在晚清、民国版的旧书中，《域外小说集》就如同神一般的存在，能够亲睹真容的人可谓少之又少。此书于1909年在日本东京出版，由鲁迅和周作人两兄弟合译，被认为是中国毛边本的"始祖"。书中收录外国短篇小说十六篇，译文为文言。早年鲁迅弃医从文，想做的第一件事，便是办一份文学杂志，但不幸流产，中途而废。故转而想通过翻译文学作品，以引起国人的注意，这就是鲁迅和周作人合作翻译《域外小说集》的目的。但是，由于条件不成熟，又是用文言文翻译的，销路不畅，结果印出的两百册，在东京只卖出二十一册，在上海也仅卖出二十册，余书存放在上海寄售处时不慎失火，书和书版全部化为灰烬，因此《域外小说集》存世极少，成为新文学中的稀世奇珍。单从市场价值而言，此一本书，便抵得过书店大堂内的上万本书籍了。

秦风一颗心如堕冰窟，如果第四局，自己没有甩出那部《蜃楼志全传》，而是放在第五局里和《域外小说集》PK，那么这两部书还有得一拼，可是现在，自己是板上钉钉输定了。

秦风看着那本书页泛黄的《域外小说集》，不禁百感交集，想着师父在暮年终于淘到了这本心驰已久的书，也算老怀堪慰；可偏偏是这本书，让自己输掉了比赛，也输掉了前途，也许这一切，都是命运的安排吧！

等待结果的时间里，秦风就像行刑场上的犯人一样备受煎熬。终于，最后的评判结果出来了，只听到韦之清宣布道："第五局，评委一致认定，《域外小说集》价值远在《巴黎茶花女遗事》之上，故刘子欣获胜。"

停顿了一下，韦之清又朗声道："五局下来，刘子欣以3：2的比分领先，故评委最终认定，刘子欣赢得'K书之王'比赛。"

12

比赛结束，秦风输了。

对他而言，输掉的不仅仅是一家小小的书店，还有东山再起的机会，以及让他在这个残酷世界上继续生存的全部希望。之前在他最绝望的时候，他曾想结束自己的生命，是师父留下的这家书店给了他继续活下去的勇气。可是，命运仿佛跟他开了一个天大的玩笑，那个记忆中的可爱的小女孩突然出现了，仿佛变身成童话故事里的女巫，又亲手扼杀了他的希望，让他再一次陷入绝境。他此刻的心情，仿佛走到世界尽头，前方已经无路可走，也许是到了该结束的时候了。

秦风看了眼刘子欣，见她脸上并没有自己想象中的得意和狂喜，反而目光中带着些怜悯和同情。但是这种眼色更加让秦风受不了，他强压住心中的不快，走到刘子欣面前，尽量用波澜不惊的口气说："恭喜你，书店是你的了！"还没等对方回应，他便转身离去。

走出书店门口，来到街道的一个拐角后，秦风再也控制不住自己，伏在灰泥墙上，用右拳狠狠地砸了两下墙壁，砸得墙灰扑簌直飞。他恨自己，为什么总是厄运连连，为什么总是一事无成，为什么总是被人伤害，为什么总是希望破灭？！

正当秦风痛不欲生的时候，突然感觉有人在拍自己的肩膀，回头一看，不是别人，正是张超。

"我们去喝点酒吧。"

男人最痛苦的时候，不需要什么安慰和开导，需要的只是朋友和酒。

对于男人来说，朋友和酒是生命中不能缺少的两样燃料。缺一样，仿佛炒菜没了盐、血拼缺了钱，整个人意兴阑珊，没了精神；两样全无，整个人同行尸走肉也没多少区别了。

张超找的是个靠着江边、位置偏僻的小酒馆，店里没什么人，几张破旧的木桌上油光可鉴。老板是个头发花白的老头儿，一见张超来，笑道："老三样？"

"加个回锅肉，再多上一瓶酒。"

一会儿工夫，酒菜便上来了，菜是酱牛肉、回锅肉、拍黄瓜和油炸花生米，酒是两瓶白云边。

"这地方你常来吗？"秦风一边问，一边将两个玻璃杯里倒满酒。

"以前每次和老婆吵完架，心情不好时，就会来这里喝两杯。"

"没想到你张大状也有心情不好的时候，我还以为你事事顺心呢！"

"人生不如意事十之八九，有谁能够事事顺心呢？"

"说得好，来，我们兄弟碰一杯！"

……

几杯酒下去，话自然多了起来，主要是秦风在讲，张超负责斟酒和陪酒，他知道，这个时候面对一个拼命想要灌醉自己的人，不需要他讲多少话，只需要他做一个耐心的听众，最后把醉倒的人扶回去就好了。

不过，一个存心想喝醉的人，往往又没那么容易醉倒。于是，两个小时下来，张超眼睁睁看着两瓶酒喝掉了一大半，而秦风讲述自己的坎坷人生还只讲到一半时，终于忍不住插了句："你还记得我们是怎么成为好朋友的吗？"

"记得，当然记得，高一时我们同时喜欢上班里一个女生，我当时每周给她写一封情书，坚持了一个月；你呢，隔三岔五地约人家晚上在操场上散步，谈文学、谈人生，有一次被我看到了，差点就想给你一板砖。"

"哈哈，谢谢兄弟不杀之恩！"

"结果那女生把我们俩都拒绝了，一转身选择了个官二代。我还好，很快就解脱出来了，倒是你，那段时间一直想不开，天天拉着我去喝酒。"

"那女生的选择是对的，选了那个纨绔子弟，就是为了成全我们两个的兄弟之情。来，干杯！"

两人正喝得酒酣耳热，张超突然来了句："如果这时候你看到刘子欣，你会怎么样？"

"怎么样？呵呵，我打死都不想再见她的面！"

"你就这么输不起吗？连我的面都不敢见！"一个熟悉的声音从秦风身后传来，他转身一看，正是刘子欣，她还是白天的那身装束，风衣被夜风吹得衣袂飞舞，浑身散发出罂粟花一样的魅力。

秦风霍然站起身来，激动道："这书店对你刘子欣来说不算什么，你输了，照样回国外读书留学；但对我秦风来说，是东山再起的最后机会，输了，我就一无所有！现在，你赢了，得偿所愿，难道让我静下来喝杯酒都不行吗？！"

"刚好我也想喝点酒，不介意我在这里喝两杯吧？"

"美女大驾光临，当然欢迎！"张超装作没看见秦风的眼色，屁颠屁颠地拿了张椅子过来，请刘子欣坐下，又拿了个酒杯，给她斟满了。

刘子欣端起酒杯，对张超说："这次回来接手书店，有劳张律师帮忙打理各方面的事务，辛苦了，我敬你一杯！"

张超忙不迭地举杯相迎，两人酒杯碰过后，都一口干了。

见到刘子欣爽快干杯的架势，张超有些吃惊："妹子，你酒量不错啊！"

刘子欣笑而不语，待张超给自己斟满酒后，又端起酒杯，对秦风说："秦大哥，我知道你对我有意见，但我这样做，也是为了完成我伯父的心愿，我不想让他老人家苦心经营了几十年的书店就这样被卖掉。这杯酒，算我向你赔个不是，希望你不要计较。"

秦风沉默不语，拿起酒杯和刘子欣碰了一下，仰头干了，刘子欣也把酒轻轻咽了下去。

刘子欣两杯白酒下去，粉脸绯红，登时人面桃花，分外迷人。此时，江天辽阔，听着江涛拍岸的声音，吹着习习的晚风，两个喝得半醉的酒鬼对着眼前一位美艳不可方物的少女，都不觉有些痴了。

"光喝酒太闷了，要不我们来玩个'真心话大冒险'的游戏吧？"刘子欣提议道。

"好啊！"张超一口答应。秦风摇了摇头，不过什么也没说。

刘子欣把游戏规则和大家说了下：数完"一、二、三"后，大家一起出单掌手心或手背，如果一人所出手势与其他两人不一样，那么就是失败者，需要在"真心话"和"大冒险"之间做出选择，接受惩罚。

五、玉碎

13

"一、二、三"刘子欣一声令下，三只手齐刷刷地伸了出来：刘子欣和秦风都是手心朝上，只有张超是手背朝上。

"看来我运气还真不好啊！"张超自嘲道，"算了，愿赌服输，我选择'真心话'，你们出题吧？"

秦风看了眼刘子欣，示意她来出题。

刘子欣一双大眼睛骨碌碌转了下，笑着说："张律师，看你这么春风得意，我们想知道，你这辈子最糗的事情是什么？"

"我可以改选'大冒险'吗？"张超愣了一下，问道。

"不行不行，你是律师，更要遵守游戏规则。"刘子欣一口回绝。

张超拿起自己面前的酒杯，一饮而尽，叹了口气道："酒壮怂人胆，今天借着酒劲，我就说说自己最糗的事情吧——我和老婆结婚五年了，都想要个孩子，但是老婆一直没有怀孕。去年，我们两口子去医院做了检查，医生说，我身体正常，但是我老婆排卵异常，受孕的可能性不到10%。过去一年，我和老婆到处求医问药，试尽了各种办法，但是都没有效果。我对我老婆说，没有孩子也没关系，只要我们两口子恩恩爱爱，一起走完这辈子就够了。我老婆当时没说什么，可是有一天晚上，我洗完澡出来，发现老婆正看一部老电影看得满脸泪水，那部片子叫《小鬼当家》。当时，我都不敢走到她面前，她是那么想要一个自己的孩子，而老天爷却不给她……"

张超说着说着，声音哽咽了，眼圈也红了。

刘子欣给他递了张纸巾，柔声道："张大哥，别难过，你和嫂子这么恩爱，我相信老天爷会成全你们的。"

秦风也拍了拍张超肩膀，安慰道："天无绝人之路，现在科技这么发达，肯定会有办法解决的。"说着，拿起一杯酒，一口干了。

"来，我们继续玩游戏吧。"刘子欣想缓和一下此时的气氛。

"好的。"秦风扯了下张超的袖子，提醒他集中注意力。

"一、二、三"刘子欣话音刚落，三只手同时伸了出来：这次张超和秦风都是手背朝上，只有刘子欣是手心朝上。

"看来报应来得好快呀。"刘子欣吐了下舌头，"选'真心话'不知道你们会出什么刁钻问题，我选'大冒险'好了。"

秦风见张超没有出题的意思，于是指着十米外的江滩，对刘子欣说："我想惩罚你从这里下水，在江水中泡一分钟。"

"你疯了，这么冷的天，让她在长江里面洗冷水澡！"张超在一旁抱不平道。

刘子欣乍一听时有些愕然，但随即恢复了平静，她朝秦风意味深长地看了一眼，便毫不犹豫地脱下风衣，转身朝江滩走去。

"慢着！"秦风急了，几个箭步冲过去挡在刘子欣面前。

"怎么了，我下水还不行吗？"刘子欣冷冷道。

"对不起，我刚才只是开个玩笑，其实，真正的惩罚是，请你喝下这酒壶里的残酒。"秦风拿起玻璃酒壶摇了摇，里面大概还有二两不到的残酒。

"你确定是让我喝光这酒吗？"

"是的。"

刘子欣二话不说，拿过酒壶，一仰头便往口里灌去，仿佛喝的不是酒，只是矿泉水而已，顿时把一旁的秦风和张超看得目瞪口呆。

几秒钟的工夫，壶里的酒已喝得干干净净。刘子欣随手一甩，将空酒壶丢到身后，摔了个粉碎。

"我喝完了，你现在高兴了吧？"

"还要继续玩游戏吗？"

"玩，当然玩，我们都被惩罚了，还差你呢！"刘子欣似乎酒力发作，一副似醉非醉的模样。

在场最清醒的似乎就是张超了，于是由他来喊口令："一、二、三！"三只手同时伸出来，这回的失败者终于变成秦风了。

"你选择'真心话'还是'大冒险'？"刘子欣一脸的得意。

秦风犹豫了一下，说："我选择'真心话'。"

"那好，我问你，你为什么和我伯父闹翻了，十几年都没有联系？"

一听到这个问题，秦风只觉得仿佛穿着防弹衣近距离挨了一枪，整个人被震得七荤八素，半天缓不过劲来。这是他埋在内心最深处的秘密，但是今天却被人毫不留情地戳到了。

"你问这个干什么？"

"我连酒都喝了，你还怕回答一个问题吗？"

秦风沉默了一会儿，长叹了一口气，终于开口讲起了一段尘封已久的往事。

14

自从十几年前的那天晚上，无意中踏入了"古意旧书店"的门，秦风和老人因为一幅画而结缘，从此一老一少成了莫逆之交。秦风一有空便去"古意旧书店"，老人在时，他便陪老人画画写字、谈天说地，翻翻老人为他挑选的好书；老人不在时，他便独自沉迷书海、手不释卷。临到放寒暑假的时候，秦风甚至整个假期都泡在书店里，碰到阿木出去进货了，秦风还会帮老人打理一下店内的生意。

一老一少，朝夕相处，坐拥书城，不是师徒，胜似师徒。日子就这么一天天过去了，作为一个胸无大志的书虫，有时秦风甚至会想，以后大学毕业了，也不用去找什么工作，干脆就来店里做个伙计，天天与书为伴，闲时手边拿起书便能看，还有一个博古通今的老人可以当作师父随时请教，这是多么惬意的事情啊！

不知不觉，这样的时光过了两年半，秦风快要高考了，虽然因为复习紧张，高三下学期，秦风来书店的次数少了，但每个月只要能挤出一点时间，他都会到书店里坐一坐，哪怕什么书都不看，只要来到这个熟悉的环境，他便会觉得全身放松，仿佛来到世外桃源一般心旷神怡。

高考前的最后一个周末，秦风复习完所有的功课后，信笔在一张白纸上涂抹着，写着写着，突然发现自己不经意间写了好几个"武大"的字样，顿时禁不住笑了起来。他高考志愿填的正是武大，以他现在在班上长期名列前茅的成绩来看，报考武大应该是个不错的选择。

对未来的大学生活，他充满了憧憬！

发了一会儿呆后，秦风想到有段时间没去"古意旧书店"了，刚好现在有空，于是兴致勃勃地出门了。

到了书店，却没看到老人，阿木说老人出去访友了，晚点回来。秦风也不以为意，跟阿木打了个招呼后，便自己轻车熟路地进了书房，找了本民国版的《陶庵梦忆》在书案前看了起来。

看书的工夫，时间总是很容易过去，不知不觉便看到落日西沉，却还不见老人回来，秦风觉得有些目倦神疲，于是放下书，在书房里四下打量起来。这一看便发现，书案右侧的文盘上除了日常所放的文房四宝外，竟然还多出了一个巴掌大小的锦盒。

秦风一时好奇心起，拿起锦盒，轻轻打开，只见锦盒内装的是一只晶莹剔透、温润而泽的玉镯。秦风虽然对玉不是特别在行，但因老人喜欢玉器，平时把玩之余，也会给他讲些关于玉器的知识，于是秦风一看便知这只镯子是由上好的羊脂美玉雕琢而成，熠熠生辉，白玉无瑕，令人一见便为之怦然心动。

秦风忍不住取出玉镯，拿到眼前，对着从窗户洒进的余晖，想看个仔细。就在这时，书房竹帘掀动，一个人影闪了进来，不是别人，正是老人。

老人看见秦风手里拿着玉镯，脸色大变，厉声道："给我放下！”

秦风正看得如痴如醉，猛地里被老人这一吼，吓了一大跳，禁不住手一哆嗦，玉镯竟从手上掉了下来，摔在地上，一声脆响，断成两截。

秦风顿时傻了，呆立原地，不知如何是好。

老人眼里如欲喷出火来，犹如一只暴怒的狮子。还没等秦风说话，老人一记狠狠的耳光甩过来，秦风只觉如遭电击，眼冒金星，半边脸火辣辣地疼痛，鼻子仿佛也被什么东西堵住了，用手一摸，竟然全是血。

秦风几乎不敢相信自己的眼睛，眼前的老人似乎变了一个人，感觉就像发狂的野兽一样，要将他撕成碎片。他还想解释，只听到老人对他吼道：“滚，你给我滚！”

秦风不知道自己是怎么从书店里跑出来的，只知道自己一路上摔了好几跤，路上行人见了纷纷侧目。鼻子一直在流血，秦风不敢回家，在路边找了个小诊所，让医生帮忙止住血，又用冰敷给脸部消肿。饶是这样，秦风晚上回到家里，母亲看到他鼻青脸肿的样子，都不由得大吃一惊，连忙问他怎么回事。秦风不想多提，只说是走路不小心摔了一跤。母亲见他脸色，也不敢多问。

接下来几天，秦风完全无心复习，脑海中无数次回想起玉镯摔碎时的那一幕，以至于晚上也辗转反侧，彻夜难眠。

高考时，秦风不知道自己是怎样撑过那两天的，数学、外语还好，靠着平时打下的基础，考试时见招拆招，一路机械性地把卷子做完。可考历史和语文时，他完全控制不住自己的思路，看到卷子上讲诸子百家和唐宋文化的题目时，他立刻想到和老人一起书房畅谈、纵论古今时的情景；看到卷子上"难忘的一幕"字眼时，他立刻想到老人震怒时的情景；再看到卷子上"如切如磋，如琢如磨""谦谦君子，温润如玉"等字眼时，他立刻想到那块被摔碎的玉镯……秦风不知道自己是如何强打精神做完语文和历史试卷的，只知道走出考场后，整个人精神恍惚，全身虚脱，仿佛大病了一场。

高考完半个月后，分数出来了，秦风考砸了，平时语文、历史成绩都在班上数一数二的他，两门居然都只拿了一百来分，让老师和同学大跌眼镜。最后，他考上武大的希望破灭了，录取他的学校变成了他作为第三志愿随手填的一所二本院校。

高考之后，秦风的心态发生了巨大的变化：此前，他一直为自己不慎摔碎玉镯的行为而后悔，很想找个机会去向老人赔礼道歉，可是又怕老人怒气未消，他几次走到书店附近，却不敢登门；高考成绩揭晓后，秦风陷入了巨大的痛苦和失落中，他开始觉得，如果不是因为这一偶然事件，他不会发挥失常，以至于考得这么糟糕，就因为这件事，害得自己整个人生轨迹都改变了。他甚至有些恨老人，自己是做错了事情，但你也用不着发那么大的火。不是有句老话，年轻人犯了错误，上帝都会原谅的。

因为这层心结，从暑假过后去武汉读大学，再到这次回来，中间十几年的时间，秦风虽曾无数次想过是否再去一次书店，和老人面对面地谈一下，但最终他还是没能鼓足勇气走出这一步。直到老人去世了，他才终于回到这家暌违多年的旧书店。

秦风的故事讲完了，现场的气氛显得十分沉重。

白酒喝光了，不知什么时候，张超又上了几瓶啤酒。秦风拿起一杯啤酒一饮而尽，神情落寞，似乎还沉浸在往事中无法自拔。

　　刘子欣看着他，突然问："你现在还恨我伯父吗？"

　　秦风沉默了，没有回答。

　　"你知道那个玉镯的来历吗？"

　　秦风用惊讶的目光看着刘子欣，听她轻柔的声音讲述了一个凄婉动人的故事：

　　刘少白年轻时有个心上人叫江依云，两人从小青梅竹马一起长大，感情很好，大了后更是一个非君不嫁，一个非卿不娶。一次，刘少白跟着同事去省城里办事，无意中在一家铺子里看到这只玉镯，十分喜欢，于是用尽身上盘缠买了下来。回来后，他把玉镯送给江依云，江依云高兴地收下了。这只镯子成为两人的定情信物。

　　正当两个年轻人对未来怀着无限憧憬的时候，不幸的事情发生了，在那个特殊的年代，刘少白被人告发"用诗歌诋毁大跃进""写诗反党"，不由分说便被关进了监狱。江依云家人为了和刘少白划清界限，匆匆忙忙将她嫁给一个家庭成分好的工人。两个有情人就这样被无情的命运拆散了。

　　"文革"结束后，刘少白终于等来了平反冤案的那一天，只是出狱后，他已是临近不惑之年的中年人，整个人离群索居，心如古井。等到二十世纪八十年代初，他迁居黄州，开了这家旧书店，整日里与书做伴。

几十年过去了，江依云心里始终没有忘记刘少白，那只玉镯一直伴随她身边。临终前，她托人将玉镯带给了刘少白。刘少白睹物思人，悲从中来，于是放下玉镯，出门找老友喝酒，一浇心中块垒。没想到回来时便发生了令他和秦风终身难忘的那一幕。

15

　　听完了刘子欣讲的故事后，秦风终于明白为什么那天，老人见到自己摔碎镯子时会勃然大怒，因为那不是一个普通的玉镯，那是老人一生中最珍爱的东西，却因为自己的不小心而毁掉了！

　　秦风心中充满了懊恼和悔恨，泪水模糊了他的双眼，他想说点什么，却什么也说不出口，只觉天旋地转，整个世界在眼前晃动……

　　当秦风醒来时，发现自己正躺在之前入住的酒店房间里，身上盖着被子，不过全身上下只穿了条内裤。脑子里还是一片混沌，完全想不起来昨晚是怎么回来的。

　　下床时，秦风只觉得头重脚轻，全身酸软无力，连洗澡的力气都没有。没办法，秦风拿起床头的矿泉水瓶，骨碌碌一口气喝了半瓶水，接着坐在床边，一边休息，一边苦苦在脑海里搜寻断片了的记忆。

　　休息了半个小时，这才缓过劲来，秦风走进浴室，一股酸臭味扑鼻而来，再一看，发现洗手盆上是自己昨天穿的衣裤，上面一大片脏兮兮的菜污酒垢，不用说，肯定是自己昨晚喝多了，吐了一身。

秦风摇摇头，把脏衣服用水泡了起来，接着进了淋浴间，打开花洒，酣畅淋漓地洗了个澡。出来后，换了身衣服，终于感觉自己清爽了不少。

懒得出去觅食，秦风开了罐八宝粥，简单把中饭解决了。看看时间，已经是下午两点，秦风想了想，拨通了张超的电话。

"喂，秦风，你没事吧？昨晚你喝得可真够多的，最后吐得一塌糊涂，还好有刘子欣帮忙，才能把你送回酒店，要是我一个人，还真搞不定你。"没等秦风说话，张超就噼里啪啦说了一通。

"我昨晚喝多了，没失态吧？"

"呵呵，你赶紧找刘子欣赔罪吧。昨晚搀扶你回来，到房间门口时，我扶着你，刘子欣在你身上摸房卡，你倒好，一家伙全吐她身上了。"

和张超通完电话后，秦风犹豫了一下，还是拨通了刘子欣的电话。

"你酒醒了？"

"对不起，昨晚我喝多了，有些失态。"

"你要觉得对不起的话，就过来帮帮忙吧，我现在书店这里忙着呢。"

"好，我马上过来。"

挂了电话，秦风心想刘子欣在书店忙啥呢。不过他也顾不上多想，匆匆收拾了下东西就出门了。

二十分钟后到了书店门口，秦风发现原本贴在门外的"旺铺转让，价格面议"的广告已经不见了，取而代之的是一张大大的海报，上面用美术字写着：

古意旧书店

一本好书，会展现一个现实世界根本无法展现的美妙。

每一本书都有它自己的身世，尤其是曾经给人拥有的旧书。

淘一本旧书，犹如打捞了一段时光。

一书在手，物我两忘，万卷古今消永日，一窗昏晓送流年。

秦风默默看着海报，沉思了一会儿，这才走进书店。进门后，只见店内有六七位顾客正在看书，刘子欣站在柜台前，正给一位挑好书的顾客结账。

"你来得正好，帮我把这本书的资料录到电脑里吧。"刘子欣看到秦风，招呼道。

秦风走过去，见刘子欣身旁有台打开的联想笔记本，桌面的Excel表里是当天售出的书籍清单。秦风赶紧按照Excel表的格式，将书名、作者、出版时间、价格等信息录了进去。录完后，他又仔细看了两遍，发现当天已经卖出了十二本书，大部分书单价在10～30元之间，最贵的一本卖了两百元，是民国版的《彭玉麟家书》。

"生意不错嘛！"买单的顾客走后，秦风来了句。

"我可不想我伯父的书店葬送在你手里。"

秦风讨了个没趣，赶紧转移话题："门口那张海报是你设计的吧？做得挺好的。"

"谢谢。现在喜欢看书的人少了，愿意买纸质书的人就更少了，我在想用什么办法能够吸引更多的人走进书店。"

"爱看书的人自然会来书店，不爱看书的人你再怎么宣传他也没兴趣。"

"你应该是爱书之人，要不然我伯父也不会把书店留给你，可是你为什么要卖掉书店呢？"刘子欣突然问。

秦风一时不知如何回答，迟疑了一下，说："人生很多事情都是无可奈何的！"

"你还没到大叔的年纪，怎么这么颓呢？照我看哪，人生苦短，不知道什么时候便会挂掉，一定要用尽全力地去做一件自己最想做的事，才不枉来人间一趟。"

"那你最想做的事是什么？"

"我现在做的就是啊！"

"开书店吗？"

"我记得曾在一本书里看过一段话：一家理想的书店，就像一座超越时空的驿站。让泥泞的往昔重获永生，让未知的期待尘埃落定，也让千万个灵魂找到了同类。我喜欢这样的感觉！"

"你还真是个理想主义者。"

"做人如果没有理想，跟咸鱼有什么区别？"

秦风沉默了，在刘子欣身上，他看到了十几年前的自己，那个敢爱敢恨、无所畏惧的年轻人。

"这本书你看能卖多少钱？"刘子欣将一本精装本的书在秦风面前一晃。

秦风接过书，见封面上题着《国宴菜谱集锦》几个大字，他翻了一下，见到书尾版权页上师父用特殊符号标注的价钱，于是说："60元吧。"

"这本书，我能把它卖到600元。"刘子欣一脸的神秘。

"怎么可能？"秦风不以为然道。

"那我们打个赌吧，我要是赢了，你在书店帮忙，做一个月的伙计；我要是输了，就请你吃一顿海鲜大餐。怎么样？"

秦风愣了一下，说："我为什么要和你打赌？"

"你还是不是男人呀？这点胆色都没有！"

秦风知道对方用的是激将法，不过他想这本书怎么都不可能卖到600元，反正是稳赢的事情，于是便点头同意了。

六、打赌

16

秦风见刘子欣盯着店里的顾客发呆，于是顺着她的目光看过去：大堂内还有四位顾客在看书，其中两个是学生模样的年轻人，一个是拄着拐杖的老大爷，另一个则是位身材魁梧的中年男子，刘子欣注意的正是他。

只见这位男子年龄大约四十岁，浓眉大眼，方鼻阔口，一身剪裁得体的高级西装很好地修饰了略微发福的身形，最显眼的则是他梳得油光发亮的大背头，这是一个很难驾驭的发型，但在他身上却丝毫不显得突兀。

秦风正想问刘子欣这人是谁，不料刘子欣已经拿着手里的书，径直向那男子走去。

隔着七八米的距离，秦风只看到刘子欣在和那男子搭讪，却不知他们在说些什么。过了一会儿，只见刘子欣将那本《国宴菜谱集锦》递给男子，对方一脸喜色，翻看的过程中频频点头，似乎颇为赞许。

秦风越看越纳闷，心想刘子欣葫芦里到底卖的是啥药，难道她想把书卖给这个人。

又过了十分钟，只见中年男子从口袋里摸出一张名片递给刘子欣，刘子欣双手接过后，中年男子又和他寒暄了两句后，便拿着书朝柜台走来。

"这本书我要了。"中年男子放了六张"老人头"在柜台上。

秦风收下钱，看着中年男子拿着书扬长而去，惊讶得半天合不拢嘴。

"怎么样？本姑娘说到做到吧！"

"你到底是怎么做到的？"

"从明天开始，你就来店里做伙计吧。"

"你得告诉我你是怎么做到的，要不然，我怎么知道你和那家伙是不是串通一气来骗我的。"

"好吧，不跟你解释清楚，你输了也不服气。我先问你，那本书你也翻过，你觉得有什么特别的吗？"

"嗯，那本《国宴菜谱集锦》是1984年由人民大会堂出版的，北京邮票厂印刷，并注明'内部发行，工本费伍元'，显然印量有限。比较难得的是，封面书名是胡耀邦题的字。"

"你还算有点眼力，你想想，二十世纪八十年代，一般的书，定价不过几毛钱，而这本书光工本费就是五元，而且又是人民大会堂出版并内部发行，现在存世量能有多少？"

"就算物以稀为贵，这本书也不至于卖到六百元吧？"

"你注意到没有，这本书中详细记载了五百种国宴菜肴的做法，并且附有十份国宴常用菜单，其中　些菜，如熊掌扒鱼翅、双冬果子狸这些现在差不多已经绝迹市面了。"

"但这毕竟只是一本菜谱，对一般的人用处不大呀？"

"你知道刚刚买书的那人是谁吗？"

"是谁？"

刘子欣递过一张名片，秦风一看，见名片上写着：

成明鉴　董事长
黄州东坡楼饮食文化有限公司

"我明白了！"秦风恍然大悟，"成明鉴是做餐饮的，他见到这本书自然是如获至宝，他可以让手下的大厨，按照书中详细记载的国宴菜肴做法，摸索研制出多个市面上难得一见的经典菜式，甚至还可以整出一桌标准的国宴菜式来。"

"就算有详细的做法，国宴菜也没那么好弄的，毕竟原料、刀功、火候这些都缺一不可，不过有了这本菜谱，成明鉴至少在菜式创新方面会大有收获。所以这本书不要说我开价六百，就算我把价钱再翻两倍，他也一样会买的。"

"看不出来，你小小年纪，就有做奸商的潜质。"

"谢谢夸奖！"

"可你是怎么认出那人就是成明鉴呢？你以前和他打过交道吗？"

"我不认识他，不过我的记忆力还不错，前两天我坐车从武汉回黄州的路上，随手买了份《城市画报》，里面有一个版面是关于这位成明鉴先生的访谈，还配了张大幅照片。访谈中他说自己是土生土长的黄州人，最大的爱好是研究老菜谱。我留了个心记住了，没想到今天刚好在店里碰上。"

刘子欣轻描淡写地说着，秦风却听得目瞪口呆，仅凭报纸上的一篇报道和一张照片，几天后便能在人群中认出一个素不相识的陌生人，这份记忆力和观察力，就算不是传说中的过目不忘，也足以令人叹为观止。

"发什么愣呀，是不是没见过天才美少女呀？"

"哦，我是想请你晚上一起吃个饭，不知能不能赏脸？"

"呵呵，昨天比赛时看我像仇人，现在又无事献殷勤，打什么算盘呀？"

听了刘子欣的打趣，秦风觉得有些尴尬，连忙解释："昨晚我喝多了，把你衣服弄脏了，今天这顿饭算我赔罪好了。"

"嗯，这还差不多。"

17

晚餐秦风选的是楚天舒酒楼，这是一家地道的黄州菜馆，开了有十多年了，秦风每次回来都要去打打牙祭。

点菜时刘子欣说自己没忌口，吃什么都可以，于是秦风翻了翻菜牌，点了三菜一汤：清蒸武昌鱼、板栗烧仔鸡、酸辣藕带和莲藕排骨汤。

"本来想点个红菜薹炒腊肉，只是现在没到季节，红菜薹还没上市。"

"你对吃还挺有研究的嘛！"

"哪里比得上你，一通忽悠，硬是让人家成大老板花十倍的价钱买下一本菜谱。"

"你不觉得，一本好书，只有遇到合适的人，才能展现出它真正的价值。要不然，落在不识货的人手里，也只能是明珠暗投了。"

"你说得对！来，我以茶代酒，敬你一杯。"

两人碰过杯后，秦风突然想到了什么，问道："你怎么知道地下室的那个小书箱里有那些珍本的？"

"今年初我回黄州过年，特意去看望了一下伯父，他那时可能就觉得自己身体不行了，想把书店交给我打理，我虽然喜欢书店，但终究不想放弃国外的学业，所以婉言谢绝了。于是伯父说他想把书店交给你，还让我方便时回来帮你打理一下。我答应了，之后伯父给我介绍了书店里的藏书情况，还告诉我价值最高的几部珍本放在哪里。"

"看来你和我比赛K书是早有预谋的呀！"

"呵呵，其实如果不是你前三局乱了阵脚，第四局就把你的王牌拿出来的话，那么第五局，《蜃楼志全传》PK《域外小说集》，还不知道鹿死谁手呢！"

"我后来一琢磨，原来你用的是'田忌赛马'的策略，我输得也不冤了。"

两人说话的工夫，几道菜陆续上齐了。秦风帮刘子欣盛了碗莲藕排骨汤，正要提醒她先喝汤，却见刘子欣已经用筷子夹了几个酸辣藕带，有滋有味地吃了起来，于是笑了笑。

"怎么，是不是觉得我不够淑女呀？"

"呵呵，我只是觉得你吃东西的样子像孩子一样投入。"

"哎，你不知道，我在国外吃不到中国菜，每天都是鸡肉、牛排、三明治什么的，整个人都憋坏了，这次回来好不容易可以过过嘴瘾，你还笑！"

"好，我不笑了，你慢慢吃，别呛着了。"

秦风吃了几口菜后，突然听到店里响起《盛夏的果实》背景音乐，顿时牵动思绪，停下了筷子。

刘子欣见他眉头紧锁、食不下咽的样子，问道："怎么不吃了？"

"听到这音乐有些伤感，一下子没胃口了。"

"你肯定是想起了旧情人，是不是？"

秦风愣了一下，低声道："我和前妻刚认识的时候，她很喜欢听这首歌，后来分手了，所有东西都给了她，唯独这首歌却留给了我。"

刘子欣怔怔地看着秦风，咬了下嘴唇，说了句"你等我一下"，便走开了。

秦风还沉浸在自己的情绪中，没一会儿工夫，突然听到《盛夏的果实》音乐被切掉，变成了周杰伦的《爱在西元前》。

秦风正觉得纳闷，却见刘子欣一脸笑意地出现在面前。

"怎么回事？"

"我去找了餐厅经理，投诉说这首歌过于悲伤凄凉，影响顾客的用餐心情，建议他换了首歌。"

"你可真够顽皮的！"

"喂，是你不够意思好不好，哪有请人吃饭还哭丧着脸的？"

"不好意思，刚刚有些失礼了。"

"算了，我不是那么小气的人。对了，你知道这次我回来，第一次见到你时是什么感觉吗？"

"什么感觉？"

"那天我走进书店时，你正在柜台前发呆，一开始并没留意到我，十几年没见了，我特意观察了一下你，感觉你就像一只熊。"

"一只熊？你这比喻可真够特别的！"

"是的，一只熊，一只在寒冷的冬夜里找不到同伴，找不到洞穴，郁郁寡欢的寂寞的熊。"

秦风的心仿佛被针扎到了，慢慢滴出血来，他凝视着刘子欣，沉默了一会儿，才开口道："也许你说的是对的。今年四月，我还在广州时，朋友给了张正大极地海洋世界的票，我去那里待了一整天，里面有各种各样的极地和海洋动物，大家都自得其乐，唯独有一只北极熊，孤零零的一个伴儿都没有，样子十分悲伤，我陪了它一下午，感觉自己就像它一样孤独！"

"不要说得那么凄惨，其实熊也有很开心很活泼的好不好！我记得《挪威的森林》里，男主角说过一段话——春天的原野里，你一个人正走着，对面走来一只可爱的小熊，浑身的毛活像天鹅绒，眼睛圆鼓鼓的。它这么对你说道：'你好，小姐，和我一块打滚玩好吗？'接着，你就和小熊抱在一起，顺着长满三叶草的山坡骨碌骨碌滚下去，整整玩了一大天。你说棒不棒？"

"太棒了。"

"我就这么……"刘子欣说着，突然想到什么，赶紧打住要说的话。

秦风不明所以，见刘子欣表情有些异样，笑道："你这精灵古怪的性子，还挺像书中的绿子。"

"谢谢夸奖！我觉得你，倒是挺像《三体》中的云天明。"

"为什么像他呢？难道我可以拯救世界吗？"

"那当然不是。这只是一种感觉吧，云天明拯救人类世界的壮举我倒没怎么在意，我最感兴趣的，反而是他对程心的爱情，不可思议的浪漫，无法想象的唯美，还有难以置信的结局，让人想起了那句名言——悲剧，就是将最美好的东西撕裂给人看！我感觉这样凄美的爱情故事，不逊色于任何一个流传至今的爱情传说！"

"看来你对悲剧是情有独钟啊！"

"也许我对人生的悲剧性感受得比常人更真切一些吧。很小的时候，我看过一本书，叫作《月光下的女孩》，作者是一个名叫郭娟的高中生，她从小才华横溢，但却体弱多病，十六岁时便出了一本诗集，可是她没来得及看一眼自己的书，便匆匆离开了人世。从那时起，我便觉得，人生无常，如果能够做到'生如夏花之绚丽，死如秋叶之静美'，那也就无憾了！"

"那本书讲的什么内容？"

"那是一本薄薄的小书，里面大多是郭娟高一阶段写的作文，其中有一段话给我留下深刻印象：'忽然发现这世界美得炫目。来去匆匆的行路人，将背影嵌在这黑色的城市里，竟是从未见过的风景画。孕妇穿行在季节风里，脸上写着母亲的骄傲……生命也一定是这样，我们只是收了请柬的客人。也许你被人邀请了，也许你也邀请了别人。没有人能永远地做主人，没有人能拥有一座永久的城市。爱吧！即使只做客人，也要把城市装饰得美一点。当离开时，你已不仅仅是匆匆的过客。'"

刘子欣说完后，气氛一下凝重起来，一会儿还是秦风打破了沉默："我们现在的话题好像有些沉重哦！"

"是吗？那我们聊点别的吧。你知道我伯父是怎么看你的吗？"

"他是怎么看我的？"

"他说你是他这辈子见过的最喜欢看书的年轻人，如果潜下心来做学问，应该会有一番作为，不过你性格上有意气用事、冲动的一面，加上容易轻信于人，所以免不了会栽些跟头。"

秦风听了，沉默不语，师父确实是最了解他的人，对他的评价可谓一针见血。

"我很奇怪，你这么喜欢书，为什么要把我伯父留给你的书店卖掉呢？"

秦风长叹了一口气，把自己这些年的遭遇简单讲了讲，最后说道："本来我已是山穷水尽了，突然得知，可以继承师父这家书店，当时感觉仿佛绝处逢生，似乎师父在冥冥之中护佑着我。回来后，我也曾想过将书店继续经营下去，可是借我钱的那朋友下个月结婚，欠的钱无论如何我都要赶快还给他了，所以万般无奈之下，我也只能选择卖掉书店了。"

"那卖掉书店后的款项，你打算如何使用？"

"如果能以一百二十万元的理想价格卖掉，我会先和你对半分，我那一半，还清三十万的借款后，剩下的拿来做点小生意。"

"你还算有点良心，没想着自己独吞哦！"

“书店是师父留给我们两个人的，我怎么能够独吞？”

“现在书店归我了，你有什么想法？”

“愿赌服输，我没什么好讲的。再说你对这家书店有感情，我相信你可以把它经营得很好。”

“那你欠的钱，打算怎么还？”

“我有个舅舅，在武汉和朋友合伙开汽车修理店，我打算过两天去找他，看他能不能帮帮忙。”

“要不这样……”刘子欣话说了一半，突然打住。

“怎么了？”

“哦，是这样的，书店现有的存书大约两万本左右，如果继续经营的话，必须要有稳定的货源补充，但我对进货这方面完全不懂，你有什么门路吗？”

“呵呵，你还真问对人了。我跟师父几年，也曾陪他和阿木去进过货，接触过本地的几个书贩子，明天上午我去找找他们，看能不能再接上头。”

“那太好了，谢谢啦！”

“谢什么谢，这个月你是老板，有什么吩咐尽管差遣。”

“嗯，那这个月我可要好好过下老板的瘾。”

“你可别瞎折腾，把书店搞垮了哟！”

“乌鸦嘴！”

18

第二天上午秦风没有露面，直到下午四点多他才来到店里。刘子欣见他满头大汗，一副风尘仆仆的模样，赶紧倒了杯水给他喝。

秦风一口气喝完水，又用袖子擦了把汗，说："现在旧书生意不景气，原来那些书贩子大多改行干别的了，不过还好我找到一个，现在就在门外。"

刘子欣跟秦风出了门，只见门口有位四十多岁的中年人，个子不高，身材干瘦，皮肤黝黑得像个印度人。他推着辆三轮小货车，车上装着十来捆堆得摇摇欲坠的旧书。

秦风给刘子欣介绍了一下，原来这个书贩子姓陈，做这行已经快二十年了，因为皮肤黑，所以大家都叫他陈黑子。

寒暄了一下，刘子欣便在书堆里翻找了起来，可草草翻了一下后，她不禁皱起了眉头，这堆旧书大多是二十世纪八十年代出版的，虽然数量不少，品相也还行，可大部分都是字典、辞海之类的工具书，以及一些法律、心理学方面的专业书籍，真正有价值的没几本。

挑挑拣拣了半天，好不容易选了五本书，刘子欣问多少钱。

陈黑子瞥了一眼，说："一本一百，五本五百。"

"你这也太贵了吧！"

"现在生意难做呀！我跑了一个多星期，才弄了这么些书。你把最好的几本都挑走了，剩下的我也没法卖呀。这样吧，你要是一枪打的话，我就便宜点，一车书一千元全给你了。"

秦风见刘子欣一脸不情愿的样子，赶紧凑到她耳边，叽里咕噜说了一通，刘子欣无奈地点点头。

半个钟头后，这堆小山一样的旧书堆在书店的大堂中央。

"你看看，我在这堆书里找了半天，只找出这么几本稍微有点价值的书，其他的真跟废纸差不多。"刘子欣发牢骚道。

秦风看了看刘子欣找出来的书，除了一本1956年黄裳译的《猎人日记》初版本，一本1984年长城出版社出的《黄埔军校建校六十周年纪念册》精装本外，其他几本也不过是"十七年文学"中的《红日》《保卫延安》《林海雪原》等，而且都不是初版本。

"今天听了你的话，买了这一堆书，除了这几本能摆上货架外，其他的看来只能当废纸卖掉了。"

"生意场上，第一次交易是最重要的。这一次，我们看上去是花冤枉钱买了一堆用处不大的书，但给陈黑子留下的印象是，我们是真正的买货人。所以下次，他一旦有好书，肯定会第一时间给我们送过来的。更何况这一次，我们实际上还是占了便宜的。"

"占了什么便宜？"

秦风笑而不语，从旧书堆中找出还没拆封的一捆书，解开包扎带。这一捆说是书其实并不确切，因为里面大部分都是些《读者》《知音》《南风窗》《三联生活周刊》之类的过期杂志，还有一些杂志用信封装着，都没有拆开。

秦风从中找出一个牛皮信封，递给刘子欣。

刘子欣打开信封，见里面居然是本线装书，封面上写着《阳谷集》三个字。简单翻了一下，她立刻知道这本书的价值，顿时喜上眉梢。

"这么好的书，怎么从陈黑子的眼皮子底下溜走了？"

"今天我找到陈黑子时，他刚收到这批书，还没来得及仔细盘点，我以前和他打过交道，他就让我随便翻，结果我无意中翻到夹在旧杂志中的这本书，赶紧放回去。我看陈黑子急着将书全部出手，于是说这些书我全要了，这样才捡了个便宜。"

"看来今天买的这一堆书，都只不过是这本书的搭头罢了。"

"所以说，淘书的乐趣就在这里，只要用心去寻找，就一定会有收获。"

"那这本书你打算标价多少？"

"一本标价六十元的菜谱被你卖到了六百元，这本书我也要好好挖掘一下它的价值。"

"那好，这本书你先拿去研究吧。哦，对了，你今晚不要住酒店了，书店钥匙你拿一把去，以后晚上你就住这里帮我看店吧。"

秦风心想她是想替我省钱呢还是另有他意，于是打趣道："那你晚上也住书店吗？"

"你想得美！"

晚上九点，秦风坐在书房的书案前，埋头捧读那本《阳谷集》。因为是民国早期的老书，内文全部是繁体字竖版，并且没有标点符号，所以一开始读起来稍微有些吃力。不过好在秦风跟着老人耳濡目染了三年，国学底子还算扎实，很快便打通障碍，心无旁骛地沉了进去。

不知不觉，两个钟头过去了，秦风也将书粗略浏览了一遍。合上书后，他长叹了一口气，长期以来，他都觉得自己经历坎坷、时运不济，以至于偶尔会有怨天尤人之意，但是看了这本书，他才觉得自己的遭遇算不了什么，这本书的作者凤景良才真正算得上是天纵英才、佼佼不群，本可有一番大作为，只可惜生逢乱世，又不幸疾疫缠身，以致未能一展身手便英年早逝，其一身抱负，湮没于故纸陈灰中无人得知。

秦风心潮起伏，难以平静，作为一个百年后被这本先贤遗著深深打动的读者，他想为这位作者做点什么。于是他打开随身带的笔记本电脑，在激情的驱使下，键字如飞地写了起来……

七、蒙尘

19

《那个不幸早逝的少年英才》

1915年，两位年龄相当的少年英才，一北一南，面对风雨飘摇的神州时局，将胸中块垒，形诸文字，百年后我辈观之，仍然为之热血沸腾。这里各自抄录一段，以敬先贤！

一、《征蒙论》节选：莽莽神州，茫茫大陆，风雨霏霏，烟雾沉沉。俄叱其北，英伺其西，法唆其南，日据其东。处此飘摇震荡之时，岂非今日千钧一发之中国乎？至如此之时，处如此之势，政府人民，犹复酣睡不醒，作党争、权争、利争、民争，争争不已，继之以兵争。欲吾中华之不亡也，其可得乎？

二、《老大帝国易而为少年中国说》节选：且夫老大国，亦如老大人；少年国，亦如少年人。老大人者，毛血日益衰，志气日益微，朝不虑夕，与鬼为邻；少年人者，铁骨铜筋，气吞宇内。如击楫以渡江，闻鸡以起舞，乘风而破浪，伏阙而请缨者，皆少年人也……吾中国今日果为少年乎？吾恐有少年之名，无少年之实也。童山已濯，犹纵斧斤，涸辙已枯，未蒙润泽。间阎之憔悴如故，政府之败坏如故。防万民之口，监谤犹严；逞一己之私，挥财无算。化日光天之下，魑魅横行；康庄衢道之中，豺狼当道。秋风肃杀，寒蝉抱树而无温；夜月凄凉，哀雁经霜而独语。是诚气息奄奄，人命危浅之时势也。乌观其为少年耶？所愿我今之执政者，各宜勤力同心，善为移易，毋使我中国名为少年，而实则为老大焉。斯可也！

上述两段文字，其一出自于时在天津南开中学读书的周恩来笔下，其文壮怀激烈，一腔报国之心发自肺腑，令人动容。无怪乎阅卷老师给他下的评语是："缠绵恺恻，悲壮苍凉……青年有此文字的，是不可限量之才。"周恩来日后的成就，无疑验证了老师的断言。

第二段文字，论才情、见识，似亦不在少年周恩来之下，但作者却埋没在历史的长河中不为人所知，此是何人？且看下面这首诗：

开轩雨霁动朝晖，山色苍茫曙色微。
茅店萧条鸡已唱，园林疏落鸟空飞。
人如黄菊秋容淡，我岂青春壮志违。
料得此番江上景，芦花漂泊蟹初肥。

一百年前的某一天，安徽泾县的一位青年学子，在书斋苦读之余信手写下了这首诗。诗的作者并不是什么日后会叱咤风云的大人物，他只是清末民初的一个普通的读书人——凤景良，号阳谷。其时的他，未到及冠之年，已经剪去了清王朝的辫子，脑子里装满了胡适、陈独秀提倡的新思想，尤其是在看过梁启超的《少年中国说》之后，更是心潮澎湃，不能自已，挥毫写下了《老大帝国易而为少年中国说》。

文章慷慨激昂，言语振聋发聩，颇有梁启超之风。想见彼时的凤景良，青春年少，风华正茂，书生意气，挥斥方遒。因其"天资颖异，自其幼时已崭露头角，塾师长老咸器重之"。

不料天妒英才，凤景良诗作中的"人如黄菊秋容淡，我岂青春壮志违"仿佛一语成谶，他在赭山中学读书时不幸感染上传染病，竟致一病不起，英年早逝，死时年仅二十一岁。其时，距其新婚不过半年，距其二哥凤任民去世更不到三个月。

身为凤家顶梁柱的长子凤海樵遭此打击，"丧精失魄，意气消耗，不复有立世之想矣。惟念吾季读书未就贤而早世，其平日所为诗文颇有可观者，因出箧中遗稿请于倪君次经暨家熙甫共为编校，就正高明，以表吾弟之苦心焉，非敢以问世也！"于是世间多了这本为纪念胞弟而将其生前文稿整理成书的《阳谷集》。虽是薄薄一册，尽显手足之情。

该书共汇集了四十四篇诗文辞赋，"其中文字，论说为多，经义次之，记兴歌赋较诗更少，然以十六七龄之少年，发为气象峥嵘之文辞，机畅神旺，亦足多矣。"（编者识）

其论说，有表救国之愿（《顾亭林天下兴亡匹夫有责论》），有作忠奸之议（《千古忠奸之分分于心术篇》），有讲用兵之道（《兵术论》），有发读书之叹（《尊经阁读书记》）……笔意纵横汪洋恣肆，赤子之心跃然纸上，读之令人有"汉书下酒，曹句当歌"之叹。

其诗文，或平淡中有余味（《山居夜静有感》）：

　　　　未曾掩卷恨灯残，万籁无声夜气寒。
　　　　正是山居风景好，一轮明月映林端。

或窠臼中出新意（《七夕》）：

> 银河耿耿夜迢迢，几度相思一夕消。
> 罢织辍耕成好会，应教乌鹊早填桥。

或追慕前贤（《竹林七贤》）：

> 何如惟爱竹林中，潇洒居然隐士风。
> 最喜万竿千个里，七贤会饮乐无穷。

或清冷脱俗（《题寒江独钓图》）：

> 雪压芦花动朔风，寒光极目大江东。
> 人踪寂寞无寻处，独有孤舟一钓翁。

才情毕露，令人称道。

回到《阳谷集》本身，该书为民国铅活字版（一册全），白纸大开本，大字疏朗，纸白版新，阅之令人爱不释手。因是大户人家自印本，其在印制方面显然是不惜工本，同时其发行量亦不大。根据该书跋文时间（庚申冬月）推算，该书应成书于1920—1921年间，距今已有近百年了。

值得一提的是，书内有大量批校文字，可以从中读到许多细节。尤其是在书尾，经阅人写道："嗟夫！何凤君之不幸……何以才人不寿，而不才者能长寿乎？是孰怪盗跖之寿高，而颜子之寿夭也！……""惜哉此人修智未修福！"对照该书扉页内附的凤景良遗像，其人英华内敛，尤令人叹惋。

以中华之大，人才之盛，历朝历代皆不乏才俊之士，但能在历史的长河中风云际会、一展身手的却并不多。有的未得其时、怀才不遇，有的明珠暗投、有志难伸，有的出师未捷、壮志未酬，还有的命运多舛、英年早逝……凤景良的命运让人联想起蒋先云，蒋先云是黄埔军校历届学生中公认最出色的一个，在校期间是"黄埔三杰"之首，所有考试都能斩获第一，是校长蒋介石的得意门生，而他的入党介绍人正是毛泽东。这样一位前途不可限量的天之骄子，却英年早逝，其北伐牺牲时年仅二十五岁。

读史总是给人无尽的想象，如果这些少年英才不是那么早去世的话，历史的画卷中是否会留下他们浓墨重彩的一笔？

"这文章是你写的？"刘子欣看完后，一副难以置信的表情。

"不是我，那是谁？"

"你昨天下午才拿到书，一晚上就能写出这篇考据文章来，你这速度也太快了吧！"

"这算什么！我以前在报社做记者的时候，白天采访完，晚上就能整出一篇五六千字的通讯出来，这只不过是基本功罢了。"

"你还真是个快枪手！不过，你怎么想到要为这本书写篇考据文章呢？"

"你看过《浮生六记》吗？"

"当然看过，那本书我很喜欢，当年我还曾感叹，为什么像沈三白和芸娘那样天造地设的一对璧人，就不能善终呢？难道真应了古人那句话'情深不寿'吗？"

"那你知道《浮生六记》是怎么面世的？"

"不清楚。"

"沈三白生前写好了《浮生六记》一书，但是因为生活拮据，一直无力将书稿付梓传世。直到几十年后，清末文人杨引传于苏州一冷摊上发现《浮生六记》手稿残本，一阅之下惊为天物，于是推荐给当时在上海办报纸的妹夫王韬，这才以活字版刊行于1877年。从此，中国文学史上才有了这样一部不同寻常的传奇作品。"

"你的意思是，这本《阳谷集》也是一本被埋没的好书？"

"从文学价值上看，《阳谷集》比不上《浮生六记》，但一个十几岁的年轻人，能有那样超出常人的文采和见识，绝对称得上是少年英才。如果不是英年早逝，此人一定会大有作为。而且我查找了一下，网上基本没有关于这本书的资料，可以断定，此书就算不是孤本，其存世量也寥寥无几，哪怕是从民国史料挖掘角度来说，这本书也有再版的价值。"

"你还挺专业的！"

"我好歹也在出版界混过几年，这点眼光还是有的。我有几个朋友还在出版界，我跟他们联系一下，看有没有可能出版。"

"出版的事倒不急，你先帮我把这个人搞掂。"刘子欣指着柜台上的显示器，闭路电视监控画面上显示一名男子正偷偷摸摸地将一本书塞进裤子里。

20

秦风朝那名男子走了过去，对方三十岁左右，个子不高，比自己矮了大半个头，单薄的身上套了件略显蓬松的黑色羽绒服。

"打扰一下。"

"什么事？"

"很抱歉，我们店里装了监控摄像头。"

"关我什么事？"

"摄像头拍到你把一本书放进裤子里。"

"我没把什么书放到裤子里。"

"好吧，告诉你，我不会让你脱裤子。不过我会把那段录像放到网上，而且会把截图打印出来贴在门口。"

"对不起，我只是想买下那本书罢了。"

"哦，那本书是……"秦风正想让对方把书拿出来看看，不料刘子欣在一旁插嘴道："《中国古代房内考》，售价五十元。"

那名偷书贼在柜台上放下一张五十元钞票，便低着头逃也似的走了。秦风和刘子欣相视一笑。

"刚才你一直在跟我说话，就算注意到他在偷书，怎么知道他偷的那本书就是《中国古代房内考》？"秦风好奇地问。

"我和你说过我的记忆力还不错，我看到了他偷书时那一瞬间的画面，他拿的是金色封面的一本厚书，虽然书名看不清楚，但那一排的书我大致都有印象，金色封面的只有《中国古代房内考》这本书。而且这人相貌猥琐，别的书估计他也不会偷。"

秦风愣住了，刘子欣超乎常人的观察力、记忆力和判断力再次让他大吃一惊。

"可是这本书的价钱你是怎么知道的？"

"这本书我昨天刚好翻了翻，因为想知道出版时间，还特意看了下版权页，于是看到了我伯父的标价。"

"然后你就记下了标价。"

"整个版权页的内容我都记下了，一个标价算什么！"

看到秦风一脸吃惊的表情，刘子欣忍不住莞尔一笑："你如果不相信的话，那我们来玩个游戏吧。"

"什么游戏？"

"你从那边'甲午'号书架上随便找一本书出来，从书中找一段你感兴趣的文字，读给我听，我就能猜出是哪本书。"

书店大堂内的书架是按照天干地支来编号的，其中刘子欣所说的"甲午"号书架距离柜台最远，共有八层，上面的书籍虽然没有摆满，但也有两百多本。秦风心想刘子欣接手这书店才不过两天时间，怎么也不可能将这架上的书全看完吧，于是怀着疑问朝那排书架走了过去。

这时书店内刚好没有顾客，秦风从书架上找了本自己熟悉的书，略微侧了下身，并特意用手挡住封面。再看刘子欣，见她和自己隔了七八米的距离，心想隔这么远，她就算视力再好，也看不清书架上的书名。

“我开始读了。”

“好的，大声一点。”

“多少年来，文官已经形成了一种强大的力量，强迫坐在宝座上的皇帝在处理政务时摈斥他个人的意志。皇帝没有办法抵御这种力量，因为他的权威产生于百官的俯伏跪拜之中，他实际上所能控制的则至为微薄。名义上他是天子，实际上他受制于廷臣。”

“黄仁宇先生的《万历十五年》。”刘子欣脱口说出答案。

对于刘子欣猜出第一本书，秦风倒没怎么惊讶，毕竟黄仁宇的这本大作太过出名，刘子欣读过也不足为奇，于是又找了本较冷门的书。

“明代的军事建构的破败，常被归因于‘承平日久’。情况真是如此吗？的确，明朝不像宋朝那样承受着长期的沉重压力。但它有过许多烦恼，诸如需要同时对付内部的造反者和南方的邻居缅甸和安南；北方的蒙古人始终是潜在的威胁，不时恐吓着北京。在一次‘轻举妄动’中，被他的首席太监诱出举行有勇无谋亲征的皇帝，做了西蒙古首长的俘虏并被扣留年余，从而在明廷引发了一场巨大危机。”

“这本书是《南明史》。”刘子欣又毫不犹豫地报出了答案。

秦风吃了一惊，赶紧又找了第三本书。

"我要再说一遍，恐惧是所有不宽容的起因。无论迫害采取什么方式或形态，都是由恐惧引起的，它的集中表现可以从竖起断头台的人或向火葬柴堆扔木头的人的极度痛苦的表情中看得一清二楚。"

"美国作家房龙的《宽容》。"

秦风摸了摸后脑勺，百思不得其解，难道刘子欣真将这书架上两百多本书都看完了，并记住了？不行，还要再试一试！

"已经变老的两位朋友坐在窗前还是觉得，心灵的这种自由来到了。正是在这天晚上，在他们脚下的街道已经能感触到未来了，而他们自己也步入未来，今后将永远处于未来之中。想到这座神圣的城市和整个地球，想到没有活到今晚的这个故事的参加者们和他们的孩子们，他们心中便充满幸福而温柔的平静，而这种平静正把幸福的无声的音符洒向周围。而他们手中的这本书仿佛知道这一切，支持并肯定他们的感觉。"

"苏联作家帕斯捷尔纳克的《日瓦戈医生》。不过这本书不是'甲午'号书架上的，是你从旁边的'甲未'号书架上抽出来的。"

"天哪！你是怎么做到的？"秦风一脸不可思议的表情，就像看到了ET外星人。

"没见过天才吧？"

"你真的把书架上的书都看过并记住了？"

"天机不可泄露。"

"你要不告诉我，我今天下午就开始休病假。"

"好吧，你去隔壁的奶茶店里帮我买杯珍珠奶茶，我就告诉你。"

十分钟后，刘子欣一边喝着珍珠奶茶，一边为秦风解开谜底："《万历十五年》和《宽容》这两本书我以前看过，所以你一读我就能猜出来。"

"《南明史》你也看过吗？"

"我没看过，但是我远远注意到你拿书时的位置。"

"什么意思？"

"我昨天看店时，闲着没事做，于是记了下'甲午'号书架上的书籍摆放位置，这个书架上摆放的全部是历史方面的书籍，比较好记。当你拿书时，我远远看到你拿书的大概位置，脑子里过一下，想一想这个位置上放的是哪几本书，比如你拿《南明史》时，旁边还放了《黄河青山》《病夫治国》等书，我只要根据你读的内容筛选一下，就能判断出大概是哪一本。"

"你难道将这书架上两百多本书的书名都记住了吗？"

"对于一个拥有照相式记忆的天才来说，这个并不是什么难事。"

"那本《日瓦戈医生》你又是怎么猜出来的？"

"我看到你最后一本书是偷偷从旁边的'甲末'号书架下层抽出来的，那个书架上放的大多是俄罗斯和苏联的文学作品，我没有特意记过书名，不过恰巧那本《日瓦戈医生》我中学时看过，而你读的又是最后一段。"

秦风一时间目瞪口呆，以前他看美剧《生活大爆炸》，看到主角谢尔顿过目不忘的照相式记忆的情节时还不以为然，觉得是编剧在胡编，没想到此刻在他眼前，就有一个活生生的天才样板。

刘子欣见到秦风吃惊的样子，觉得好笑，于是用手掌在他面前晃了晃，说："地球人，没傻掉吧？"

秦风回过神来，又问了句："是不是所有你看过的东西，你都能记住？"

"理论上也许可以，但问题是信息量太大了，我的脑袋处理不过来，所以日常无意识所见的东西，我大多会忽略掉。当我对某样东西感兴趣的时候，只要我盯住它，集中注意力一段时间，就能像拍照一样将它印在脑海中。"

"你真是个天才！"

"呵呵！天才也需要补充一下能量，我带你去个地方吃点东西，顺便开开眼界。"

"那今天下午不营业了？"

"我写张店休告示呗。"

不过几分钟的工夫，刘子欣就在门口贴上了一张大海报，上面是用美术字体写得龙飞凤舞的两行字：

　　　　　　　　终年劳碌，今日店休
　　　　　　　　天高云淡，外出踏秋

21

秦风跟着刘子欣坐上一辆出租车，二十分钟后，在市郊的一处湖畔下了车。

"我们这是去哪里？"秦风打量了一下四周，认出这是黄州遗爱湖尚未开发的一块地，周边还可以看到正待收割的农田。

"等会你就知道了。"

跟着刘子欣走了五六百米，秦风看到一片郁郁葱葱的竹林，穿过林中小径又走了一段路，眼前竟然是一个占地甚广的私家宅院，粉墙黛瓦，绿树掩映，典型的徽派风格。

院墙正中两扇厚重的朱漆大门紧闭，门中间是两个油光发亮的绿油兽面铜环。刘子欣拿住一个铜环，在大门上三长两短地敲了五下，门便开了，一位身着青布长衫的年轻人满脸笑容的走出来，将两人迎了进去。

进门后，秦风低声问刘子欣："这是谁家，这么气派？"

刘子欣笑而不答，却对那年轻人说："小伍，我们秦先生是第一次来贵府，可否带他在院子里参观一下？"

"好的，几位叔伯都还在内室品茶，我陪你们先在院子里走一走。"

说完，小伍带二人在宅院内闲庭信步地走了起来，秦风不禁大开眼界：这座宅院占地不到十亩，但却修茸得玲珑雅致、曲径通幽。院内自东至西有一长墙，将园林一分为二，南北对称，两园有门相通。南园有水塘一方，塘边芳草萋萋，东西两隅竹石林立，清流见底，游鱼细石，直视无碍。南岸有房屋三五间，茅草亭一座。此外，更有竹篱藤架曲折蜿蜒，竹林、花草茂密幽深，园中路径曲折相通，如同小村落一般。方塘中有高墩，以九曲桥通向岸边，高墩上有方亭一座，上书"洗砚亭"三字，假山、翠竹相互倚伴，其间植有一株苍老遒劲的罗汉松。北园则为主人家的住宅，房廊大门正中，挂着王文治落款的匾额"快雨堂"，几个字风神萧散、俊朗疏秀。

这一路看来，秦风赞不绝口，虽然在当记者的那两年里，借工作之便，他也去过一些富豪名流的私家宅院，但感觉都不过是暴发户和土财主的品位，除了占地宽广、装修豪华外，几无可称道之处，但今日所见的，显然是个例外。他不禁对主人的好奇之心又加重了几分。

一番走马观花，堪堪将院子逛了一圈，这时小伍接了个电话后，说几位叔伯已在"洗砚亭"等候，于是带两人过去。

到了"洗砚亭"前，秦风发现亭内三人都是熟悉的面孔，左右两个体形富态的老人分别是胡润成和钱斯同，而居中的那位高个长者正是韦之清，这时秦风猛然想起胡润成说的话："我和你师父，还有韦之清等几位朋友，因为意气相投，所以效仿古人的兰亭雅集，每年也搞几次聚会，有时在韦兄的私家宅院，有时就在你师父的书店里。"看来，此处正是韦之清的宅第，只是刘子欣为什么带自己来这里呢？

秦风正疑惑不解，却听到刘子欣欢快的声音："韦伯伯、钱教授，你们好！这位是胡叔叔吧？上次见面，多有得罪，请您包涵！"

"哈哈哈哈！润成想瞒着我们买下你的书店，你怼他一下，也是应该的。"韦之清大笑声中，胡润成落了个脸红耳赤。

看到众人目光都集中到自己身上，秦风正不知如何开口，刘子欣已替他接过话："韦伯伯，今天你们这'砚亭诗会'邀请的是古意旧书店的店主，现在秦风是我的合伙人，我们一起过来，不算唐突吧？"

"子欣你是熟客，秦风贤侄更是少白兄的得意门生，今日一起光临，我们是欢迎都来不及呢。"

寒暄声中，秦风随众人一起入亭。亭子不大，可容纳八九人于其中。亭内正中摆设仅一桌六椅而已，桌身是两尺来高、一人合抱的金丝楠木，而台面则是一块三尺见方、随形而制的歙石砚板，砚面包浆浑厚、光可鉴人，显然已历百年风霜。秦风见了暗暗称奇。

众人就座后，韦之清朗声道："我和少白、斯同、润成诸兄，皆为好古之人，相交已有二十余年，每逢佳日，相约一聚，以诗会友。但自去年少白兄病重之后，再难一聚。如今，少白兄已驾鹤西去，好在他的事业后继有人，我们今日组织这次'砚亭诗会'，既为缅怀少白兄，愿他在天之灵保佑古意旧书店能薪火相传、生生不息，同时也是重拾雅兴、再续诗情之举。"

秦风感觉到韦之清的目光落在自己身上，似有一种无形的压力，于是拱手道："晚辈愿恭聆教诲。"

这时刘子欣来了句："韦伯伯，听说最近你从绍兴带了几坛好酒回来，今天是不是让我们尝一尝呀？"

"呵呵，那是当然。"韦之清笑了笑，便吩咐小伍去安排了。

片刻工夫，桌上架起了一只红泥小火炉，炉上一方紫砂壶内装了大半壶的黄酒。一会儿，香气四溢，小伍拿了个竹酒勺，给每人面前的黑釉斗笠盏盛满了酒。

胡润成拿起酒盏，在鼻子前闻了闻，又轻轻抿了口，忍不住赞道："好酒啊好酒，这绝对是二十年以上的女儿红，韦兄你是从哪里弄到这样的好酒？"

"润成兄果然是善饮之人，我上个月在绍兴游玩，无意中撞见一位故人，在他家盘桓了几天，喝到此酒，大为动心，想出高价买几坛，对方不肯，最后好说歹说，就用我随身带的那只犀角杯换了这三坛酒回来。"

"是那只清代尤侃款的山水祥瑞犀角杯吗？"钱斯同着急地问。

"不是那只，又是哪只？"

"好你个韦之清，这只犀角杯我喜欢得不得了，拿几样宝贝和你换，你都不肯，现在别人用几坛酒就跟你换走了。"钱斯同气不打一处来。

"李白的五花马千金裘都可以拿来换酒，我的一只犀角杯又算得了什么？佳酿难得，来，我们一起碰一杯！"

在韦之清的提议下，大家一起干了一杯。温酒下腹，秦风只觉得一股暖气升腾而起，四肢百骸无不快意。

温酒的工夫，楠木歙石台旁附设的活动餐桌上已上了六碟佐酒小菜，分别是水晶鸭舌、芥末三鲜、姜汁蟹卷、云腿香干、琉璃蜜藕和桂花皮丝。众人也不客气，纷纷下筷。

“韦兄，今天诗会的主题是什么？”胡润成吃了片云腿后问。

“以往每次，不是吟春颂秋，就是赏花品雪，未免太无新意。这样吧，今日我们换个方式。”韦之清说完，对小伍如是这般交代了一番。

一会儿，小伍拿了个黄花梨笔筒过来，笔筒内装了十几支竹签做的令筹，他给每人发了两支。

“今日我们来个命题作诗，每人在令筹上写明作诗要求，是‘五言’还是‘七言’，具体内容，含什么字眼等，写完后放入笔筒。大家轮流抽签，抽到哪支令筹便按要求作诗，作不出来又无人搭救者，自罚一杯。”

韦之清话音刚落，众人纷纷点头，只有刘子欣噘着嘴说：“韦伯伯，你知道我不会吟诗作对，等会只有被罚的份。要不这样，秦风诗写得不错，由他做代表出赛，我负责给大家斟酒好了。”

秦风没想到自己被摆上台面了，正要推辞，却听韦之清道：“也好，从前听少白兄提起秦风贤侄是赞不绝口，今日正好切磋切磋。”盛情难却，秦风只好表示恭敬不如从命了。

八、诗会

22

众人写好令筹，先后放入笔筒中。刘子欣将笔筒摇好后，一场诗会正式拉开了序幕。

韦之清年岁最长，于是第一个拿了令筹。刘子欣凑过去，帮他念了出来：执此令筹者，需即席作一首五言绝句，需含"日"字和"酒"字，数量词一个，限时五分钟。

韦之清拿着令筹，冥思苦想，众人怕扰了他的思绪，都放低了声音，窃窃私语。

"有了！"韦之清喜道，"我这首诗就叫《偶得》。"

> 得闲观日落，自在赏花开。
> 月下一壶酒，静候友人来。

韦之清一诗读罢，众人赞不绝口，认为平淡冲和、意境高远。韦之清闻言，面有悦色。

接下来轮到钱斯同了，他抽到的令筹要求是作一首七言绝句，需含"山"字，文房四宝中器物一样，数量词一个。

钱斯同皱着眉头，一边思索，一边用手梳理脑门上稀稀疏疏的头发。秦风看了想笑，赶紧忍住。

五分钟的时间到了，钱斯同的诗终于憋出来了。

咏　砚

深山老坑千年埋，良工雕琢鬓已白。
英华内敛非俗物，研墨万千助英才。

"好一个'英华内敛非俗物，研墨万千助英才'！钱兄不愧是砚痴，此诗可作砚铭传之后世。"韦之清笑道。

"韦兄见笑了！最近新得了一方当年张之洞主持开采制作的老坑端砚，喜不自禁，刚好借这首诗贺一贺。"

"你们两个骨子里都是文人，就我脱不了商人的俗气，算了，舍命陪君子吧。"胡润成说着，从笔筒中抽出了一支令筹。他抽到的令筹要求是作一首七言绝句，需含"天"字，古代珍宝两个，数量词一个。

这个看来真把胡润成难住了，他在亭子里踱来踱去，一言不发。好不容易，挤出一句："有眼不识和氏璧。"可是念完此句后便卡壳了，半天没下文。

秦风见他焦头烂额的样子，有些不忍，于是凑过去，在他耳边低声道："无缘一睹隋侯珠。"仿佛一语惊醒梦中人，胡润成一拍脑门，诗作脱口而出。

感　遇

有眼不识和氏璧，无缘一睹隋侯珠。
白云苍狗天地变，不见汉武黄金屋。

众人喝彩声中，胡润成摇摇头道："这首诗多亏了秦风，这杯酒我是要罚的。"说完拿起面前的酒盏，将杯中酒一饮而尽。

轮到秦风了，他抽到的令筹要求是作一首七言绝句，需含"云"字，鸟类一种，数量词两个。

秦风在亭子里踱了两圈，站住道："刚才胡先生以'感遇'为题作诗一首，我这里献献丑，也用'感遇'来一首吧。"

得过且过意消磨，燃情岁月去已多。
虽有鲲鹏万里志，只欠风云一回合。

秦风念完后，掌声四起。胡润成赞道："同样是《感遇》，你这首可比我那首有气魄多了！"

韦之清也抚须赞道："年轻人能有这般诗才，实在是难得至极！"

秦风赶紧作揖称谢。再看刘子欣，满脸含笑，似乎比自己还高兴。

第一轮竞诗结束，品菜的工夫，刘子欣在秦风耳边低声道："才子，表现不错嘛！"

"你怎么知道我会写诗？"

"这是个秘密。"

秦风皱了皱眉头，百思不得其解。

一会儿工夫，第二轮竞诗又开始了。韦之清照例第一个拿了令筹，这回他抽到的令筹要求是作一首七言绝句，以"闲来无事不从容"做首句，需含"书"字和"风"字。

"'闲来无事不从容'，这是宋代大儒程颢《秋日偶成》一诗中的名句。"韦之清沉吟片刻，一首七绝新鲜出炉。

闲　趣

闲来无事不从容，坐拥书城赛王公。
世间烦嚣随它去，洗砚亭里听清风。

"好诗好诗！坐拥书城、砚亭听风两大好事都让韦兄你一人占尽了。"听了钱斯同的夸赞，韦之清拊掌大笑。

轮到钱斯同了，这回他抽到的令筹要求是作一首五言绝句，以"自得逍遥意"为其中一句，需含"人"字和"棋"字。

钱斯同轻轻抚摸着歙石砚板桌面，若有所思，仿佛一个对弈中的棋手正在考虑如何落子。片刻工夫，他一拍桌面，说道："有了！"

自　得

世事乱如棋，人情薄似纸。
自得逍遥意，任他风云起。

"前两句虽然落了窠臼，但好在有'任他风云起'这句点睛之笔，整首诗先抑后扬，气势不凡！"韦之清赞道。

"韦兄过奖了！"

"你们两个都是文人骚客，苦了我这个凡夫俗子，还要陪你们吟诗作赋。"胡润成一边说，一边从笔筒里抽出支竹签。这回他抽到的令筹要求是作一首七言绝句，以作画为内容，需含"砚"字和"香"字。

"你们两个，一个是砚痴，一个有'洗砚亭'，这首诗应该由你们做，怎么抽给我了？"胡润成有些无奈。

牢骚归牢骚，胡润成还是在绞尽脑汁地想。看着他愁眉不展、抓耳挠腮的样子，刘子欣不禁掩口而笑。

时间到了，胡润成终于挤出一首诗来。

作　画

古砚新浴粲生光，轻研细磨室盈香。
狼毫挥动云烟起，胸中……

"胸中……"胡润成一下子卡住了，最后一句不知如何接上去。

"胸中丘壑画中藏。"秦风帮他接了下去。

"对，胸中丘壑画中藏！"胡润成兴奋得大声道。韦之清和钱斯同也不禁鼓掌叫好。

"来来来，我先自罚一杯，再敬小兄弟一杯。"胡润成将杯中酒一饮而尽后，又重新倒满，秦风赶紧和他碰了一杯。旁边众人见了，都相顾而笑。

接下来又轮到秦风了，他正要抽签，不料刘子欣跳出来说："我帮你抽吧。"不由分说，便从笔筒中抽出一支令筹给了他。秦风只好接过，这回他抽到的令筹要求是作一首七言绝句，以赏花为内容，需含"树"字，数量词一个。

秦风站在原地，沉思片刻后，说："去年三月，我到湖南永州旅游，去观赏一个'万树梨花'的景点，没想到时节未到，梨花还没盛开，回想当时情景，于是便有了下面这首小诗。"

永州踏青有感

千里跋涉寻芳华，花期尚在树枝丫。

眼前虽无花满树，胸中却有千树花。

"这首诗固然是好，但'花'字和'树'字都用了三次，过于重复。"钱斯同皱着眉头道。

"钱兄所言差矣！还记得严羽如何评价《黄鹤楼》一诗吗？此诗某种程度上有异曲同工之妙。虽然诗中，'花'字和'树'字都用了三次，但好在浑然天成，不着痕迹。且读者自能感觉到一股英气蕴积于胸，蓬勃待发。如此好诗，自不能以常理拘之。"

"谢谢夸奖！晚辈愧不敢当。"秦风赶紧作揖称谢。

"这小兄弟挺会作诗的，要不我们一人出个题目考考他？"

胡润成来了句。

"这个主意好，以前少白兄是我们当中写诗写得最好的，秦风既是他的得意门生，想必也得了真传。"钱斯同附和道。

秦风一听急了，赶紧推辞："在下才疏学浅，哪敢在各位前辈面前班门弄斧。"

韦之清笑道："长江后浪推前浪，盛世前贤让后贤。我们几个老家伙，闭门造车几十年，好不容易见到个对吟诗作赋感兴趣的年轻人，你要是不肯献技的话，可就太看不起我们几个老朽了。"

听韦之清这么一说，秦风只好改口道："前辈诚意指教，在下悉听尊便。"

23

好好的"砚亭诗会"变成了三老考秦风，虽然事出突然，但秦风也只有硬着头皮上了。再看刘子欣，眼睛睁得大大的，一副看热闹不嫌事大的样子，秦风只好无奈地摇了摇头。

这番考较，胡润成第一个站了出来："小兄弟才气过人，我老胡是甘拜下风。我这里就不出什么正儿八经的诗题了，我想请你即席作一首三句半，需含香气一种，数量词一个，花卉一种，以佛语结尾。"

"老胡真有你的，出这么个馊题目来考年轻人。"钱斯同笑道。

"三句半也是诗呀，咱们诗人就是要既能大雅，又能大俗，才行啊！"胡润成回应道。

秦风沉思片刻，突然脑子里灵光一闪，一首名为"无题"的打油诗脱口而出。

幽香入夜来，奇花独自开。

一僧怜花落，善哉！

"好！"胡润成拍案赞道，"一首打油诗能写得这般情景交融，且和命题丝丝入扣，实在是高明！来，我老胡敬你一杯！"

秦风赶紧举杯，和胡润成碰了一下后，一饮而尽。韦之清和钱斯同在一旁相顾而笑。

轮到钱斯同出题了，他看着秦风，不紧不慢地说道："我最近又重读了一遍《西游记》，看到唐僧师徒四人西天取经回来修成正果，突发奇想，孙悟空这样一个当年天不怕地不怕的混世魔王，被封为'斗战胜佛'后又是怎样一番情形？我想请秦风贤侄以此为内容写一首七绝。"

"你说我的题目馊，我觉得你这个题目更馊呢！真是挖空心思刁难人！"胡润成不忿道。

秦风愣了一下，似乎也觉得这个题目有些古怪。他从笔筒中抽出一支令筹，在手中盘弄着，闭目冥思想象孙悟空挥舞着手中的金箍棒大杀四方。

几分钟过去，秦风睁开了眼睛，一首诗作缓缓道来。

斗战胜佛

大闹天宫当年勇，心平已无昔日雄。

坐禅不谈西天事，梦里犹忆水帘洞。

"高！实在是高！"钱斯同由衷赞道，"以孙悟空的心性，虽然被封为了'斗战胜佛'，但那并不是他真正想要的生活，他真正快乐的时光，应该还是在水帘洞当美猴王时的光景。你这首诗由心境入手，对比强烈，实在是高明。"

"钱兄你向来眼高于顶，看来这回在写诗方面是遇到对手了。"胡润成打趣道。

"呵呵，江山代有才人出，年轻人胜过老家伙不是很正常的吗？来，秦风贤侄，我敬你一杯！"

秦风和钱斯同碰完杯后，众人目光都转向了韦之清。只见他抚了抚胡须，沉声道："秦风贤侄果然才华横溢，不愧是少白兄的高徒。我这里就出一个难点的题目，自古道'乱世出英雄'，我想你先正用其意，再反用其意，各写一首诗，要能别出机杼、自圆其说。当然，时间可以放宽到十五分钟。"

"我说钱兄和我的出的题目已经够难了，没想到韦兄你出的题目是难上加难，一首诗不够，要两首，而且立意要完全相反，这么刁钻的题目，亏你想得出来。"听了胡润成的调侃，韦之清微微一笑，并不回应。

这回秦风是真正觉得头大了，写两首诗并不难，难的是两首诗立意完全相反，且要能自圆其说，这就像遇上一个强盗，好不容易一番搏斗将其打死了，马上又要将其救活，简直就是无法完成的任务。

秦风有点想放弃，但闭上眼睛，脑海中马上浮现起当年在书房中师父和自己口传心授时的情景，那时师父经常会出些题目，让他即兴吟诗作对，自己这身出口成章的功夫，差不多就是那时候练出来的。如果此刻师父在场，肯定不高兴自己临场放弃的。

想到这里，秦风赶紧收摄精神，闭目沉思，进入浑然忘我的状态。

一刻钟时间到了，负责提醒看时的刘子欣轻轻按响了报时器。秦风睁开眼睛，站起身来，朗声道："时间仓促，草做了两首小诗，请各位前辈指正。"

读史有感

一

自古英雄出草莽，卧虎藏龙远庙堂。
太平不屑门下犬，危难方见张子房。

二

逐鹿天下万民苦，问鼎中原百世悲。
莫道英雄出乱世，江山如画战火摧。

秦风念完后，全场一时鸦雀无声，一会儿韦之清的掌声打破了宁静，接着众人纷纷鼓掌叫好。

"这两首诗单独来看，都算不上佳作，但放在一起，对比观之，却意味深长。诗作一道明，自古英雄时时有，太平时节难出头，只有天下大乱、国家危亡的时候，旧的秩序打乱了，英雄才有出头的机会；诗作二换了个角度，乱世固然是英雄豪杰出头的好机会，但硝烟弥漫、生灵涂炭，实在不是国家的幸事。短短时间，秦风贤侄能完成这两首诗作，的确不简单。少白兄有此高徒，当可含笑九泉了。来，老朽也敬你一杯！"

秦风不敢怠慢，赶紧和韦之清碰了一杯。

接下来，吟诗较技的文人诗会告一段落了，一番觥筹交错，活动餐桌上的六碟佐酒小菜清空了，又换上了六道热菜：清蒸大闸蟹、鸡油鲜芦笋、珊瑚鳜鱼、梅花牛掌、冬瓜鳖裙羹和人参凤凰鸡。所上菜式，无不是色香味俱全的佳肴，众人边吃边饮，谈笑风生，逸兴横飞。

这一番宴饮下来，从落日斜阳喝到了明月当空。秦风一看时间不早了，想起明天还要去武汉舅舅家，于是起身告辞。

韦之清将秦风和刘子欣送到门口后，说："秦风，下周四下午，你如果有空，可来舍下'快雨堂'品茗赏砚。"

秦风一口答应。这时刘子欣又来了句："韦伯伯，有件事我想跟您咨询一下，明天上午您有空吗？"

"有空，明天你过来就行了。"

韦之清执意要用自己的奔驰座驾来送二人，秦风和刘子欣推辞不了，只好上车。

"明天上午你要去武汉吗？"刘子欣问。

"是的，我的麻烦事，只能找老舅帮忙了。"

"这么多钱，他一下子能拿出来吗？"

"我也不知道，只能走一步看一步了。"秦风叹了一口气，突然想到了什么，问道："你怎么知道我会作诗，不怕我当众出丑吗？"

"呵呵，我十年前就知道你会作诗了。"

"十年前你还是个孩子，怎么会知道？"

"有一年暑假，爸妈都要出差，把我放到伯父家里托管，那时你天天在书店里帮忙，店里没客人时，我经常缠着你讲故事，你还记得吗？"

"呵呵，我当然记得。"

"有一次我又缠着你讲故事，你拿了本《隋唐英雄传》讲给我听，正好讲到'秦琼卖马'那一节，当你讲到秦叔宝英雄落魄，不得已要卖掉自己相依为命的黄骠马时，还念了一首诗给我听。"

"什么诗？"

"世人皆欲识英雄，不见英雄落魄中。待到英雄出头日，方忆当年曾相逢。我说这首诗写得真好，然后你说这是你有感而发，随口作的。我当时就想，哇，你真是太厉害了！"

"我自己一点印象都没有了，你怎么记得那么清楚？"

"你忘了我是过目不忘、过耳能诵的天才吗？只要我想记住的事情，我就能把它刻在脑海里。"

"唉！我现在的境遇只怕比卖马的秦叔宝还惨。"

"秦叔宝不是遇到了单雄信这个贵人吗，说不定我就是你的贵人哦！"

"贵人，多谢了！"

24

秦风的舅舅叫魏捷，在武汉定居多年，和朋友合伙开了一家汽车修理店。秦风母亲在世的时候，两家人每年都要走动几次。母亲去世后，秦风大学毕业又去了沿海，两家人走动得便少了。这次秦风想到已经有好几年没见舅舅面了，心里有些过意不去，于是特意买了两瓶剑南春、一盒大益普洱茶，准备登门拜访。

到了武汉后，秦风给魏捷打了个电话，魏捷在电话里支吾了半天，说家里不方便，要不在外边找家饭馆，边吃边谈。秦风也没多想，一口答应了。

中午在一家名为"都回头"的武汉风味菜馆里碰的头。一见魏捷面，秦风就想起了去世的母亲，顿时心中有些伤感。倒是魏捷几年没见他，一见面就问长问短，又问他再婚了没有，要不要帮忙介绍对象，扑面而来的热情劲让秦风有些吃不消。

坐下来边吃边聊，秦风注意到魏捷左脸颊上有一条五公分长的伤痕，于是问："老舅，你脸上怎么受伤了？"

"还不是让那个臭婆娘抓的！"魏捷一脸不忿的表情，接着便竹筒倒豆子讲起了自己的悲惨经历。

原来魏捷因为做生意的缘故，经常和朋友们在外面应酬，于是时不时在夜场喝得酩酊大醉被人抬回来。他老婆是典型的武汉妹子，眼里容不得沙子，为这事两人三天两头地吵架。最近一次，魏捷喝多了，彻夜未归，这下性质严重了，老婆一口咬定他在外面找小姐，两人打得不可开交，魏捷脸上直接挂彩了。

秦风一听，叹了口气，正要安慰两句，不料魏捷凑近道："秦风，能不能借老舅点钱救救急？"

"怎么了？"

"我的工资卡、银行账户都是那个臭婆娘管的，平时就给我发点零花钱用，这次吵翻了，直接给我断粮了。妈的，老子连下周吃饭的钱都快没了！"魏捷愤愤不平道。

秦风无奈地摇了摇头，心想我本想找你借钱，现在反过来了。他也不好说什么，掏出钱包，原先找张超借的钱还剩下两千多，他点了一千给魏捷，说："老舅，我现在手头也很紧，你先拿一千去用吧。"

"到底是亲外甥，老舅过了这一关，回头就把钱还给你。"

"老舅，你以后还是少喝点酒吧，毕竟喝多了对身体不好。舅妈那边，你跟她赔个礼，好好说一说，应该没什么大不了的。"

"老舅心里有分寸。"

这顿饭吃得秦风一肚子的郁闷。好不容易吃完饭，和魏捷告别后，秦风赶紧搭车去到长途汽车站，买了武汉回黄州的车票，再耽误半天，又要多花一晚的住宿费。

三个小时后，秦风一脸疲惫地从黄州客运站走出来。手机响了，他一看，是以前的同事、现在在龙人出版社做编辑的夏晨打过来的。

"秦风，你发过来那本《阳谷集》的照片我看过了，书是好书，但不适合出版。"

"怎么不适合了？"

"这本书如果出版，只能采用线装本原版影印，成本太高；作者没名气，受众面又窄，肯定会赔本。"

"夏晨，这本书就跟《浮生六记》一样，你应该知道它的价值！"

"秦风，你干过这一行，知道现在出版社的日子不好过，有哪个老总会拍板发行一本注定要赔本的书呢？做人还是要现实点呀！"

挂了电话后，秦风呆立原地，半天缓不过劲来。一天之内，他遭遇了两大打击：借钱没借成，反而倒贴了一笔；让一本绝版好书重见天日的希望也破灭了。他现在真想找个地方抱头痛哭一场。

为什么？

为什么总会遇到这么多挫折？

命运为什么总和他过不去？

每每在他绝望中看到一点希望的时候，又毫不留情地让希望破灭掉！

他已经受够这一切了！

秦风在客运站外的公交车候车亭里呆坐了一个小时，直坐到日落西沉，天色暗了下来。这时漫天的乌云黑沉沉压下来，树上的叶子被风吹得哗哗作响。突然，一声低沉的雷声从天边传了过来，路边的行人都加快了脚步。不一会儿，豆大的雨点噼里啪啦地落在了地上，整个世界变成了狂风暴雨统治下的雨国。

秦风呆呆地坐在椅子上，任凭飘进候车亭挡雨棚的雨点打在自己身上，他恨不得这雨来得更猛烈一点，能把自己郁积于胸的痛苦和烦恼全部冲刷掉。

不知过了多久，手机响了，秦风没有接，任由它响着。铃声停了，可过了一会又响起来了，秦风麻木地打开，耳朵里传来刘子欣焦急的声音："你在哪里？回黄州了吗？"

"我在黄州客运站。"秦风说完就挂了电话，此时此刻，他实在没什么心情多说话。

在疯狂地释放了席卷天地的巨大能量后，暴雨终于变成了小雨，就像一个莽撞得只知道一头往前冲的毛头小伙子，变成了一个步履蹒跚、一步一小心的白发老头。可秦风的内心依然没有平静，种种不如意的往事就像惊涛骇浪一般在他心中翻滚着。

突然，一个人影出现在秦风面前，一把雨伞支在他头上，帮他挡住了雨。

秦风定睛一看，不是别人，正是刘子欣，只见她的目光中充满了怜悯和同情。不用说，她这么聪明的人，已经猜到了自己的遭遇。

秦风只觉得一股强烈的羞耻感涌上心头，仿佛自己身上难看的伤口在大庭广众之下被展示给人看。他腾的一下站起来，一把拨开雨伞，用野兽般的声音吼道："你这是可怜我吗？我不需要你可怜！！你走开！！！"

粉红色的雨伞滚落在地上，仿佛凋落的花朵一样让人怜惜。刘子欣对着秦风大声道："秦风，我不是可怜你，我是为你师父痛心，你这样自暴自弃，对得起你师父吗？！"

"师父"这两个字仿佛具有魔力一样，唤醒了秦风的神智，他缓缓站起身来，哽咽道："是我对不起师父，我现在这样，也是自作自受！"

"秦风，你师父早就原谅你了，要不然也不会把书店留给你。你应该振作点，把书店经营好，完成他的遗愿！"

"我现在这个样子，还怎么振作？"

"你要借的钱，我帮你筹齐了。"

"你哪里来的钱？"

"我把那本《域外小说集》卖给了韦伯伯。"

"你把那本书卖给了韦之清。"秦风几乎不敢相信自己的耳朵。

刘子欣之所以能在"K书之王"比赛中赢过自己，拿下书店的所有权，靠的就是决胜局里《域外小说集》这本书的一锤定音，可以说，这本书就是古意旧书店的镇店之宝。而现在，刘子欣为了给自己筹钱，竟然舍得把这本书作价出售了。

"你为什么要这样做？"

"你难道还不明白吗？我喜欢你！"

一道闪电划过天空，秦风的心口仿佛也被闪电击中，世间万物在这一瞬间似乎都消失了，眼前只有一个用关切眼神凝视着他的美丽少女。

秦风什么也没有说，只是本能地拥过去，两人紧紧地抱在了一起，随后，两个火热的嘴唇贴在了一起。

天上电闪雷鸣，雨又大了起来，但此时此刻，世间没有什么东西能将这两人分开！

九、坐怀

25

回到书店时已是晚上九点。秦风让刘子欣赶紧洗个热水澡，换身衣服。刘子欣说自己没带换洗衣物。没办法，秦风只好翻箱倒柜从师父的衣柜里找了一堆衣服出来，给了刘子欣。

等到秦风自己冲洗完出来后，见刘子欣正在师父卧室的床头柜前梳头。只见她穿着一套宽松的白色棉布衣，外面披着一件秦风的秋装夹克，过大的尺寸更显出她的娇俏玲珑。

看着刘子欣对镜梳妆的样子，秦风不禁有些痴了。

刘子欣回过头来，看到秦风的呆样，嗔道："你发什么呆呀？"

"我终于知道为什么虬髯客不怕李靖发火，也要张望红拂女梳头。"

"为什么呀？"

"因为真的是太美了！"

刘子欣嫣然一笑："认识你这么久，就这句话说得最好听！"

"我说的是实话呀！"

刘子欣拿出一张工行卡，放在秦风面前："这张卡里有三十多万，密码是六个八，你拿去还债吧。"

"韦之清怎么会答应帮忙呢？"

"那本《域外小说集》是书中珍品，作为藏书家，韦伯伯自然是求之不得。本来，这书如果送拍的话，价钱应该会更高，但手续麻烦，时间也等不及，所以我还是找韦伯伯帮的忙。"

　　秦风犹豫了，一副欲言又止的样子。

　　刘子欣似乎看出他的心思，说道："你就拿去吧，这是我预支给你的工钱。过些时候，我休完假要回美国继续学业，书店这边只能靠你来帮忙打理了，这三十万就作为你接下来三年在书店的工钱，另外还有五万用来进书补货。"

　　"看来，我只有卖身给书店这条路可走了。"秦风无奈地笑了笑。

　　"反正你现在也没别的事可做，不如来帮我好了。"

　　"你怎么知道我现在没事可做？"

　　"那天在江边，你喝高了，说了很多。"

　　"我还说了什么？"

　　"你自己回头慢慢想呗。"

　　秦风还想再问个究竟，这时刘子欣眨了眨眼睛，说："时间不早了，我要休息了。"

　　秦风只好道了声晚安，看着刘子欣带上卧室门，自己快快地回到地下室休息。

　　躺在折叠床上，秦风心潮起伏，久久不能平静，今天一天发生的事情就像电影一样跌宕起伏，他甚至有点怀疑自己是不是在做梦。

　　正胡思乱想着，手机短信铃响了，秦风心想该不是刘子欣发过来的，赶紧起身拿起手机，不料手机屏幕上却是一个久违的名字——齐芸。

秦风心里一咯噔，忙看短信内容："十几年不见，你还好吗？"

秦风心中百感交集，想了一下，回了句："我还好，你呢？"

这条短信发过去后，半天工夫才等来回音，不料却是一首纳兰词："人生若只如初见，何事秋风悲画扇。等闲变却故人心，却道故人心易变。骊山语罢清宵半，泪雨零铃终不怨。何如薄幸锦衣郎，比翼连枝当日愿。"

秦风看了，只觉心头一震，呆立片刻，方回了句："你怎么了？"不料对方却再也没有回音了。

秦风看着手机上的电话号码，思前想后了半天，终于还是没有打过去。只是这一夜，齐芸的影子始终盘旋在他的脑海里，久久不能忘怀。

高一时，秦风和张超同时喜欢上班里一个女生，结果两人都被对方拒绝了，于是两个失恋的人同病相怜之下反而成了好朋友。高三一开学，班上转来一名外地过来的女生，个子高挑，一头披肩长发，模样颇有几分像《倩女幽魂》中的王祖贤，这位横空出世的班花就是齐芸。

作为一名插班生，齐芸的语文成绩不太好，于是班主任特意安排她和时任语文课代表的秦风同桌，这样一来，秦风受到了全班男生的羡慕嫉妒恨，而他也乐在其中，每天给美女辅导功课的光景已取代徜徉于旧书店，成为他当时生活中最幸福的时光。

一天上语文课，教课的老余头一进教室便是脸色铁青，不用说，肯定是和老婆吵了一架气还没消。同学们一个个噤若寒蝉，连大气也不敢出。

老余头显然是无心讲课，于是点名让学生朗读昨天布置的作文作业，第一个被点的倒霉鬼就是张超。可怜张超同学念了还没两段，就被老余头打断，骂了个狗血淋头，说文章写得一窍不通。

接下来被老余头点到的两名学生，同样是文章没念完就被打断，都被骂得一佛出世二佛升天，这下班上的学生一个个恨不得将头埋在桌子底下，生怕被点到。

秦风一向是老余头的得意爱将，作文更是经常被当作范文在全班展示，所以镇定自若。可是再看身边的齐芸，却见她神色紧张，不停咬着嘴唇。

"你怎么了？"秦风低声问。

"我昨晚不舒服，都动不了笔，作文也没写。"

秦风正想安慰她两句，却听到老余头一声喊："齐芸，你把作文念一下！"

看到齐芸脸色惨白，秦风不假思索，将自己的作文本从书桌下塞到齐芸手中。齐芸感激地看了他一眼，站起身来，将秦风那篇作文从头到尾、一字不漏地念了下来。

齐芸念完作文后，掌声四起，老余头脸色放松，点头道："嗯，文章写得不错，大有进步！"教室里的紧张空气一下子舒缓了不少。

正当秦风和齐芸各自松了一口气时，突然又传来老余头的声音："秦风，把你的作文也念一下！"

老余头这一下不啻于晴天霹雳，秦风一颗心都跳到了嗓子眼，再看一旁的齐芸，吓得花容失色，样子比他还紧张。

看到齐芸担心之情溢于言表，秦风反而镇定了下来，他随手拿起一个作业本，站起身来，随便打开其中有字的一页，然后就《少年读书说》这个作文题目洋洋洒洒地念了起来。

一开始，秦风思路还不太清晰，于是开篇无话找话说："自古以来，书有很多种读法，其中最广为传颂的莫过于清人袁枚在《黄生借书说》中所提到的'书非借不能读也'。"接着，他便声情并茂地将《黄生借书说》背了出来，背书的同时，他脑子里高速运转着，将所有相关的素材过了一遍，并强行拼凑了一下，等到文章背完，马上跟着起承转合讲下来，遇到思路阻碍的地方，便假借咳嗽稍作停顿，就这样使尽洪荒之力，在众目睽睽之下当场完成了一篇即兴作文。

秦风念完后，齐芸第一个鼓掌，随后全场掌声雷动。老余头摆摆手道："文章还行，但里面引用部分过多，自己的见解不够突出，记得要把握重点，主次分明。"话音刚落，下课铃响了，老余头只好宣布下课，一场惊心动魄的语文课在学生们的欢呼声中结束了。

课间休息时，秦风只觉得心脏还在怦怦直跳，整个人还没从高度紧张的状态中松弛下来。齐芸一脸崇拜地看着他，柔声道："谢谢你！"

秦风还没来得及说话，一只手伸过来，抢过了他的作文本。一看，原来是张超。

张超看过秦风的作文本后，惊得目瞪口呆，半天说不出话来。没多久，秦风"英雄救美，即兴作文"的光辉事迹便在班上传开了，从此，一帮同学经常拿两人开玩笑，甚至还用两人名字开涮，编了个顺口溜，"齐秦齐秦，风云联姻，英雄救美，一见倾心"。

秦风一开始还很有些着恼，但看齐芸，却并不在乎别人的闲言碎语，对他的态度反而更亲昵了几分。两人的关系似乎近了一步，但在高考这把达摩克利斯剑的阴影笼罩下，两人始终处于"朋友之上，恋人未满"的状态中，谁都没有勇气捅破那一层薄薄的窗户纸。

直到高考前的一个月，填报志愿的时候，齐芸问秦风："你第一志愿报哪？"

"武大，你呢？"

"我也报武大。"

"你怎么不报南京大学呢？"秦风知道齐芸是南京人，以前曾说她的心愿是想考上南京大学。

"你傻呀！"齐芸甩了一句，便扭过头去不理他了。

秦风一下子明白了，只觉得心花怒放，高兴得说不出话来。

只可惜，人生充满了太多的意外。谁也没有料到，齐芸考上了武大，秦风却考砸了，去了一所不知名的二流学校。虽然都在武汉读大学，但自尊心极强的秦风再也没有去找过齐芸。倒是齐芸曾经去秦风学校找过他一次，但是他借故躲掉了。从此，两人再也没有见过面。

这次回黄州后，秦风曾听张超提起过齐芸，说她现在在武汉，日子过得不错，老公是一家上市公司的合伙人，自己在一家大旅行社做部门主管。十多年没见，也不知道她样子变了多少。

26

第二天，秦风一早便起来，去小吃街买了一堆早点。回来时，刘子欣也已经起床梳洗完毕，看到他带回来的小笼包、糯米鸡、面窝和豆浆，笑道："你起得挺早的嘛。"

"早起的鸟儿有虫吃。"秦风回了句。

两人在餐桌前边吃边聊，突然店门口传来"嘭嘭嘭"的敲门声。

"这么早，是谁呀？"秦风带着疑问，打开了店门，出现在面前的正是张超。

张超看到秦风，喜出望外："你果然在这里！打你手机怎么关机了？"正待详谈，却看到屋内披着秦风外套的刘子欣，顿时大吃一惊。

刘子欣见状，意识到什么，脸一红，掉头便躲进书房里去了。

"你们怎么住一起了？"张超一脸看到火星人的表情。

"你误会了，子欣看我没地方落脚，让我就住在书店。昨晚她被雨淋湿了，临时在这边歇了一宿。"秦风越说越觉得解释不清楚。

"你动作挺快的！"张超笑道。

"过来有事吗？"秦风赶紧岔开话题。

"我一早接到齐芸电话，她来黄州出差，今天下午到，想晚上顺便见见老同学。咱班同学在黄州的六七人，我问了一圈，能出来的都叫上了，就差你了。"

一听到齐芸的名字，秦风只觉得心脏抽搐了一下，十年没消息了，昨晚突然接到她没头没尾的几通短信，还没回过神来，没想到今天她就来黄州了。

"晚上六点半，奥康步行街'福仙来'酒家，不见不散。"

"今晚我还是不去了。"

"行了，你别给我矫情了。人家齐芸点名要你作陪，你好意思不去？今天话我给你带到了，你要是敢不去，就是不给我张超面子！"张超说完，头也不回地走了，留下秦风呆立无语。

晚上六点半，"福仙来"酒家的V5包间内，已经坐上了五人，除了秦风和张超外，还有刘昙、尹伟、徐娟这两男一女三位老同学。

趁着主角还没到，大家先聊了下近况：刘昙在一家研制小型智能机器人的科技公司里做技术主管，尹伟在《荆楚日报》驻黄冈记者站做记者，徐娟在市公安局法制科做科长。参加工作十年了，男同学平均胖了三十斤，头发也少了三分之一，相比之下，秦风仗着身高腿长毛发旺盛，发福的趋势倒不太明显。

众人正聊得兴起，包间门打开了，一个婀娜的身影闪了进来，不是别人，正是齐芸。只见她上身一件咖啡色秋装外套，下身一条高腰亮面百褶半身裙，依旧是瀑布般的一头披肩长发，岁月似乎没有在她脸上留下多少痕迹，那一瞬间大家仿佛都看到了高中时代那个风姿绰约、迷倒无数少男的青春美少女。

"哎呀！我们一桌人望穿秋水，可把大美女你等来了！"最先反应过来的徐娟赶快迎上去，牵住了齐芸的手。

张超、尹伟和刘昙三个也连忙凑过去打招呼，只有秦风站在原地，呆呆地看着齐芸，不知道说什么好。倒是齐芸显得更自然，和大家一一寒暄后，特意过来和秦风打招呼，并在他旁边位置上坐下了。

"齐芸，你果然偏心，我和尹伟中间也有空位，你偏要挨着秦风坐。"张超调侃道。

"谁叫读书时秦风是我的同桌呢？在他身边我会有安全感一点！"

"哇！同桌感情就是不一样！"尹伟和刘昙跟着起哄道。

聊天的工夫，点的菜都上齐了。还没吃几口，在酒鬼尹伟的闹腾下，一帮老同学便开始碰起杯来。为了照顾女同学，所以喝的是法国红酒。大家一起碰完前三杯后，便各自找人敬酒了。

张超、尹伟和刘昙三个不约而同，一起端着酒杯去敬齐芸。秦风注意到徐娟脸色有点不太好看，于是端着酒杯走到她面前："好久不见，老同学，你现在更是英姿飒爽了，来，我敬一敬我们的霸王花！"

两人碰过杯后，徐娟笑道："大才子，怎么不去敬一敬你的美女同桌呀？"

"你是我们的副班长，我当然要先敬你了。"

听了秦风的话，徐娟莞尔一笑："难为你还记得我当过一年的副班长。"

原来高三时，因为学业压力太大，之前的班委成员中有好几人都提出不干了，尤其是负责记考勤、查卫生、督作业的副班长一职，更是被视为吃力不讨好的差事而无人愿意做，正当班主任一筹莫展之际，徐娟主动站出来承担了这一重任，兢兢业业当了高三一学年的副班长。这么多年了，只有秦风还记得这事。

陪徐娟聊了一会天，秦风见齐芸身边敬酒的男同学都走开了，于是拿起酒杯走过去。

"十年不见，你还是那么漂亮！"秦风赞道。

"怎么我们同桌时，你从来没有夸过我漂亮呢？"齐芸眨了一下大眼睛，反问道。

"因为那时候，我比较傻！"秦风自嘲道。

"好像聪明人都喜欢和傻瓜在一起。"齐芸话里有话，又接着道："你昨晚收到我短信是不是很吃惊呀？"

"是的，昨晚我一整夜都没睡好，没想到你今天就来黄州出差了。"

齐芸凑到秦风耳边低声道："傻瓜，哪有那么巧的事，我是听说你回来了，特意过来看你的。"

秦风心头剧震，一时不知该说什么。齐芸笑了笑，举起酒杯道："来，我们碰一杯吧！"

秦风正要举杯，不料胳膊被人架住，一看，却是张超。

"你们同桌俩这么深的交情，喝这点酒够意思吗？满上！"接着便不由分说，拿过酒瓶把秦风和齐芸的酒杯全倒满了。

秦风和齐芸无可奈何之下，拿着两个装得满满的红酒杯，正要碰杯，不料众人又起哄道："交杯酒！交杯酒！"

秦风想要阻止，却听尹伟怂恿道："你们要不喝交杯酒的话，我们就一起给你们喊口号了。"话音未落，众人又都起哄道："齐秦齐秦，风云联姻，英雄救美，一见倾心。"

秦风无奈地摇了摇头，再看齐芸，微微一笑后轻轻点了点头，并没有不快的意思。于是在众人的疯狂起哄声中，两人贴在一起喝了一杯交杯酒。

"咔嚓"一声，张超用手机抓拍了一张照片，秦风朝他瞪了一眼。

齐芸一杯酒下去，满脸红晕，倍添妖媚，秦风赶紧给她倒了一杯鲜橙汁喝。

"你干吗由着他们来呢？你不喝他们也没辙呀。"

"人家也想跟你喝一个交杯嘛！"

秦风正不知说什么好，这时传来张超满嘴跑火车的声音："高三（5）班的同学们，我们一起度过了美好的高中时光。昨天的我们青春年少，今天的我们风华正茂。今天难得有机会，我们可以欢聚一堂。为了纪念逝去的青春岁月，我提议，每人讲一件高中时最难忘的事情，讲不出来的，讲得不好的，都罚酒一杯，好不好？"

"好！"大家异口同声道。

张超清了清嗓子："我提议，就我先来吧。我高中三年是住校，同宿舍里有位哥们是奇人，打起喷嚏来惊天动地。一次他在宿舍阳台，打了个喷嚏，结果从房顶上震下一只老鼠来，在地上打了几个滚，瘸着腿跑了。还有一次，他去教学楼旁边的公共厕所，没忍住打了个喷嚏，结果吓得两个上大号的同学手一哆嗦，厕纸都掉进了坑里。"

张超还没讲完，众人已经笑得前仰后合。

张超喝了口水，又接着说："最彪悍的是有一次上政治课时，桂老师正在写板书，那哥们没忍住又打了个喷嚏，吓得桂老师手一哆嗦，粉笔断成两截，掉在了地上。事后，那哥们被桂老师责令写检讨，结果他检讨书的第一句是'天有不测风云，人有旦夕祸福'，顿时全班爆笑。大家还记得这位哥们是谁吗？"

"胡鹏！"大家一起喊道。

"现在胡鹏同学在上海，不在黄州，那么我们有请他的高中同桌刘昙同学，来讲一讲自己最难忘的事情吧。"

在众人的起哄声中，刘昙站起身来："有一件事埋在我心里很久了，今天借这个机会讲出来，希望大家不要笑话我。"

在众人期待的目光中，刘昙将面前一杯酒一饮而尽，然后缓缓道来："高二时，我喜欢上班上一个女生，她对我也很有好感，我们经常在晚自习的课间，到操场上散步，谈人生，谈理想。一天晚上，我和她在操场西侧草坪的长椅上坐下来聊天，那一刻的感觉特别美好，我甚至有想吻她的冲动。突然，一道手电筒的光柱远远打过来，我一看，就知道肯定是高中部的教导主任在校园内巡场。这个教导主任姓牛，外号'牛魔王'，作风守旧，性格暴躁，每次抓到早恋的学生，不仅训斥完了要写检讨，而且还全校通报批评。我当时一下脑子蒙了，顾不上多想，站起身来，拔腿就跑。"

"那个女生呢？"徐娟着急地问。

"黑灯瞎火中，我跑掉了，牛魔王也没认出我是谁。那个女生被他抓住了，但她死活不肯承认是跟谁在一起。因为那个女生成绩很好，之前是打算保送华师大的，所以牛魔王网开一面，就没有对她进行通报批评了。这件事情我做得很不地道，长期以来都耿耿于怀。之后我去找那个女生，想向她当面道歉，她却再也没有理我了。"

刘昙说完，大家一阵唏嘘。张超问了句："那个女生是谁呀？"

刘昙对着秦风，一字一句道："那个女生现在广州，你如果见到她，请告诉她——我刘昙对不起她，希望她能原谅！"

"你说的是许乐卉吗？"秦风惊问道。

刘昙点了点头，给自己倒了半杯酒，又一口干了。

在对青葱岁月的追忆中，不知不觉，六瓶红酒已经喝了个底朝天。

刘昙一边吐一边还叫人上酒，被秦风赶紧打住。齐芸和徐娟也喝多了，走路都有些不稳。买完单后，勉强还算清醒的三人商量了一下，张超负责送徐娟回家，秦风负责送齐芸回酒店，尹伟负责送刘昙回家。

27

齐芸住的是"醉仙楼大酒店"，这是黄州城条件最好的一家五星级酒店。秦风一边扶着齐芸进了电梯，一边问她："你是哪间房？"

"9,916房。"齐芸含糊不清地应了句。

电梯到了，秦风扶着齐芸走到916房间门口，费劲地从齐芸的手袋中找出房卡，打开了房门。

插上房卡通电后，秦风看清楚屋内正中是一张宽得有点夸张的圆形大床，距离大床四五米是一整面墙的落地玻璃窗。

秦风一步一步扶着齐芸走到床边，弯腰正想把她放到床上，不料齐芸突然一用力，紧紧抱着他滚到床上。

秦风还没反应过来，只觉得滚烫的烈焰红唇已经封住了自己的嘴，两条柔若无骨的玉臂紧紧地缠绕住自己的脖颈，还有两只活泼可爱的白鸽在自己胸前晃动……

秦风再也控制不住了，只觉得自己全身热血如沸，欲火中烧，舌头迎合着对方，贪婪地攫取着属于她的气息，用力地探索着每一个角落；一双大手上下游走，越过起伏的高山，经过美丽的平原，深入迷人的草地。眼前是绮丽无边的春光，触手是滑如凝脂的玉体，耳边是神魂颠倒的喘息……

一番天雷地火的激情动作之后，齐芸身上已是一丝不挂，雪白无瑕的胴体在暧昧的灯光下，散发出足以令人沉沦地狱的魔力。秦风身上脱得也只剩下一条内裤，齐芸一边伸手进去抚摸着那头蓄势待发的异兽，一边在他耳边喃喃低语："我喜欢你！"

就在这一刻，秦风仿佛被人从头顶浇了一桶冰水，霎时间恢复了理智。他一把推开齐芸，自己从床上跳下来，迅速穿上了长裤。

齐芸仿佛受伤的小鹿一般，颤声道："秦风，你不喜欢我吗？"

"我不想破坏你的家庭！"

"我生活得并不幸福，我丈夫不爱我，他在外面有小三，我们已经分居一年多了。"

"我们这样做不好。"秦风话语中带着些无奈。

"秦风，你是不是觉得我老了，没有年轻时漂亮了！"齐芸凝视着秦风，哀怨的眼神似乎将钢铁都能融化。

"不是，你现在比年轻时更漂亮了！"

齐芸光着身子跳下床，不管不顾地抱住了秦风。她丰满的乳房紧紧贴在秦风胸口，像受惊的小兔一样跳动着。秦风忍不住伸手搂紧她纤细柔软的腰肢，感觉到她娇嫩的皮肤因受凉而起了小疙瘩。于是双手抱起她，往床边走去。

齐芸闭上了眼睛，等待着他下一步的狂野。

不料抱上床后，秦风却给齐芸小心盖好了被子，随后拿起自己的衣服穿好。

"秦风，你是不是那方面有问题，你老婆才跟你离的婚？"齐芸恼羞成怒道。

一听此话，秦风心头一股无名火起，看着齐芸一脸挑衅的模样，恨不得立刻扑上去，将她就地正法，让她好好见识一下钢铁是怎样炼成的。可是转念间一个俏丽的身影在脑海中一闪，硬生生掐灭了他内心燃起的欲望之火。

终于，他只是伸出手，摸了下齐芸的头："你今天喝多了，我不想破坏你在我心目中的美好形象。"

"你是不是有喜欢的女人了？"齐芸又气又急道。

"是的。"秦风穿上外套，最后看了齐芸一眼，转身离开房间，头也不回地走了。

回到书店时已是凌晨一点多，秦风进门后，发现刘子欣居然没睡，还在书房看书。

"你怎么还不睡呀？"

"人家担心你嘛！"刘子欣走过来，凑近秦风身边闻了闻，摆手道："好重的酒味，你今天又喝多了吧？"

"我没事，有几个同学喝多了，我把他们送回家，所以回来晚了点。"

刘子欣看秦风的样子还算清醒，于是放心去卧室睡了。

秦风洗完澡后，在地下室的折叠床上躺下来，翻来覆去，半天睡不着。他清楚自己晚上差一点失控，当昔日的梦中情人齐芸投怀送抱时，自己离擦枪走火也就只差一步了，好在最后悬崖勒马，及时打住了。他知道自己不是柳下惠，离婚后的这两年空窗期内，他也曾短暂谈过两个女朋友，但更多的好像只是生理上的需要，精神层面上完全谈不到一起来，于是相处没多久便都以分手告终。慢慢的，他觉得自己变成了爱无能，对于谈情说爱好像提不起兴趣来。

也许，在结束了和慕茜那段失败的婚姻之后，他心中感情的大门已经悄然关闭了，时间久了，门沿上甚至长出了杂草。他本以为，自己这辈子可能会孤独终老。但是没想到，在他一次又一次被命运捉弄，受尽挫折几近绝望的时候，有一个纯真的女孩会对他大声地说："我喜欢你！"

他永远忘不了点燃他心中之火的这句话，他更忘不了那个在狂风暴雨中对他大声说出这句话的女孩！当今晚齐芸靠在他怀里说出同样一句话时，他只觉得如同五雷轰顶，仿佛看到刘子欣就在面前看着自己，就在这一刻，他终于知道自己已经无可救药地爱上了她！

十、冰释

28

　　一觉醒来，秦风发现闹钟已经指向了八点，回来半个多月，除了江边喝醉那次，这是起床最晚的一次了，没办法，昨晚辗转反侧了大半宿才睡着。

　　洗漱完毕后，秦风见刘子欣已经坐在餐桌前，桌上放着她买好的早点。

　　秦风拿起一个面窝，和刘子欣边吃边聊了起来。正吃到一半，手机微信铃响了，秦风拿起一看，是张超发过来的，打开发现原来是昨晚他和齐芸喝交杯酒的一张照片，两人举止亲密，颇有点郎情妾意的意思。秦风心头一惊，赶紧将照片删掉。再看刘子欣，见她神色如常，没有注意到自己的异样，这才松了口气。

　　突然店门口传来"嘭嘭嘭"的敲门声。秦风心想难道又是张超有事找过来了，起身打开店门，不料出现在面前的却是齐芸。

　　"你怎么来了？"秦风话里透着心虚。

　　"老同学过来看你，不欢迎吗？"齐芸不客气道。

　　"贵客光临，请进请进。"秦风只好将齐芸迎了进来。

　　店里多了齐芸这位不速之客，刘子欣有些吃惊。秦风赶紧给双方介绍："这位是我的高中同学齐芸，现在在武汉工作，昨天出差来的黄州。这位是我的合伙人刘子欣，现在和我一起打理这家书店。"

秦风介绍的同时，两个女人的眼神里已经闪过了无数的刀光剑影，室内的温度似乎一下子降低了不少。

"姑娘果然是年轻漂亮的好，连我见了都喜欢，难怪有人会迷得神魂颠倒。"

秦风赶紧咳嗽了两声，打断道："你找我有事吗？"

"昨晚你把手表忘在我床上了，我特意给你送回来。"齐芸说着，从手袋中拿出秦风的手表放在桌上。

还没等秦风说谢谢，刘子欣诧异道："秦风的手表怎么会忘在你床上？"

"昨晚他送我回酒店，可能是帮我脱衣服时动作大了点，手表不小心滑下来，掉到床上了。"齐芸似笑非笑道。

"你们……你们怎么这样？！"刘子欣又气又恼，一转身便跑出门去。

"齐芸，你太过分了！"秦风怒道。

"我不过实话实说罢了，你有什么好生气的？敢做还不敢当吗？"齐芸一甩头，扬长而去。

秦风顾不上和她计较，带上店门，朝着刘子欣跑的方向追了过去。

还好刘子欣跑得不远，追了没多久，秦风终于在一条河沟边追上了刘子欣，一把抓住她的手。刘子欣使劲想挣脱没挣开，立刻委屈地哭了起来，直哭得梨花带雨、泣不成声。

"子欣，你相信我，我没有做对不起你的事情！"

"你昨晚是不是和她上床了？"

"我没有！"

"那你的手表怎么会掉在她床上？"

"我……"秦风一时语塞，这时他才知道什么叫作百口莫辩。

刘子欣一看，以为被自己说中了，更加气恼。

秦风只觉得气急败坏，想解释又不知从何说起，当下指着两米外的河沟说道："好！你要不相信我的话，那我就从这里跳下去好了！"

"我就是不相信！"刘子欣扭过头去，不看他。

秦风火冒三丈，一下甩开她的手，上前两步，直接往河沟里跳了下去。

"扑通！"一声，秦风像截木头一样掉进河沟中，还好水不深，只到了他的腰间。他抹了一下脸上的水，只觉得冰冷入骨。

"你犯什么傻？快上来呀！"刘子欣见他真跳下去了，顿时急了。

"你要是不相信我，我就不上来。"秦风赌气道。

"好啦，我相信你，你快上来吧！"

听刘子欣松口了，秦风这才从河沟里爬了上来，他全身衣服都湿透了，鞋子和裤子上全是泥巴，样子比一只落汤鸡好不了多少。刘子欣看了，不禁破涕为笑。

"你还好意思笑？"秦风还想说两句，一阵冷风吹过，寒意袭人，他忍不住连打了几个喷嚏。

"赶快回去洗澡换衣服吧，要不会着凉的。"刘子欣急忙拉着秦风往回走。

两人走远后，河沟边一棵大树后走出一个人影，正是齐芸，她望着两人手牵手渐渐远去的背影，哀怨地叹了口气。

回到书店，秦风赶紧好好洗了个热水澡，换好衣服出来后，发现桌上已经多了碗热气腾腾的姜汤。

"这是我刚刚熬的可乐姜汤，你快喝了，免得感冒。"刘子欣说道。

秦风笑了笑，端起碗，几口便喝完了，只觉得汤味甜中带辣，下腹后很快一股暖意便涌了上来。

"你跟我讲一讲昨晚的事吧，不许隐瞒哦！"

看着刘子欣认真的表情，秦风只好将昨晚发生的事情一五一十地讲了。当说到他和齐芸两人在床上肉帛相见，却在最后一刻被他拒绝的时候，刘子欣打断道："我不信，她那么漂亮，身材又好，主动投怀送抱，你居然能忍住！"

"因为那时，我突然想起了一件事情，于是立刻清醒过来。"

"什么事情？"

"我想起了在一个暴风雨的晚上，当我最痛苦的时候，有一个女孩对我大声说：'我喜欢你！'"秦风一边说，一边直视着刘子欣的眼睛，他的表情是如此的真诚，让人容不得一丝一毫的怀疑。

"讨厌，谁知道你是不是骗我的！"刘子欣娇嗔道。

秦风一把抓过刘子欣的右手，紧紧贴在自己的心口上，"你可以感受一下我的心跳，我秦风对天发誓，绝对不会做对不起刘子欣的事情，若违此誓，就让我天打五雷轰，不得好死！"

"好吧，这次我就相信你。不过以后，你不要再单独去见那个齐芸了。"

"我答应你。"秦风说着，一把将刘子欣拉到自己怀里。刘子欣挣扎了几下没挣开，慢慢融化在秦风宽厚而温暖的怀里，两人的脸越贴越近，终于嘴唇贴在了一起。最开始是一个浅浅的吻，仿佛春风拂过枝头桃花在风中摇曳，又仿佛雪花飘落在湖面上瞬间的融化。接着，浅吻变成了深吻，仿佛两条灵蛇在缠斗，一会儿冲到了九天之上，一会儿下潜至五洋深处，却又如胶似漆、寸步不离；又仿佛打开了异次元世界的一扇门，周围的一切似乎都不存在了，好像时间静止了一般，只剩下创世之初的那个亚当和夏娃！

29

一场风波终于消弭于无形，两人的感情又深了几分。为了安慰刘子欣受伤的心灵，秦风决定带她去游东坡赤壁。

"赤壁有什么好玩的？那些景点我小时候都看过好多次了。"刘子欣撇撇嘴道。

"那可不一样，这次是由整个黄州城最好的导游带你去参观，让你可以近距离地感受一代文豪苏东坡的灵魂和气息。"

看着秦风一本正经胡诌的样子，刘子欣忍不住"扑哧"一笑。

出门前，秦风也仿效刘子欣的做法，在门口贴上了一张《店休告示》，上面是他即兴写的一首七绝：

藏书万卷钱恨少，蜗居斗室事嫌多。

百年三万六千日，半为生计半消磨。

"你还真是个才子！"刘子欣赞了句。

"可惜生不逢时。"

"呵呵，碰到我，你就开始转运了。"

"在下无以为报，只有以身相许了。"秦风作势欲亲。

"你想得美！"刘子欣"咯咯"一笑，躲开了。

两人一路说说笑笑，半小时的工夫便走到了东坡赤壁。因为不是周末，景区里人很少，显得十分清静。

两人步入飞檐斗拱的赤壁正门"乾坤阁"，沿着青砖小路直上八卦桥，经锁春台，过泛舟池。秦风介绍道："这里是当年苏轼泛舟作赋、酹江邀月之地，他的'一词两赋'就诞生于此。"

刘子欣好奇道："我当年看苏轼词赋时，感觉赤壁应该紧靠长江，这样才可能有'乱石穿空，惊涛拍岸'的壮观景象，可是眼前这赤壁矶怎么离长江还挺远的？"

"问得好！千百年来，沧海桑田，世事难料。因为长江改道的缘故，当年紧靠长江的赤壁矶，如今已离长江有两三百米远，这也印证了'长江正在变窄'的规律。赤壁不再临江，恐怕当年的苏轼也想不到吧。"

池岸断壁上，昔日江水冲刷的遗迹仍依稀可辨。池边，耸立着一尊高大的汉白玉苏轼全身立像，昂首眺望，飘逸绝尘。刘子欣拿出自拍神器，在雕像前和秦风拍了两张合影。

经过苏轼像，沿赭红色的石壁拾阶而上，便到了"二赋堂"。

"你注意到'二赋堂'的匾额和对联了吗？"秦风来了句。

"哦，'二赋堂'的匾额是清代李鸿章所题，堂前对联是辛亥革命领袖黄兴所撰，这个搭配挺有意思的。"

"黄兴这副对联倒是气势十足：才子重文章，凭他二赋八诗都争传苏东坡两游赤壁；英雄造时势，待我三年五载必艳说湖南客小住黄州。据说这副对联是他辛亥革命前夕游东坡赤壁即兴所作，口气间虽然自负，不过后来倒也实现了自己吹过的牛逼。"

"大才子，你这么说人家，要不你也来副对子吧。"

秦风微微一笑，沉吟片刻后，说："对子我想了一个，只是不太工整，好在还比较应景。这上联是'黄州团练副使泛舟两赋'。"

说完，秦风停顿了一下，刘子欣急忙问："那下联呢？"

"下联是'东坡门下走狗到此一游'。"

"你好坏呀，居然说我是走狗！"刘子欣粉拳一抬，作势欲打。

"这'门下走狗'并非贬义，当年明代才子徐文长，别号青藤，诗文书画都冠绝当世。后来清代的郑板桥因对徐文长推崇备至，曾刻有一印'徐青藤门走狗郑燮'，表达自己对前辈的钦佩之情。苏轼一代文豪，要能做他门下走狗，我高兴都来不及呢！"

"要做走狗你去做吧，我要做，就做苏轼的灵魂伴侣王朝云，平时陪东坡先生吟诗作赋、挥毫泼墨，闲来无事则带孩子出去遛狗玩。"

"好哇，你这是拐个弯子来骂我！"

"是你自己说要做东坡门下走狗的嘛，怎么能怪我呢？"

"好啦，我说不过你，不过你知道苏轼一生中最牵挂的人是谁吗？"

"王朝云？"

"不是。"

"那是他的原配夫人王弗，还是他的续弦王闰之呢？"

"都不是，是一个男人。"

"男人，没听说苏轼有断袖之癖呀！"

"你想哪去了，我说的是苏轼的亲弟弟苏辙。"

"你说起苏辙，我倒想起来了，这两兄弟好像感情特别好。"

"他俩感情可不是一般的好，据《宋史》记载，苏辙与兄长苏轼同朝为官，一直都是相互扶持，患难与共，感情深厚，从无怨言，在历史上都很少见。"

"虽然感情深，但何以见得苏辙是苏轼一生中最牵挂的人呢？"

"这兄弟俩为官后聚少离多，所以常常是书信联系，几十年间，从未间断。苏轼几乎每到一个任所就给弟弟寄信赠诗，仅以'子由'为题的诗词，诸如《示子由》《别子由》《和子由诗》等，就超过一百首。在他的诗词文集中，'子由'是出现频率最多的字眼。"

"是吗？怎么我不记得苏轼给弟弟写过什么特别有名的诗词？"

"哈哈！那肯定是你读书的时候不用心，苏轼最出名的两首词，说起来都离不开苏辙。"

"你说来听听。"

"中秋节马上要到了，例牌要赏月，千百年来，中秋咏月之作不可胜数，但苏轼有一首词，被推崇为中秋咏月第一佳作。"

"我知道，你说的是《水调歌头·明月几时有》，这首词我特别喜欢最后几句：人有悲欢离合，月有阴晴圆缺，此事古难全。但愿人长久，千里共婵娟。"

"你知道在这篇感天动地思念亲人的词作中，苏轼想念的是谁呢？"

"不是他的夫人和孩子吗？"

"呵呵！这首词的副标题是：丙辰中秋，欢饮达旦，大醉，作此篇，兼怀子由。一个人喝得大醉的时候，深深想起另外一个人，那么这个人绝对在他生命中占有极其重要的地位。对于苏轼来说，这个人就是苏辙。"

"那么你喝醉的时候，想到的人又是谁呢？"刘子欣突然问道。

秦风愣了一下，一时不知如何回答。因为他想起来，自己最近几次喝多的时候，脑海中浮现过好几个人的影子，但其中徘徊最久的竟然是前妻慕茜。

刘子欣看到他的神情，知道他不愿作答，于是岔开话题道："你说苏轼最出名的两首词，都和苏辙有关系，那另一首应该是

《念奴娇·赤壁怀古》，难道也是写给苏辙的吗？"

谈话间，两人已经信步走到了"二赋堂"西南侧的"酹江亭"，秦风指着匾额说道："这'酹江亭'即取苏轼'一樽还酹江月'之意而得名。元丰三年初，苏轼被贬作黄州团练副使。同年五月，苏辙送兄长的家眷来黄州，其间由苏轼陪同到赤壁游玩。兄弟俩难得一聚，在赤壁矶头，对酒小酌，看江天辽阔……"

"于是苏轼就写下了这首《念奴娇》。"刘子欣插嘴道。

"还没到苏轼呢，是苏辙忍不住诗兴大发，当场赋了一首七律：新破荆州得水军，鼓行夏口气如云。千艘已共长江险，百姓安知赤壁焚。觜距方强要一斗，君臣已定势三分。古来伐国须关衅，意突成功所未闻。这是一首标准意义上的怀古诗，主题很鲜明，即从赤壁之战的历史中引出教训：不能依靠军事力量的强大去进攻本身没有荒乱失德行为的国家。"

"这首诗写得还不错嘛！"

"那当然，人家好歹也是唐宋八大家之一，如果是一帮文人墨客诗酒唱和，这首诗没准还能拔个头筹。于是，苏辙用满怀期待的眼光看着哥哥，希望哥哥能点个赞。毕竟在别人眼中，苏辙是学霸一样的存在；但是在神一样的哥哥面前，苏辙自己还是不够自信。"

"你说的还真有画面感，搞得好像当时你在场一样。"

"苏轼笑了笑：'子由，这首诗写得不错，刚好我想了首词与你和一下。'说着，呼童子铺纸磨墨，一番龙飞凤舞的行书写下来，于是便有了那首传诵千古的《念奴娇·赤壁怀古》。苏辙看完后，拍照发到朋友圈，只说了一句话'我见证了历史！'从此，这首词被视为宋词豪放派中的第一名。"

秦风还没说完，刘子欣已经笑得乐不可支："你还真能忽悠，我中学时的语文和历史老师要是能像你这样讲课就好了！"

"所以我说，今天是黄州城最好的导游带你参观东坡赤壁，一般人没这样的福分哦！"

"你怎么说得头头是道啊？"

"中国文人中，我最欣赏的就是李白和苏轼，作为东坡居士的铁杆粉丝，我大学毕业论文写的就是苏轼的黄州生涯，所以这些掌故对我来说不算什么。"

两人从"酹江亭"出来后，又经"睡仙亭""留仙阁""碑阁""问鹤亭"一路走来，最后登上了"栖霞楼"。由茅盾题写匾名的栖霞楼位于赤壁最高处，楼高四层，飞檐翘角，赤楹碧瓦，白石栏杆，楼中还嵌有苏轼手书《黄州寒食诗》行书。两人凭栏远眺，但见江水连天，远山数点，看不尽无限风光。

刘子欣正陶醉在美景中，突然听到旁边秦风笑出声来，于是问："你笑什么？"

"我看江岸边有条狗在啃骨头，于是想起了苏轼的一个故事。"

"什么故事？"

"一次，苏轼的好友参寥和尚从杭州特地赶来黄州看望他，于是苏轼和妻子王朝云一起陪参寥去江边游玩，三人坐着一艘小船，对着江景吟诗作对，十分开心。对诗的过程中，苏轼看见一条黑狗在岸边正啃着骨头，咬得咯嘣作响，于是指给参寥看。参寥马上明白苏轼是在取笑自己，于是从船舱内找出一把破纸扇，将苏轼的诗写了一句在上边，丢进江中，随水漂流。王朝云见了在一旁笑个不停。"

"王朝云笑什么呀？"

"王朝云说：'我笑你们作的好诗！'苏轼故意说：'我们什么诗都没有作呀！'王朝云说：'别瞒我啦！先生作的诗是狗啃河上（和尚）骨，参寥大师作的诗是水流东坡诗（尸）。'"

秦风话音未落，刘子欣已经笑得前仰后合。这时落日熔金，暮云合璧，夕阳的余晖映照在"栖霞楼"里这对青年男女身上，光影里似乎充满了幸福的味道。

十一、收徒

30

在东坡赤壁附近的一家斋菜馆吃完晚饭后，秦风和刘子欣一路往回走。离书店还有一百多米时，秦风看到灯光，于是问："你今天出门时没关灯吗？"

"我特意留了两盏灯，我很喜欢书店里的灯光，尤其是在一个偏僻的小巷，远远看到，夜归的行人心里也许会感觉到温暖吧。"

听刘子欣一说，秦风想到自己第一次走进"古意旧书店"的门，也是被它的灯光所吸引，于是牵紧了刘子欣的手，说："以后，我会让书店的灯光一直亮下去，温暖更多的人。"刘子欣看着他的目光，笑了。

走到书店门口，秦风拿出钥匙正要开门，却发现店门外橱窗下躺着一个衣衫褴褛的小乞丐，正倚着墙角枕着一个破背包在睡觉，身上只盖了一层薄薄的毯子。

"喂，小兄弟，醒一醒，请换个地方休息吧。"秦风拍了几下，才把对方拍醒。

"大哥大姐，给点吃的好吗？我都一天没吃东西了！"小乞丐一副可怜兮兮的样子。

秦风看了眼刘子欣，知道她动了怜悯之心，于是说道："厨房里还有一个早上剩的馒头，我去拿给他。"说完便进屋去了。

秦风把馒头用微波炉叮热后，拿给小乞丐。小乞丐三口两口便将馒头吃完了，看他意犹未尽的表情，显然还没吃饱。

"你来店里坐，我给你煮碗面吃。"刘子欣说。

秦风带小乞丐在店里的小餐桌前坐下，给他倒了杯水。小乞丐咕噜咕噜一口气便喝完了，看样子，他年龄不过十六七岁，个子不高，才到秦风的肩头。他的五官倒还清秀，只是被一头乱发严重破坏了形象，看样子有大半年没剪了，蓬松松的就像没有修剪过的灌木丛。

秦风和小乞丐聊了几句，想知道他是哪里人，怎么不回家，为什么要外出流浪，结果对方一副不想回答的表情，秦风只好不问了。

一会儿工夫，刘子欣端了一碗热气腾腾的鸡蛋挂面出来，放在小乞丐面前。小乞丐说了声"谢谢"，就狼吞虎咽地吃了起来。不到三分钟，一大碗面条已经吃得碗底朝天。

小乞丐抹了抹嘴巴上的油，朝刘子欣鞠了个躬道谢，然后拿起自己的破背包说："大哥大姐，谢谢你们！我去另外找个地方休息，不打扰你们了。"

"你去哪里休息呀？"

"天桥底下，银行门口，大把地方啦！"小乞丐一副满不在乎的口气。

"你还是个孩子，外面太不安全了，要不今晚你就在我们书店过夜吧？"

"我们这哪还有地方歇呀？"秦风一句话没说完，看到刘子欣给了自己一个眼色，只好打住了。

小乞丐还想拒绝，刘子欣已经不容分说，抓住他的破背包，说：“别客气了，我们在大堂帮你弄一个地铺，今晚你就在这睡一觉，再怎么着也比外边风餐露宿强！”

　　小乞丐不知道说什么好，两行热泪滚了下来，在满是泥污的脸上冲出两条印痕：“姐姐，从来没有人对我这么好！”

　　“好了，男子汉不哭，你叫什么名字？”

　　“我叫高飞，高兴的高，飞机的飞。”

　　“那姐姐就叫你小飞好了，你先去洗个澡，姐姐帮你找一身换洗衣服。”

　　高飞在淋浴间洗澡的时候，秦风冲刘子欣抱怨道：“你这人也是心肠太好了，一个小乞丐，招待他一顿饭就够了，你还让他在家里过夜！你知道吗？现在有的犯罪集团就专门利用未成年人来设套做局的，你小心引狼入室啊！”

　　“你别把人家想得太坏了，这孩子我看挺纯朴的。”

　　听了刘子欣的话，秦风只好无奈地摇了摇头。

　　一会儿，高飞洗完澡出来，像换了个人似的，脸上的泥垢洗掉了，皮肤似乎也变白了几分，不过身上穿的是老人的衣服，显得有些不伦不类。

　　刘子欣笑了笑说：“明天我带你去理个发，换身衣服，就是个小帅哥啦。”

　　秦风一觉醒来，看看时间刚过六点半，于是换上运动服，准备出去跑步。来到书店大堂，却发现高飞已经醒了，正拿了本书在看。

秦风好奇心起，悄悄走到高飞身后一看，原来他看的是《八十天环游地球》。

"你也喜欢看书呀？"秦风问。

高飞吓了一跳，回头一看，见是秦风，不好意思道："喜欢。"

"为什么不继续读书呢？你爸妈呢？"

"我是个孤儿，从小在福利院长大。因为上学后经常被人欺负，所以我高一没读完就辍学了，我也不想再回福利院，于是就出来混社会喽。"高飞语气中透着几分玩世不恭。

秦风摸着高飞的头，叹了口气，虽然自己的人生也比较坎坷，但跟这个少年的遭遇比起来，似乎又不算什么了。

"你去帮我们买下早点，好吗？"秦风拿出一张五十元的钞票，递给高飞。

"好的。"高飞爽快答应，起身出门了。

这时刘子欣也从卧室里出来了，秦风和她打了个招呼，便出去跑步了。

一个钟头后，秦风跑完步回到书店，却发现店内空无一人，餐桌上放着一包早点，旁边压着一张便笺纸，上面娟秀的字迹正是刘子欣所写：

秦风：

我们已经吃过饭了，我带高飞去理个发，你慢慢吃。

子欣

秦风吃完早餐后，看看时间已到了八点，于是打开书店大门，并在门外挂上了"正常营业"的牌子。一般来说，书店上午不需要太早开门，因为买书的顾客不会来那么早。不过在秦风看来，这段时间正好可以作为一个"试营业期"来观察，可以借机研究分析书籍销售情况、消费人群、消费特点和顾客需求，好为下一阶段的正式营业做准备。

八点十分，书店迎来了第一位顾客，这是一个四十来岁的中年人，个子挺高，面容消瘦，背着一个鼓鼓囊囊的磨得有些掉色的灰褐色挎包。他在放着中国当代文学作品的几个书柜前站了半天，翻了几本书后，脚步迟疑地走到秦风面前。

"先生，请问有什么需要帮忙的吗？"秦风问。

"老板，我这里有几本书想放到您这里代售，您看可以吗？"中年人似乎是鼓足了勇气才说完这几句话。

秦风见中年人从包里拿出几本崭新的书放在自己面前，笑道："先生，我们这里是旧书店，不卖新书，而且我们这里也不开展代售业务。"

中年人听了，显得十分失望，他留了一本书在桌上，其他几本书小心放回包里，说："这本书是我写的，送您一本，请多多指正。"

"那谢谢您了！"秦风拿过书，随手就翻了起来，这本书书名叫《侠隐记》，作者汪东海。才翻了两页，秦风就感觉此书不同寻常，抬头一看，发现中年人还没走，正在一旁用期待的目光看着自己。

"汪先生，这书您可以放我们书店代售，请问多少钱一本？”

"这书是我自费出版的，上面标价38元，您这边多拿几本的话，按20元一本给您好了。"

"那好，您带了多少本，我们全要了，不过想请您在每本书上都签个名。"

汪东海一听喜出望外，将挎包里装的书全拿了出来，一共二十本。他又在每本书的扉页上认真地签好名，脸上喜悦的表情就像在中榜告示上看到自己名字的穷秀才。

秦风留下了他的电话，说："汪先生，您的书我们会放在书店里代售，如果销售情况理想的话，我会联系您，再继续进书，您看怎么样？"

"太谢谢了，太谢谢了！"汪东海十分激动，走的时候还一步三回头地致谢。

汪东海走后，秦风继续拿着书聚精会神地看。这是一本都市武侠小说，讲的是一位看破红尘隐世已久的武林高人，无意中收了一个天赋异禀的弟子，弟子出师后置身于瞬息万变、人心不古的现代社会，结果发生一系列曲折离奇的故事。

秦风看得津津有味，边看边不时发出会心的笑，他已经很久没有看过这么有趣的武侠小说了。

读中学时，秦风是个不折不扣的武侠小说迷，只要是能找得到的武侠小说他都不放过，结果不到三年时间，从金庸、古龙、梁羽生，到司马翎、上官鼎、温瑞安、黄易、诸葛青云、卧龙生、萧逸，甚至民国时期的还珠楼主、平江不肖生、王度庐、郑证因、白羽，几乎都看了个七七八八，一路鱼龙混杂、泥沙俱下地看下来，发现还是金庸的最好看、最耐看，于是有一阵子只看金庸。等到把金庸小说翻来覆去看了几遍之后，突生"拔剑四顾心茫然"之叹，一时竟感觉无书可读，于是之后十余年都没再碰武侠小说了，没想到这次竟然被一个无名作家写的武侠小说迷得神魂颠倒。

秦风正看得全神贯注，突然感觉肩膀被人拍了两下，抬头一看，刘子欣正笑盈盈地望着自己，她旁边还站着一个眉清目秀的少年，一头清爽利落的短发，一身墨蓝色秋装外套配牛仔裤的休闲打扮，整个人显得精神十足，哪里看得出是昨晚那个流浪街头的小乞丐。

秦风吃了一惊，还没来得及说话，只听刘子欣说道："高飞这孩子挺不错的，刚才我和他聊了半天，发现他还挺喜欢看书，反正我们书店现在也缺人，要不就把他留下来，跟你做个学徒吧？"

秦风急了，把刘子欣拉到一边，低声说："书店现在还没盈利，多一个人，怎么养活呀？"

"我跟他说了，他不要工钱，只要包吃包住给看书就行。"

"可我们书店不是福利院，随便收养孤儿会有麻烦的！"

"你有点同情心好不好，人家孩子这么可怜，你总不能见死不救吧？要是我伯父在，绝对不会不管的！"

一听刘子欣提起师父，秦风就没辙了，他叹了口气道："你是老板，你说了算！"

"高飞，你过来，我和秦风大哥说好了，以后他就做你的师父，你跟着他好好学。"刘子欣把高飞叫了过来。

"谢谢欣姐！谢谢师父！"高飞朝两人分别鞠了个躬。

秦风想着自己这么年轻居然莫名其妙做了别人的师父，不禁觉得有些好笑，再看刘子欣，一脸的开心。

31

多了个徒弟，似乎也不是坏事，接下来几天，一些跑腿打杂出力气的事情高飞都接下来了，比如买早点、清点书籍、搬书卸货、打扫卫生这些，高飞都做得不亦乐乎。小伙子头脑灵活、动作麻利、干活勤快，秦风看在眼里，暗暗点头。

闲下来的时候，秦风便手把手地指导高飞，一方面是帮他补历史文化这一块的课，高飞毕竟高中都没读完，文化修养方面是个硬伤，秦风找了一堆历史文化方面的入门书籍，给高飞恶补，并随时给他答疑解惑；另一方面是书店日常管理类的事情，教高飞如何检查库存、图书陈列、推销书籍、帮顾客找书、损耗管理、店面清洁、做账目清单、监控设备维护等。

这天，秦风正教高飞做数据统计表，高飞有点不得要领，摸着后脑勺一头雾水的样子。秦风正想说他，一旁的刘子欣突然来了句："我本以为开书店是件简单的事情，没想到还这么烦琐复杂。"

秦风苦笑了一下，说："开书店从来都不是一个赚钱的行当，能做这一行的都是有份情结在里面。书店店主大都是小时候阴差阳错对书有了热爱，以至于会认为，开书店，既可以给好书找到'识货'的买家，也能在开店的间隙尽情地去读书。但在现实中，却并没有那么轻松惬意，除了各种日常琐事外，就是进书、清书、卖书，周而复始罢了。所以作为一份工作来说，并不是太好的选择。"

"我之前曾和你说过，我喜欢这样一段话：一家理想的书店，就像一座超越时空的驿站。让泥泞的往昔重获永生，让未知的期待尘埃落定，也让千万个灵魂找到了同类。所以我想，哪怕开书店并不赚钱，但任何城市都需要这么一家小书店。"

"理想是丰满的，现实是骨感的。现在我们书店想生存下去，面临着三大问题。这三大问题解决不了，一年之内恐怕就要关门大吉。"

"哪三大问题？"

"一是成本问题。我了解了一下，近十余年来，国内倒闭的书店数以万计，大多是过不了成本这一关。现在城市里铺租和人工越来越贵，较十年前翻了一倍还不止，而书店是个利润率非常低的行当，所以很多书店在经营成本越来越高的情况下都难以为继。但这点对我们书店来说影响不大，因为这个店面是我们自有的，省去了租金，而我和高飞的人工也不贵。"

刘子欣笑了笑，说："看来我是捡到便宜了。"

"二是网络冲击。现在年轻人很少到实体店里买书，一般都是在网上买，因为网上买书不仅优惠幅度大，而且可以送货上门。只是这样一来，像亚马逊、京东、当当这样的网上商城是越来越庞大了，但线下卖新书的实体书店则越来越萧条。好在我们是家卖旧书的书店，店内很多书籍在市面上都是绝版的，并且几十年来形成了一批稳定的客户群，所以相对来说，网上商城对我们的冲击还不算太大。当然，因为之前书店停业了半年多，客户流失了不少，现在我正在想办法找回旧客户，吸引新顾客。"

"听你这么一说，我终于安心了一点。"刘子欣抚着心口说道。

"现在最头痛的就是第三个问题——货源枯竭。"秦风表情变得严肃起来，"我们现在店内藏书两万册左右，正式开业后，销售情况良好的话，预计每天售书在三十到五十册之间，如果没有货源补充的话，店内藏书两年内将全部售空。我们书店卖的不是新书，所收旧书大都来自图书馆淘汰书籍、企事业单位图书室倒闭流散书籍、学者教授去世后家人清理售卖藏书等渠道。但现在，想收到好一点的旧书是越来越难了。"

"你有什么好办法吗？"

"现在我正想法子在网上拓展货源，搜购好的旧书。"

刘子欣还想问个究竟，这时秦风的手机响了，只好打住。

秦风接通手机后，通话时一副喜不自禁的表情，连说了几声"好"后挂了电话。

"什么好事，这么高兴？"刘子欣问。

"刚接到陈黑子电话，他说有个教授去世了，他家属想把家里的上千册图书全部卖掉，问我想不想拿下，我说好啊，他让我赶快过去。"

"那我和你一起去看看吧。"

"好啊，高飞看店就行了。"

刘子欣说去卧室拿手袋，不料半天都没出来。秦风觉得奇怪，于是走进卧室，却见刘子欣伏在床上，双手捂头，面色苍白。

"你怎么了？"秦风吃惊道。

"我今天早上胃口不好，没吃什么东西，低血糖犯了。"刘子欣有气无力道。

"我送你去医院看看吧？"

"不用了，我这是老毛病，你给我冲点蜂蜜水就行了。"

秦风急忙以最快的速度冲好一杯蜂蜜水，端到刘子欣面前，喂她喝下去。半杯水喝过后，刘子欣面色好了些，说道："我不要紧，休息一下就好了，你赶紧和小飞去看货，晚了说不定就没了。"

秦风还在犹豫，刘子欣不由分说便催着他走，秦风只好在门口挂上"暂停营业"的牌子，带上门和高飞匆忙出发了。

二十分钟后，到了陈黑子的仓库，秦风扫了一遍，问道："书呢？"

"兄弟，是这样的，书还在人家家里，本来说好了今天上门去收的，但是很不巧，哥们遇上点急事得赶过去处理，要不这样，你要感兴趣的话，我把那教授家地址告诉你，你上门去收，哥们就赚点信息费，你看怎么样？"陈黑子搂着秦风肩膀低声说。

秦风迟疑了一下，说："那教授家有多少书？别让我白跑一趟啊。"

"这教授姓蒋，退休前就在本地的师院教书，实打实的文化人。之前我上门去看过，家里藏书怎么也有个一千多册，而且品相都很不错，我上次是没带够钱，要不当场就拿下了。"

看着秦风犹豫不决的样子，陈黑子拍着胸口道："兄弟，咱给刘老爷子供货这么多年，就没出过差错，我现在把你当古意旧书店的掌柜来看，所以有什么好东西都是第一时间通知你。你要信不过我，咱就另找高明了。"

"别说这见外话，兄弟还信不过你吗？"秦风急忙打住陈黑子的话，"来，你出个价吧。"

"你就给我五百块信息费得了。"

秦风点出几张老人头塞到陈黑子手里："这里是六百元，顺便借你那辆卡车给我拉货用一用。"

"没问题！"陈黑子眉开眼笑地将钞票放进口袋，"这笔生意包赚，赚多少就看你的本事了。"

按照陈黑子给的地址，半个小时后，秦风就找到蒋教授家。按过门铃后，一个三十来岁的小伙子打开门，看到秦风，愣了一下。

"您好！我是和陈哥一起收书的，他今天临时有事来不了，我代他跑一趟，这是我的助手小飞。"秦风忙不迭地自报家门。

"哦，进来吧。"

小伙子将两人领进屋内书房，秦风上上下下扫了两遍，心里大概有了个底数：整个书房面积约十五平方米，两面墙都装满了图书，保守估计应不少于一千两百册。

这位钱教授看来也是爱书之人，藏书井井有条，其书籍中文史哲类的占了一半，剩下一半几乎全是小说散文类的，书架中有四排是二十世纪八九十年代出版的国内大家作品，从鲁郭茅、巴老曹到沈从文、孙犁、汪曾祺、黄裳、贾平凹、莫言、路遥、陈忠实、余华、苏童、池莉、王跃文等；有三排是外国作家作品，从莎士比亚、狄更斯、简·奥斯汀、拜伦到雨果、巴尔扎克、大仲马、司汤达、莫泊桑，从普希金、屠格涅夫、契诃夫、列夫·托尔斯泰、陀思妥耶夫斯基到马克·吐温、霍桑、杰克·伦敦、海明威等，几乎网罗了英法俄美文学圈的一众大家之作。这些倒也罢了，最能体现这位已故藏书家独特品位的是，其书架中有一排五十年代出版的苏联文学作品，另外在书架一个不起眼的角落里，居然还有几十册民国时期的旧书。

"这些书我全要的话，多少钱？"秦风问。

"八千。"小伙子抽了口烟，吐了个烟圈道。

秦风一颗心激动得几乎都要从嗓子眼里跳出来，对方这简直就是地板价，因为光那几十册民国旧书，价钱就不止这个数，看来对方确实是不懂书的外行。秦风本想一口答应，又怕太爽快了对方生疑会反悔，于是强忍住心中的狂喜，试探性地和对方砍了个价，最后以七千五百元成交。

结过账后，小伙子甩了甩手里的大团结，摇头道："唉，老头子省吃俭用了一辈子，到头来藏的这些书也就够咱买部手机，你说这知识值几个钱？"

"知识还是有用的，至少这些书别人还可以接着看嘛。"秦风随口接了句，同时手脚不停地和高飞一起忙着装书打包。

两人正忙得不可开交的时候，突然隔壁房间冲出一个老太太，一头扑在书堆上，号啕大哭道："老蒋啊！你看你的不肖子孙，你一走，就要卖掉你的藏书，这是你多年的心血呀！"

"妈，别这样，外人看了会笑话的！"小伙子赶紧扶起老太太安抚道。

"你做得出来，还怕别人笑话？"老太太火气上来，指着小伙子鼻子骂道。

"妈，您说老爸辛苦这么多年，也没给我留个房子、车子什么的，我明年结婚都只能住你们这旧房子，这些破书再不清掉，我连装修都没法弄。妈，你也得替儿子考虑一下嘛！"

"唉，我和你爸读了一辈子书，怎么就生了你这么一个不学无术的东西？"

秦风在一旁看着，感慨万千，每一个藏书家最大的烦恼，莫过于如何处理身后之书，如果碰上一个不爱读书的子孙，那么辛辛苦苦收来的藏书，最终也免不了风流云散的下场。

眼见老太太情绪激动地坐在地上不肯起来，秦风担心夜长梦多又生变故，于是上前劝道："阿姨您好！我是开旧书店的，蒋教授这些书我们不会拿去废品站处理，而是放在书店里，这样可以造福更多的读书人。"

"哦，你是开书店的，那对这些书也算是个好归宿。只是我看到这些书，就想起老伴，实在舍不得！"老太太一把鼻涕一把泪道。

"阿姨，要不这样，您在书里挑一些，留着做纪念，其他的给我，好吗？"

老太太点了点头，一旁的小伙子皱了皱眉头，凑到秦风耳边低声道："哥们，那这钱怎么算？"

"价钱照旧，交个朋友！"听完秦风的话，小伙子笑着点点头。

最后，老太太挑了十来本书，其中大部分是诗集，秦风见其中只有一本是民国书，心里暗暗松了口气。

十二、销魂

32

回来的路上，秦风一边开着车，一边哼着"我得意的笑 / 又得意的笑 / 笑看红尘人不老 / 我得意的笑 / 又得意的笑 / 求得一生乐逍遥……"

"师父，咱们今天是不是大赚了一笔呀？"好不容易秦风一曲哼完，高飞侧着脑袋问道。

"你怎么知道我们今天赚了呢？"

"我看你唱歌唱得那么高兴，不用说，肯定是对今天的收获很满意哦！"

"呵呵，你小子还挺有眼力的嘛！今天的收获是不错，粗略算一下，赚的钱应该够咱们店两三个月的开销了。"

"哇！师父，卖书这么赚钱呐，你可要教教我呀！"

"咱们旧书这一行跟卖古董的有点像，拼的是眼力，靠的是定力，缺的是财力。不同的是，咱们这一行赚不了大钱，主要是靠一份情怀在支撑。"

"师父，你是不是因为欣姐才做书店的呀？"

秦风骂道："浑小子，别操闲心，干好你自己的活！"高飞这一提，他想起出门前刘子欣身体不适的情景，顿时心头一紧，急忙加快了车速。

回到店里，秦风见店门已经打开，刘子欣正在招呼几名顾客，看上去已经恢复了正常，走上前去问道："怎么样，好些了吗？"

刘子欣笑道："我没事，休息了一下，吃了点甜食就好了。"

秦风见她神色如常，旁边还有顾客在咨询问题，便没有多问，和高飞搬书去了。费了半天工夫，将装书的纸箱全部搬到书店大堂角落后，秦风和高飞累得腰都直不起来。

擦了擦额头上的汗，秦风又忙着交代高飞如何将书籍按类别上架，并让他抓紧时间将新购图书的清单做出来。

"师父，这里上千册书，你让我做到猴年马月呀？"高飞哭丧着脸道。

"不用急，先把民国的书整出来，其他的给你一周时间慢慢做。"秦风停顿了一下，接着说："里面有两箱是二十世纪五十年代出版的苏联文学作品，你先不要上架，就放到一边。"

交代完高飞后，秦风又拨通了一个电话："喂，杨先生您好！我是古意旧书店的秦风，上周您说想找的书我们找到一些，您有空过来看看吧。"

挂了电话，秦风又和高飞一起将书籍上架。忙活了半天，刘子欣递了杯水过来，秦风接过一口喝完。

"咱们店里又没有绩效考核，你干活不用这么拼吧？"刘子欣笑盈盈道。

"受人之托忠人之事，我既然卖身给书店了，怎么也要鞠躬尽瘁！"

"不用说卖身这么难听吧！"

"那我是甘愿献身于我们刘子欣小姐光荣而伟大的书店事业了！"

"别耍贫嘴了，说正事，我听小飞说，你们今天收获不错嘛！"

"那当然，运气来了，挡也挡不住，今天最大收获是收到了几十册民国时的旧书，不过具体价值要等到清单做出来后才清楚。"

"那今天是不是该请大家吃顿饭庆贺一下？"

"没问题，不过我还要等一个人把饭钱送过来先。"

刘子欣正想问是谁，这时门口闪进一个人来，冲着秦风问："我要的书在哪里？"只见这人大约二十五六岁，一身灰衣灰裤，还戴着一副厚厚的方框眼镜，配上一个带点喜感的板寸平头，感觉像一只莽撞冒失的蜜獾闯进了书店。

秦风往角落一侧的两个纸箱一指，说："你要的书都在那，随便挑吧。"

平头哥打开纸箱一看，顿时喜出望外，又问了句："怎么卖呀？"

"单买的话，厚的三十元一本，薄的二十元一本，十本以上打八折。"

平头哥一听，当即乐不可支地挑起书来，一会儿工夫，就挑了一堆。秦风忙给他找了两个结实的购物袋装书。

结账时，一共三十二本，折后价六百四十元。平头哥付了钱，提着书欢天喜地地走了。

"这人是谁呀？"刘子欣问。

"这哥们是一个在读研究生，研究方向是五十年代翻译过来的苏联文学作品，苦于找不到相关的原版书籍，上周他来过店里，买了好几本书，还让我帮忙留意五十年代出版的苏联小说，刚好我今天收的书里就有，这不一打电话他就来了。"

"你还真是个做书商的料！"

"谢谢夸奖！晚上你想去哪里吃饭？"

"要不还是去江边的那家小酒馆吧。"

"好的，我把张超也叫上，另外我还有个惊喜给你。"

"什么惊喜？"

"到时候你就知道了。"

带上高飞，三人打车先到了江边的那家小酒馆。张超还没到，秦风也不客气，把菜先点了，除了例牌的酱牛肉、回锅肉、拍黄瓜和油炸花生米外，还加了香辣田鸡、干锅鱼籽鱼泡和炸藕夹等三个菜。听了刘子欣的劝，秦风将白云边换成了金龙泉啤酒。

等到菜都上齐的时候，张超终于赶到了。

"大律师，忙什么呀？"秦风一边给张超倒上酒，一边问。

"唉，陪老婆去医院做了个检查，过来时又碰上堵车，耽误了半天。"

"你老婆没什么事吧？"

"一点小毛病，还好没大碍。"张超支吾了一下，看到桌上还有个陌生的面孔，于是问："这位小兄弟是？"

"这是高飞，我新收的徒弟。"秦风介绍道。

"你小子可以呀，回来半个月，情场得意，事业丰收，现在连徒弟都有了。"

秦风见刘子欣脸上一红，赶紧举起酒杯道："来，我们大家一起碰一杯吧。"

众人端起酒杯碰了一下，张超第一个喝完后，意犹未尽道："今天怎么改喝起啤酒来了？"

"白酒喝多了伤身体，改喝点啤酒也不错嘛！"

"看来你现在是有人管了。"张超打趣道。

秦风笑了笑，给自己和张超的空酒杯中都倒满酒："兄弟，这一杯我要好好敬下你，谢谢你把我从鬼门关上拉回来！"

"怎么回事？"张超一头雾水。

秦风简单讲了一下自己这几年的遭遇，只听得大家悚然动容。最后秦风诚恳地说道："兄弟，谢谢你！半个月前，如果不是你给我打来的一通电话，我恐怕都已经离开人世了，所以这一杯，我一定要好好敬下你！"

"只要有兄弟在，人生没有过不去的坎。来，干杯！"两人碰过杯后，都一口干了杯中酒。

高飞给秦风杯中满上酒后，秦风端起酒杯对刘子欣说："子欣，谢谢你！"

"我抢了你的书店，你谢我干吗？"刘子欣笑道。

"你让我解开了我对师父长期以来难以释怀的心结，你让我看清了我应该投入去做的事业，你也让我找到了我这辈子真正要找的那个人！"

听了秦风的表白后，刘子欣的脸一直红到耳根，都不知道说什么好。两人碰杯的时候，四目交投，含情脉脉，仿佛周围的人都不存在，空气中似乎充满了蜜糖的味道。张超凑到高飞耳边低声道："看到没有，泡妞就要像你师父学，嘴巴放甜点！"

酒过三巡，菜过五味，地上的啤酒瓶堆了一打，大家也都有些醉意了。刘子欣突然想起什么，问秦风："你说的惊喜呢？"

"哦，我差点忘了。"秦风拍了拍脑袋，从一旁拿了个鼓鼓囊囊的蛇皮袋过来。

打开袋子，众人看了都喜出望外，原来袋子里装满了五颜六色的烟花。

"怎么想到买烟花呀？"刘子欣开心地问。

"在广州时，每逢过年珠江上都会放烟花，那景象真的很漂亮。我有一次看了就想，以后有机会，一定要在江边放一放。这次回来，我抽空买了些烟花，这边是郊区，不在禁放范围内，刚好可以满足心愿喽。"

"太好了！"

"师父，我先放吧。"高飞到底是少年心性，拿了两只彩珠筒要放，秦风笑着点点头。

众人站到一边，看高飞点着火后，一只烟花像穿云箭一样划过夜空，留下一道耀眼的光芒。紧接着，第二只烟花也划过夜空，一前一后两道光芒交相辉映。

接下来放的烟花中，有旋转升空发出耀眼光芒的"飞龙在天"，有造型奇特、画风瑰丽的"青龙吐珠"，也有像满天星雨一样光芒四射的"天女散花"……众人看着夜空中尽情绽放的烟花，都沉醉在这美丽动人的景象中。

终于，只剩下最大的一只烟花了。秦风笑着说："最后这只应该是最漂亮的，等会我点着后，大家都可以许个愿，说不定会实现哦！"众人纷纷点头。

秦风弯腰点着烟花，然后飞快跑回刘子欣身边。引信"嗞嗞"燃着，不过一两秒钟，烟花一下子爆燃了，一道焰火拔地而起，直冲云霄，冲到上百米的高空后砰的一声爆炸，变出一个美丽的光环，紧接着，第二道、第三道焰火依次升空爆炸，又产生了新的光环，一环套一环，璀璨夺目。

秦风看了眼刘子欣，见她已经闭上了眼睛，双手合十，似乎在许愿，于是也闭上眼睛，虔诚地许了个愿。片刻睁开眼后，最后一个光环正从夜空中坠落，仿佛流星一样留下刹那的光芒！

33

回到书店时已近凌晨，高飞挨不住困，先去睡了。洗漱完后，刘子欣对秦风说："今晚我想在地下室休息，你睡卧室吧。"

秦风愣了一下，不过看刘子欣睡意蒙眬的样子，就没说什么，直接去卧室了。

躺在卧室床上，枕边可以闻到一股淡淡的香味，秦风想着刘子欣每晚在这床上休息，眼前立刻浮现起她迷人的身影，不禁有些心猿意马。

胡思乱想了半天，睡意袭来，秦风终于慢慢沉入梦乡。不料，手机突然响了，把秦风惊醒，一看，是刘子欣打过来的。

"你快过来，我好害怕！"刘子欣声音在发抖。

秦风一个鱼跃起身，披上外套，三步并作两步冲往地下室。刚下楼梯，刘子欣就扑到他怀里："你听到鬼打洞的声音了吗？我好害怕！"

秦风搂紧了怀里的少女，安慰道："别怕，有我在！"他侧耳倾听了一下，果然听到一阵"咚，咚咚，咚，咚咚……"的声音，伴随着这有节奏的声音，地下室的墙壁也在微微的震动，在屋内那盏昏黄的壁灯光下，这咚咚的声音给人一种莫名的恐惧和压力。

"这像是附近在搞工程基建打洞的声音。"

"可是这么晚了，谁还会搞工程啊？"刘子欣惊魂未定。

"明天上午，我去周边看看，弄个明白，今晚你还是上去在卧室休息吧。"

"我害怕。"

"我上去陪你，不用怕。"

秦风陪刘子欣回到卧室，看她上床，像只猫一样钻进了被窝，自己坐在镜台前的靠背椅上，准备伏案打发一夜。

台灯没关，秦风见刘子欣眼睛眨了几下，笑道："怎么还不睡呀？"

"你在椅子上休息不好，要不也上来睡吧，反正这床够大。"

秦风以为自己听错了，再看刘子欣已经害羞地转过身去，背对着自己。他犹豫了一下，终于鼓起勇气上了床。

　　一进被窝就感觉到少女身上那特有的气息，刘子欣的发丝拂到秦风脸上，痒酥酥的，秦风只觉得脸发烫，心脏怦怦直跳，几乎都要从胸腔中跳出来。

　　秦风的灵魂还在天人交战的时候，黑暗中，他的手似有意又无意地碰到了刘子欣的臂膀，对方没有不快不满的表示，他仿佛得到鼓励一般，轻轻探出手搂住了她的纤腰，把她抱在怀里。刘子欣感受到他身上强烈的雄性荷尔蒙气息，转过身来，四目交投，浓情蜜意的目光里，两人的嘴唇又贴在了一起。这是一个深情而灼热的吻，两个人似乎都要融化在吻里面；这是一个激烈而漫长的吻，当它结束时，两个年轻漂亮而充满活力的身体已变得一丝不挂，并紧紧地缠绕在一起。

　　秦风眼里闪着兴奋的光，在黑暗的掩护下抢掠着少女的秘密，爱抚着娇羞的蓓蕾，吸吮着醉人的琼浆，汲取着无穷的力量。在软玉温香的诱惑下，蛰伏多时的野兽露出峥嵘的头角，一寸寸膨胀，一点点嚣张，溯流而上，闯入武陵人向往的桃源秘境。接下来的时光，是亚当和夏娃在伊甸园里的纵情奔放，是张生和崔莺莺私订终身时的贪欢一晌，更是一对小儿女情到浓时的如胶似漆、我为卿狂……

　　流苏帐内春风暖，合卺杯中琥珀浓。第二天两人起床时已是日上三竿，店内不见高飞踪影，餐桌上放着一包早点，旁边压着一张便笺纸，上面的字迹有些潦草：

师父、欣姐：

　　我出去逛一逛，给你们买的早餐放在桌上。

飞

　　"小飞是不是知道什么了？"刘子欣话语间有些不好意思。

　　"那他应该改口叫你师娘了。"

　　"你坏死了！"

　　"哦，对了，昨晚那打洞的声音确实有些蹊跷，等会我们出去看看是怎么回事。"

　　吃过早餐后，两人出了书店。秦风推算了一下方位，断定是书店西北方向传过来的动静，于是带着刘子欣走过去。步行不到五十米，只见路边一个独门独户的宅院门口停着辆依维柯，上面印着"湖北省自然遗产保护科研所"字样。宅院门虚掩着，透过门缝可以看到里面有几个套着工装马甲的人正在施工，其中有个络腮胡。秦风一见，马上想起来，这几个就是前些时在青云塔旁施工的那帮人。

　　"不用看了，这帮人我见过，他们是搞科研考古的。"

　　"他们那样子，不太像是搞科研的。"

　　秦风把自己半个月前晨跑时见到这帮人的情形说了，刘子欣沉思了一下，突然拍手道："我想起来了，这个络腮胡我上周见过。"

　　"你怎么会见过他？"秦风奇怪道。

　　"我上周从武汉坐车回黄州时，在车上见过这人，他正好坐我前排，一路上和另一个商人模样的人在聊什么出货的事情，还说做完这一单，这辈子都吃穿不愁了。我看他那样子，感觉不像是好人。"

"出货，打洞。"秦风沉思片刻，突然间看到不远处巍然耸立的青云塔，顿时灵光一闪，兴奋道："我知道了，他们是在盗墓！"

刘子欣吓了一跳，赶紧问："你怎么知道他们是在盗墓？"

"第一，来路不明，鬼鬼祟祟；第二，半夜打洞，形迹可疑；第三，青云塔历史悠久，以前曾有传闻说其下有地宫，藏有佛宝，这帮人所谓施工正是在青云塔周边进行，显然是为宝藏而来。"

"那怎么办？"

"我拍几张照片作为证据，然后赶快报警。"

秦风拿出手机，在宅院门口偷偷拍了几张照片，又拍下那辆依维柯的样子，然后和刘子欣赶紧离去。

十三、赏砚

34

从公安局出来后，刘子欣抑制不住心中的激动，问秦风："你说，公安局会采取行动抓这些人吗？"

"刚才你也看到了，他们查了那个车牌号，发现是假的，那这帮人肯定有问题。不过接下来还需要相关证据，现在公安已经布控了，所以你少安毋躁，等着看好戏吧！"

回到书店，高飞正在柜台的电脑前忙着操作，见到两人，连忙打招呼。

"师父，昨天收的书，民国那一块的清单我已经做出来了。"

"嗯，动作挺快的嘛。"秦风接过高飞递过来的书目清单，仔细看了起来，一边看一边频频点头。刘子欣见了，也凑过去一起看。

民国　书目清单

1.《故事新编》，鲁迅著，文化生活出版社1936年1月初版。

2.《书房一角》，周作人著，新民印书馆1944年5月30日初版。

3.《话匣子》，茅盾著，上海良友图书印刷公司1936年3月20日再版。

4.《达夫自选集》，郁达夫著，天马书店1933年3月初版。

5.《叶圣陶文集》，叶圣陶著，上海春明书店1948年1月初版。

6.《空山灵雨》，落华生（许地山）著，商务印书馆1927年7月第三版。

7.《从文小说习作选》，沈从文著，上海良友图书印刷公司1936年5月1日初版。

8.《传奇》，张爱玲著，"杂志"社1945年2月第六版。

9.《八月的乡村》，萧军著，作家书屋1949年1月第三版。

10.《资平自选集》，张资平著，上海乐华图书公司1934年2月再版。

11.《丰收》，叶紫著，奴隶社出版，容光书局1936年9月第四版。

12.《黄土泥》，老向著，民国廿五年六月人间书屋初版。

13.《大江南线》，曹聚仁著，复兴出版社1945年11月初版。

14.《二十人所选短篇佳作集》，1937年良友图书公司出版，精装本。

15.《新文学大系·诗集》，朱自清编选，上海良友图书印刷公司1936年8月3版，精装本。

16.《边鼓集》，1938年11月英商文汇有限公司出版，精装本。

17.《鲁迅传》，王士菁著，新知书店1948年1月初版。

18.《鲁迅先生二三事》，孙伏园著，作家书屋1942年初版。

19.《中国文学小史》，赵景深著，大光书局1935年8月第16版。

20.《现代中国女作家》，黄英编，北新书局1934年4月再版。

21.《作家书简》，虞山平衡编辑，万象图书馆1949年2月初版。

22.《晚清小说史》，阿英编，商务印书馆1937年5月初版。

23.《淞沪血战回忆录》，翁照垣述，罗吟圃记，申报月刊社1933年1月初版。

23.《铁流》，［苏联］绥拉菲莫维奇著，周文改编，冀鲁豫书店1947年9月初版。

24.《法国短篇小说集》，黎烈文选译，商务印书馆1936年3月初版，精装本。

"不错，这批书比我想象中的还要好！"秦风满意道。

"看来这次你又捡到漏了。"刘子欣笑道。

"在我看来，这不叫捡漏，我们只是知识的搬运工，通过我们的努力，把有价值的书运送到真正需要它的人手里去。"

"知识的搬运工，这个说法挺形象的。那么你心目中，理想的旧书店是什么样的？"

"我记得有位作家这样描述理想的旧书店：它远离闹市区，在一条充满感情回忆的偏僻街道；它安居在陈旧、昏暗但绝不尘土飞扬的老建筑里；它的房间是很高的，书架直通天花板，有隐秘的角落，有意想不到的拐角和不为人知的书架，似乎惊喜随时会出现；店内应有一两个谦和的职员，最好正是店主本人，因为他有权减价……"

"呵呵！看来我们书店距离'理想的旧书店'已经相差不远了。"

"不是相差不远，是更胜一筹！"

"为什么？"

"因为有你！"

高飞在旁，刘子欣只是似嗔似喜地拍了秦风一下，没有多说什么。

接下来的时间，秦风拿着书目清单，对照着原版书，手把手地教高飞如何品鉴每一本书的品相、版本和价值，一个倾囊相授、毫无保留，一个虚心受教，求知若渴，不知不觉，两个钟头过去了，两人沉浸在知识的海洋中，如痴如醉。

"师父，现在很多看书的人都喜欢用电子书，或者用手机阅读，觉得方便、实用又不占空间，那您说咱们这纸质书还有前途吗？"高飞突然问道。

"电子书确实对纸质书造成了很大的冲击，不过我认为，真正喜欢看书的人，是不会放弃纸质书的，因为它有几个优势是电子书难以匹敌的。"

"哪几个优势？"

"第一，读纸质书比电子书阅读更舒服。你可以拿着一本纸质书轻松惬意地看上两三个钟头，但是很难拿着一本电子书看上同样长的时间。"

"嗯，确实是这样。"

"第二，从保存的角度来看，纸质书比电子书更长久。不要说宋代、明代的书有些可以保存到现在，即使是用只能保存七十年的现代酸性纸印刷的书，也比磁介质和电子存储更耐久。"

"师父，您说的这点让我想起一部科幻片，片中男主角在2047年想打开一个半世纪前生产的U盘查找资料，结果没法打开，因为没有匹配的机器可以用。"

"第三，纸质书不必受制于电力短缺和停电，更不怕撞击。如果落难荒岛，你手头有《史记》《圣经》或者《鲁滨孙漂流记》等任何一本纸质书，你都可以拿来打发时间，甚至指导生存。但是电子书却没办法用。"

"这点我倒是没想到。"

"第四，一本装帧精美的纸质书同时也是一件艺术品，拿在手里让人赏心悦目。而电子书无论如何都没法给人这种感觉。"

"师父，听你这么一说，我感觉我们书店还是挺有前途的嘛！"

"只要这座城市还有读书人的存在，我们所做的一切都是有价值的。"

"下午茶时间到了，吃点东西吧。"刘子欣拿了一个装着曲奇饼干、鸡蛋仔的托盘过来，打断了秦风和高飞的教学课。

师徒俩继续边吃边聊，刘子欣看他们认真的样子，打趣道：

"我让你收的这个徒弟不错吧？"

"不知道为什么，我教高飞的时候，脑海里会浮现起师父当年教我的情形，有时甚至感觉他就在一旁微笑着看我们，这种感觉真的好奇妙！"

"这是你师父留下来的书店，你们是他薪火相传的传人，他在冥冥中关注着你们也很正常啊！"

听了刘子欣的话，秦风不禁陷入沉思中。

"别发呆了，你忘了今天下午还有件正事要做呢？"

"什么事？"

"你今天下午不是要去韦伯伯家品茗赏砚吗？"

"糟糕，今天就是周四，我都忘了这件事。"秦风着急道。

"别急，你出门打车过去，很快就到了。"

"你不跟我一起过去吗？"

"书店这边需要人打理，小飞对店务还不熟，我还要带一带他。再说了，韦伯伯对你印象很好，你尽管放心去吧。"

听刘子欣这么一说，秦风只好一个人出门打车了。

35

半个小时后，秦风到了韦府大门口，看到院墙正中两扇厚重的朱漆大门，他想起上次刘子欣叩门时的情形，于是有样学样，拿住一个铜环，在大门上三长两短地敲了五下。果然，就像阿里巴巴叫了"芝麻开门"的密码一样，没一会儿，门便开了，开门的正是小伍。

"秦先生，您来得正好，我家先生正和钱教授在'寸心室'品茶，我带您过去吧。"

"胡润成先生今天没过来吗？"秦风问。

"哦，胡先生碰到一桩官司，今天来不了。"

秦风吃了一惊，正欲详询，见小伍面有难色，知他不方便讲，于是不再多问。小伍带着秦风，进了宅院北园，一路穿花拂叶，走到"快雨堂"。

穿过"快雨堂"时，秦风觉得眼睛都不够用了，只见一个不到一百平方米的大厅内，墙上挂了几十幅精心装裱的名家书画作品，草草几眼扫过去，竟然有刘墉的浓墨楷书、曾国藩的行书对联、于右任的草书题字、丰子恺的童趣漫画、谢稚柳的花鸟画和陆小曼的山水画作。

见秦风赞不绝口，小伍笑道："我家先生喜欢收藏，'快雨堂'中所藏以书画作品为主，每逢雨天，先生兴致大发，便会来堂中赏玩名家手泽。"

"那堂中这四道门里又是什么呢？"秦风指着堂内一侧分别有"春、夏、秋、冬"字样的四道门问道。

"哦，那四道门分别对应四间内室，里面陈列的书画作品都是先生心爱之物，轻易不示之于人。而且先生认为品书赏画也要根据时令来，不同的季节有不同的景象，也适合欣赏不同的书画作品，所以他将所藏书画根据内容和气韵分为四大类，分别入藏'春、夏、秋、冬'四室。"

秦风听了，频频点头："韦先生当真是世外高人，果然见识不凡！"

一路边走边谈，经"快雨堂"后侧扶梯上了二楼，不一会便到了"寸心室"前，小伍轻轻推开门，向内禀报了一声，韦之清满面春风地将秦风迎了进去，屋中还有一人，不是别人，正是钱斯同。

寒暄的工夫，秦风将屋内陈设也看了个究竟，只见这"寸心室"的布局俨然一个禅室，室内空间不过二十平方米，地面是纹理细腻、一尘不染的红木地板，室中仅放一茶几，旁边是四个蒲团和一个燃着梵香的冲天耳三足铜炉，宾客皆脱鞋席地而坐。室内南向开有一窗，庭内风景一览无遗。除此之外，最引人注目的便是墙上一幅五尺见方的行楷条幅，秦风见落款是"乙未年秋快雨堂主人作"，不由得多看了几眼。

"贤侄，你看这幅书法如何？"

"韦先生，在下才疏学浅，于书法一道所知甚少，实在不敢妄加点评。"

"呵呵！你这么一说，莫不是觉得这幅字不入法眼？"

听到韦之清的调侃，秦风只好接口道："这幅书法用笔迅捷而劲健，沉着而痛快，八面出锋，率真自如，实非高手不能为之。最难得的是，下笔时气韵流动，写出了陆绍珩当年的胸中块垒之气。如此，字与文相得益彰，令人称道。"

说到这里，秦风突然想到了师父，竟感觉这段文字似为师父而作，一时情难自已，不禁脱口吟道："余性懒，逢世一切炎热争逐之场，了不关情。惟是高山流水，任意所如，遇翠丛紫荄，竹林芳径，偕二三知己，抱膝长啸，欣然忘归，加以名姝凝盼，素月入怀，轻讴缓板，远韵孤箫，青山送黛，小鸟兴歌，侪侣忘机，茗酒随设，余心最欢，乐不可极。若乃闭关却扫，图史杂陈，古人相对，百城坐列，几榻之余，绝不闻户外事，则又如桃源人，尚不知汉世，又安论魏晋哉？此其乐，更未易一二为俗人言也。"

秦风念完条幅上的文字后，韦之清和钱斯同不约而同鼓起掌来。

"在下适才突然想起师父，一时失态，请前辈见谅！"

"此书乃前年我与少白游鄂州西山时兴至所作，当日少白见后赞不绝口，认为字里行间与古人心意相通，今日贤侄一见便能道出其中真味，少白得徒如此，夫复何求！"韦之清赞叹道。

"后生可畏呀！来来来，我们饮茶吧。"钱斯同拿着紫砂壶给三个茶杯倒上茶水。

"上周'砚亭诗会'，我们品的是二十年的女儿红，今天大家来品品我这新置的好茶。"

秦风对茶并不在行，只见茶汤色如酒红，干净透亮，抿了一口，但觉口感醇厚，回味无穷，最特别的是，茶香里似乎多了一分焦香气息。

再看钱斯同，只见他细啜一口，闭着眼睛似在慢慢品味。片刻后，猛然睁眼道："这一定是二十年以上的普洱熟茶，口感果然与众不同！"

"钱兄不愧是茶道高手，一语中的！"韦之清拍手笑道。

"奇怪的是，你这茶里怎么有一股枣子的味道？难道你这水是放了枣子一起煮的？"

"呵呵！不瞒你说，我这冲茶的水里是煮的焦枣。"

"这焦枣和熟普竟能如此搭配，我还是第一次知道。"

"说起这茶还有一段故事，两个月前，我去了趟山东，一日朋友带我去当地一小岛上游玩。这小岛面积不过数百平方米，上面却有一座很小的寺庙，庙里常住的只有一个老和尚。我们入庙参观，登楼远眺，看到细雨蒙蒙中的江景，我忍不住作了一首诗，结果老和尚听了，希望我能将诗抄下来给他，于是我便照做了。"

"看来那老和尚也是识货之人，韦兄你的大作可否念来听听？"

"献丑了，我这首诗当时也是有感而发：一个闲人天地间，借山而居度流年。寺庙半间云作伴，烟波万顷诗入篇。"

"难怪那老和尚深有感触，你这诗分明写出了他的心境嘛。"

"我抄完诗后，老和尚请我们喝茶，喝的便是这焦枣熟普，我当时就问这焦枣配熟普是何缘故。老和尚解释说，焦枣是山东阳谷特产，由鲜红大枣经水煮、窑熏、阴晾等法制成，仅窑熏工序，便历时六天要反复三次，经'三次窑子六遍水'方可。焦枣可补气血，又可以御胃寒。寺庙素食，以此焦枣水泡茶于肠胃不无裨益。因为聊得投缘，我们走时，老和尚送了我一块他珍藏多年的熟普老茶饼和一袋焦枣，现在你们喝的就是。"

"一首诗换来一块二十年以上的熟普老茶饼和一袋焦枣，韦兄你这便宜赚大了！"

"见笑了。"

三人又喝了一会儿茶，韦之清突然叹了口气道："禅室品茗，坐而论道，俗世一乐也。以往少白在时，我们好友四人，常在此品茗清谈，赏鉴古籍、字画及文房清玩，乐以忘忧，不知老之将至。可如今，少白驾鹤西去，润成求宝心切，误入歧途，与我等也渐行渐远。这禅室品茗会，已越来越难了。"

秦风听到这里，心中疑惑更深，忍不住问道："敢问前辈，胡先生出了什么事？"

韦之清摇了摇头道："唉！我和少白、斯同、润成均为好古之人，少白坐拥书城，斯同身居藏馆，而我山庄隐居，皆是自得其乐。唯独润成痴迷古玩，却不注意小节，但见宝物，不问来路，往往倾囊也要拿下。如此一来，竟给自己招来一些不必要的麻烦。最近，湖南警方侦破一起倒卖文物案，涉案的十几件春秋战国时期的青铜器大半已经流入市场，其中便有两件青铜剑被润成买了下来。这下可好，润成被警方带去协助调查了。"

"算了，不要说这些不开心的事了。秦风也算少白兄的衣钵传人，有他参与，我们这品茗会一样可以继续嘛。"钱斯同说道。

"这倒也是。"韦之清举起茶杯，三人碰了一下，各自饮了。

"茶为闲事，只候闲人。所谓'不是闲人闲不得，能闲必非等闲人'，两位有何高见？"韦之清意味深长地笑了笑。

钱斯同习惯性地用手捋了下脑门上的头发，沉思片刻后，摇头晃脑道："雪后寻梅，霜前访菊，雨际护兰，风外听竹。有此闲情逸致，可扫浮世俗尘。"

钱斯同说完后，秦风见两人都看着自己，知道这又是一场考较，悠悠道："今日来时经过'快雨堂'，看到'春、夏、秋、冬'四室，想到古人一首诗：春有百花秋有月，夏有凉风冬有雪。若无闲事挂心头，便是人间好时节。"

"呵呵！贤侄若有意，今日我们便去'秋室'赏画如何？"韦之清笑道。

"韦先生客气了，今日重在品茗赏砚，赏画改日如何？"

"也好，刚刚大家说的是一个'闲'字，现在我想考一个'穷'字，子曰：君子固穷。请问何以处穷？"

钱斯同饮了口茶道："何以处穷？古人早有答案：无事以当贵，早寝以当富，安步以当车，晚食以当肉，此巧于处穷矣。"

"子曰：一箪食，一瓢饮，在陋巷，人不堪其忧，回也不改其乐。贤哉，回也！正所谓，君子固穷，穷且益坚，不坠青云之志。"秦风正色道。

"好一个'穷且益坚，不坠青云之志'，看来少白的事业真的是后继有人了！"韦之清赞叹道。

此时，禅室中的梵香气味越来越浓，和茶香、枣香混合在一起，中人欲醉，空气中云烟氤氲，秦风一时间只觉神游天外，浑不知身在何处。

36

品完茶后，韦之清带众人移步，去了隔壁的"百砚斋"。

入门是一道玄关屏风，上面嵌着精裱的一幅行书：

笔之用以月计，墨之用以岁计，砚之用以世计。

笔最锐，墨次之，砚钝者也。岂非钝者寿，而锐者夭耶？

笔最动，墨次之，砚静者也。岂非静者寿，而动者夭耶？

于是得养生焉。以钝为体，以静为用，唯其然，是以能永年。

水竹邨人于岁次庚申三月作

绕过屏风，步入内室。较之"寸心室"，"百砚斋"不仅空间大一倍，而且布局明显不同，室内三面墙皆是古色古香的红木博古架，架上别无他物，摆满了五花八门的古砚，有蝉形砚、凤字砚、箕形砚、抄手砚、渠式砚、平板砚、随形砚、瓷砚、铁砚、玉砚、水晶砚等，大的长逾两尺，小的宽不盈寸，琳琅满目，蔚为大观。室中是一张宽约丈余的原木大画案，案上一侧是文房四宝，另一侧则放了一个两尺见方的青石盆，盆内盛有清水，盆底是一层细软的海沙。

看到钱斯同和秦风啧啧称叹，韦之清面有悦色："这屋内百余方古砚虽然算不上什么稀世珍宝，但搜集起来倒也很花了我一番心血，再过十年，我老眼昏花，字画也赏不了，瓶瓶罐罐也玩不动，到时就靠着这些砚台打发余生了。"

"韦兄，我记得最初认识你时，你收藏的大多是字画和瓷器，怎么临到老了，反倒和我抢起古砚来？"钱斯同问道。

"现在字画和瓷器被炒得太厉害了，我虽然有点闲钱，但看中的藏品很多也买不动了，反倒不如买几方好点的古砚，既可把玩，又能磨墨。"

"说的也是，现在收藏领域，风气太过浮躁，连什么黄龙玉、文玩核桃、金刚菩提这些个玩意都被炒得一塌糊涂，反倒是古砚这种颇具文化含量的宝贝，却没有得到应有的重视！"钱斯同语气中颇有些痛心疾首。

"其实这种现象不是今天才有的，早在民国时，赵汝珍就曾感叹，唐宋时价值千金的古砚，到了民国时价值大跌，远不及玉器、瓷器等其他古玩。他认为原因在于当时古玩价值的话语权完全掌握在西洋人手里，洋人不懂砚台，于是砚台价格一落千丈。但古砚也因祸得福，少有流落西洋。"

"就算现在，古玩价值的话语权还不是掌握在苏富比、佳士得这些国外大拍卖行手里，要不然'鬼谷子下山'的罐子和那个鸡缸杯也不至于被炒成那个样子！"

"想开点，趁着古砚价格还没被炒起来，碰上好的，咱们赶快见一方收一方吧，要不过了这个村就没这个店了。"

谈笑间，韦之清从博古架上取出一方古砚，轻轻放在画案上。秦风赶紧和钱斯同凑过去细看。只见这方古砚长约七寸，上窄下宽，样式颇似一张古琴，石色青莹，纹理匀净，品相古雅完整，砚池墨锈厚积，古意盎然。

见两人看得入迷，韦之清微微一笑，双手捧砚，放入青石盆内。入水后，只见砚面罗纹金晕如波荡漾，粟米金星浮光跃金，整砚石品如画，浑然天成。

"好一方宋代金星眉纹琴形歙砚，石美、工精、品佳，不愧是琴砚典范！"钱斯同脱口赞道。

听了钱斯同的赞誉，韦之清抚髯一笑，转身问秦风："贤侄，你看此砚如何？"

因为师父是个好古之人，书斋中也置了几方古砚，闲来也曾给秦风聊起一二，所以秦风对古砚并不陌生，于是笑道："此砚观之，温婉可人，确非俗物。窃以为，赏玩此砚，当在入秋之夜深人静时，窗外皓月当空，屋内清香袅袅，凝目观之，触手抚之，如闻仙乐飘飘，琴音绕梁。"

"哈哈！贤侄此言深得我心。我初品此砚时，想到的便是纪晓岚的一首琴砚铭：濡笔微吟，如对素琴，弦外有音，净洗予心，邈然月白而江深。"

"韦兄，你这方宝砚可否借我赏玩几天？"钱斯同问。

"呵呵！我就知道你存着这个心思，没问题，等会我让小伍帮你包好。不过接下来这方你可不能再打主意了。"

韦之清一边说，一边从博古架上请出另一方砚台，轻轻放在画案上，其小心翼翼的样子，就像捧着一个刚出生的婴儿一般。

这是一块长方形大抄手端砚，长约八寸，宽约五寸，厚约指许，素膛，墨池雕波涛海龙逐日，覆手留有眼柱。制式大气，气息高古。

钱斯同征得韦之清同意后，双手捧起砚台，一边仔细品鉴，一边喃喃自语："此砚色如马肝，看砚材当为宋坑端砚。其构图简练，深入浅出，显得大方、古朴、雅致，颇有宋意。雕工浑厚，粗中有细，重点着力，玲珑浮凸，各得其所。显然，这是一方典型的宋砚。"

听了钱斯同的评价，韦之清频频颔首。这时，钱斯同注意到砚台左侧刻有砚铭，于是脱口念道："洞藏玄豹凝烟雾，池戏苍龙泼雨云。子由"。

仿佛脑子短路了一样，停顿片刻后，钱斯同大惊道："韦兄，你这砚名头也太大了吧？！"

"哈哈哈哈！"韦之清似乎早已料到老友的反应，乐不可支道："难道你不相信这是苏辙苏子由的宝砚吗？"

"此砚确是宋砚，从包浆来看，当为传世之物，砚铭也是老款，并非后人伪造，只是世上名子由的人不在少数，你如何断定此砚就一定是苏辙的呢？"

"原因有三：其一，此为宋砚确定无疑，宋代能置如此良砚者，非达官显贵，则名流高士，寻常人家绝无此等财力和需求，而苏辙曾官居副宰相要职，完全有此能力为之；其二，苏轼爱砚成瘾，至今传世的东坡砚犹见数方，作为他的弟弟，近朱者赤，近墨者黑，爱砚藏砚也在情理之中；其三，从砚铭字体来看，迹近其兄苏轼，只是逊于潇洒，怯于放纵，恰如前人评价苏辙书法：'其书瘦劲可喜，反复观之，当是捉笔甚急，而腕着纸，故少雍容耳。'此砚我得之于浙江一资深收藏家手中，我与他相交多年，十年前便在他家中见到此砚，求之不得。直到十年后方才得偿所愿！"

"韦兄，你是如何请到这方宝砚的呢？"

"我是拿董其昌的一幅书法手卷和程门的一件浅绛彩山水笔筒和他换的。"

"好你个韦之清，世人皆重董其昌书画和程门彩瓷，而轻视古砚，唯有你，以贵易贱，却是真正的赏砚之人！"钱斯同大笑不已。

韦之清见钱斯同兴奋得几要手舞足蹈，生怕他不小心失手摔了砚台，赶紧上去护住砚台，秦风在一旁看得哑然失笑。

因韦之清有言在先，对于这方珍贵非常的子由砚，钱斯同也只能吞了吞口水，不好再提什么非分之想了。

韦之清见秦风在一旁看着子由砚发呆，问道："贤侄，你以为如何？"

"在下曾听师父讲过古人移买山之钱买砚的壮举，先生此举，颇有古风。此砚观之赏心悦目，加上曾亲炙大家手泽，得此必能助先生文思泉涌、妙笔生花。"

"哈哈！你这么一说，我现在倒真想写几个字助助兴。"韦之清说着，将子由砚轻放在画案上，用青瓷蟾蜍砚滴注上少许清水，然后拿着一锭松烟古墨，安腕运指，屏息凝气，在砚堂上缓缓磨起墨来。

秦风见了，赶紧帮忙铺好宣纸，用水晶镇纸压好纸边。一会儿，韦之清磨好浓墨，只见他从笔架上选了一支湖州斑竹羊毫笔，饱蘸浓墨后，便笔走龙蛇地写了起来。片刻工夫，一幅龙飞凤舞、酣畅淋漓的行书出炉了。

玉质纯苍理致精，锋芒都尽墨无声。

相如间道还持去，肯要秦人十五城。

丁酉年秋快雨堂主人书宋人诗

钱斯同念完后，赞道："韦兄，你得此宝砚，果真有如神助，字字欲仙，笔笔欲飞，我是瞠乎其后了！"

钱斯同一番恰到好处的恭维让韦之清不禁抚髯大笑，笑声方止，他已从博古架上取出第三方砚台，轻轻放在画案上。

十四、落网

37

前两方古砚已让人大开眼界，秦风想这第三方也必定非同寻常，于是定睛一看，不料却大失所望。原来这是一方长方形砚台，长约七寸，宽约四寸，厚约指许，砚面呈淡青色，通身无雕饰，仅开如意头式墨池，方正规整，样式平平无奇，乍看就像一块青砖。更煞风景的是，砚一侧不仅有少许剥蚀处，而且边沿竟然有板结的混凝土垢，甚至还有粗粒的石灰痕迹，感觉就像一个五官端正的良人子弟，额头上却被刺字，让人有痛心疾首之感。

秦风正疑惑不解，却听到钱斯同大呼小叫的声音："韦兄，你这第三方古砚也未免太普通了吧？"

"你没看出它的特别之处吗？"

听韦之清这一说，钱斯同唯恐自己看走了眼，于是拿起砚台，从头到尾认真细致地看了两遍后，摇了摇头："从包浆、做工和砚材来看，此砚是典型的明代澄泥砚，虽然质地坚致，做工精细，端方厚重，但与前面两方宋砚相比，无疑是天差地远。再加上这方砚侧边受损，就如毁容一般，韦兄你为何青眼有加呢？"

"这方砚台是我三十年前在黄州青云街的一个地摊上买到的，当时一看到它上面的混凝土垢和石灰痕迹，我就知道这方砚台曾经被砌进墙里，后来是拆墙拆出来的。一问卖家，果然如此。"

"好好一方砚台为什么会被砌进墙壁里呢？"秦风问道。

"你听说过伏生藏书的故事吗？"韦之清反问道。

"我听师父讲过，伏生是秦朝的博士，对《尚书》有深入的研究。秦始皇焚书时，伏生冒着生命危险，暗将述录唐尧虞舜夏商周史典的《尚书》藏在旧宅墙壁中，以躲避焚烧之灾。秦亡汉立，伏生取出墙壁中秘藏的《尚书》，发现尚有二十九篇保存完好，此后伏生在山东教书。到汉文帝时，朝廷寻访能讲解《尚书》的人来京城讲学，但伏生此时已经九十多岁，走不动了。于是朝廷就派了一名叫晁错的官员到伏生家中，当面授受，才使《尚书》得以流传下来。"

"那么将砚台砌进墙壁里的人，是不是也如同伏生一样？"钱斯同接口道。

"有两种可能。"韦之清停顿了一下，又接着说，"一种是'十年浩劫'的时候，有人为保存古砚，将古砚砌进了墙壁。还有一种可能是，在'破四旧'的时候，有人变废为用，将古砚当作了一块砖头使用。"

秦风叹了口气道："我希望是前者，这样能给人多一点欣慰。"

"秦风，这方砚台我想送给你。"韦之清正色道。

"前辈，如此重礼，在下怎敢无功受禄？"秦风吃了一惊，赶紧谢绝。

一旁的钱斯同也跳了起来："好你个老韦，我和你相交二十余年，你都没送过我一方古砚，怎么对后辈就这么大方了？"

"秦风，我和你师父相识，就是缘自这方古砚。当年在地摊上，有个身着青衫的中年男子先看到这方砚台，想买但因为卖主售价甚高，只好放弃，于是被我拿下了。青衫男子尾随我半天，我质问他有何目的，他拿出一套清版巾箱本的《东坡集》，说想换我手中砚台。我虽然没同意，但听他说自己是开旧书店的，起了好奇之心，便应邀去他店里喝茶，结果相谈甚欢，一见如故，于是我将砚台送给了他。今年初，你师父自知重病难愈，又将此砚送回于我，说是留个纪念。"

　　"前辈，此砚是你和我师父结缘之物，我怎么能据为己有呢？"

　　"秦风，我再给你讲一个故事吧。有一年，我和你师父去一个古镇访古。听说镇上有一户姓秦的人家是大户人家，祖上数代收藏。我们就去拜访。秦家的后人已经是一个老人，很健谈。我们问他是否祖上有很多东西？他说是的。我们又问他现在还在吗？我们能不能看看？他说他家曾经有一块匾，字是自右向左写的，从右向左念是'无尽藏秦'。后来，时风一变，读字从左向右念了，那块匾就变成了'秦藏尽无'。秦风，你明白我的意思吗？"

　　"我明白。"

　　"这方砚台历经了人世沧桑，也见证了中华文化的薪火相传，我想传给你，希望你能继承你师父的遗志，把旧书店好好开下去，为黄州城保留一脉书香。"

　　听到韦之清语重心长的嘱托，秦风忍不住热泪盈眶，这一瞬间，他感觉仿佛就是师父站在面前，对自己耳提面命、谆谆教诲。一旁的钱斯同见了，也不禁为之动容。

"有一句话我也要交代给你，这不是一方普通的古砚，它上面寄托了你师父和我对你的厚望，希望你不要辜负！"

见秦风郑重其事地收下古砚，韦之清脸上露出了欣慰的笑容。

三人在博古架前，对着端歙洮澄诸方良砚，评头论足，较短比长，谈笑风生间，不觉日已西沉。

眼看时间不早了，秦风正想提出告辞，这时韦之清突然问道："秦风，你接手书店也有半个月了，感觉经营方面有什么大的困难？"

秦风迟疑了一下，说道："书店经营方面，我是个新手，还在摸索中。有些问题，如人气不旺、货源不足这些问题，我已想到一些办法来应对，但还有一个最大的问题，我一直百思不得其解。"

"什么问题？"

"根据试营业这段时间的情况来看，书店每月的毛利润和基本开销大致持平，如此一来，根本没有盈利空间，所以我不知道书店靠什么来维持生存。"

"看来你也被这个问题困扰到了，当年你师父也是。"韦之清笑了笑，接着说道，"这十余年间，黄州城的书店已倒闭了大半，旧书店更是只剩你们一家了，可是你师父的书店却能屹立三十多年而不倒，你知道为什么吗？"

"为什么？"秦风的好奇心一下子被激起来了，眼睛一眨也不眨地盯着韦之清。

"因为你师父是个大财主。"

"大财主？"秦风顿时丈二和尚摸不着头脑。

"从一九九五年起，你师父每年都会找我几次，每次都会拿出一部明清版的古籍善本给我赏鉴。我是见猎心喜，看了就想要，于是便用友情价从他手中买下来。后来我才知道，他将卖书的钱全部用来填补书店日常经营方面的亏空。于是我对他说，手头紧的话，找我便行了，不用卖书。他说朋友归朋友，生意归生意，不能让朋友做亏本的事。我又劝他将古籍送拍卖行，这样售价会高很多。但是他不肯，也许是有他的顾虑吧。"

听了韦之清的话，秦风顿时恍然大悟，原来从九十年代中期开始，书店就已经陷入了入不敷出的困境，而师父的对策就是"以藏养店"，卖出一些早年收入的古籍善本，所得收入用来维持书店日常开销。

"从一九九五年到去年底，二十二年时间里，你师父一共卖了六十五部古籍给我，共计一百八十三万元。这些钱，你师父应该大部分都贴进书店里了。"

"可是现在，书店里真正值钱的古籍善本也没几部了，上次'K书之王'比赛，我们能找到的最有价值的古书也就《蜃楼志全传》和《域外小说集》。"

"别担心，我相信你师父应该是给你留了应对之策的。"韦之清拍了拍秦风的肩膀，安慰道。

秦风听了，觉得有些奇怪，正想问个究竟，却被韦之清打住了："当然，如果你们在资金周转方面遇到问题，也可以随时来找我。”

从韦府出来后，秦风的心情变得十分沉重，现在他才知道，书店过去二十多年里实际上都是在亏本经营，只是靠着"以藏养店"来维持生存，可这毕竟不是正常的经营之道，以店内目前的古籍储备情况，最多也就维持个五六年，到时又该怎么办？

回到书店，秦风正想和刘子欣谈谈下午的见闻，不想刘子欣已经入睡了。秦风有些奇怪，高飞解释说刘子欣低血糖的老毛病下午又犯了，于是喝了杯蜂蜜水，吃了点甜食后就早早上床休息了。秦风走到刘子欣床边坐下，只见她长长的睫毛微微翘起，苍白的脸色令人怜惜，似乎睡梦中还在受着病痛折磨，顿时心中隐隐作痛。

38

第二天，秦风本想带刘子欣去医院看看是怎么回事，刘子欣坚决不允，说自己这是老毛病，没什么大碍，说急了，甚至板着脸不理会秦风。见她这么执拗，秦风只好作罢。

接下来几天，秦风一边清点店里的藏书，一边手把手地教高飞旧书版本方面的常识。高飞的脑袋瓜也确实好用，每次秦风给他讲东西，几乎都是一点就透，而且马上举一反三，提出自己的独到见解来，让秦风刮目相看。每当师徒俩围绕一个问题讨论得热火朝天时，一旁的刘子欣总会露出喜悦的笑容，不过在这笑容里，似乎总有一丝淡淡的忧伤。

这天上午，秦风正埋头跟高飞讲解何谓"三红一创，青山保林"时，突然刘子欣过来拍了下他的肩膀："有人找你。"

秦风过去一看，发现是一名四十岁左右的女子，似乎有些眼熟，看到对方挎着的香奈儿包时，突然记起，眼前这位就是两周前带着小孩在书店买儿童书的那名少妇。

"你好！两周前我带儿子在你们店里买了本书，叫《小灵通漫游未来》，他看了后很喜欢，我想再买几本这方面的书，你可以推荐一下吗？"

"好的，没问题。"秦风一口答应。

"哦，还有一个小小的请求。"少妇迟疑了一下，又接着说，"找的书可否趣味性强一点，就是也适合大人阅读，因为很多时候，都是我陪孩子一起阅读。"

找的书要同时适合大人和小孩一起阅读，看上去有点难度，不过这难不住秦风，一会儿工夫他便找出两本书来，一本是《海底两万里》，另一本是《小王子》。

"男孩子喜欢看科幻冒险类的书，《海底两万里》是法国小说家儒勒·凡尔纳的代表作，这本书非常有趣，我小学时看过一遍，大学时又看了一遍，印象很深刻；《小王子》是法国作家圣·埃克苏佩里的代表作，它并不是一本纯粹写给孩子的童书，而更像是一篇写给成人的童话，非常适合有童心的成人阅读，我猜应该会对您的胃口。"

"哦，是吗？"少妇接过两本书，随手打开《小王子》翻阅了起来，看着看着，不自觉念道："人们对自己所在的地方从来没有满意过。"

秦风笑道："是的，大多数人都会这样。"

少妇抬起头来，看着秦风道："你呢？"

秦风道："博尔赫斯说过，天堂就是图书馆的模样。对我来说，这家书店就和天堂一样。"

少妇若有所思地点了点头道："谢谢你的推荐，这两本书我都要了。"

少妇走后，高飞走到秦风身边，来了句："师父，看来给顾客推荐书籍还真不是一件容易的事。"

"那当然，书店店员既要对店内书籍了如指掌，又要善于向顾客推销。一名合格的旧书店店员必须知道去哪里找库存的二十本《十万个为什么》，以及哪本书里有关于腾冲古镇的信息；建安七子属于哪个文学时期；汪曾祺的小说跟沈从文的作品相比如何；小学一至六年级孩子的启蒙书有哪些，等等。"

"那我到底什么时候能出师啊？"

"等你能够独立打理书店，并读完一千本书的时候。"

"一千本！"高飞惊讶得嘴巴都合不拢。

"一千本算什么？这店里两万本书，你师公生前看完了一半。"

师徒俩正在柜台前聊得起劲的时候，一名穿着军绿色皮夹克的中年男子走过来问："请问有九十年代三联版的金庸小说吗？"

"您是要一整套，还是要其中的几部？"

"我想要其中的'射雕三部曲'。"

"行，我帮您找一找。"

一会儿，秦风拿着一部《神雕侠侣》和一部《倚天屠龙记》出来。

"有《射雕英雄传》吗？"

"不好意思，《射雕英雄传》已经没了，只有这两部。"

"多少钱？"

"单买一部四本是一百二十元，两部如果您都要，给您打个八五折，是二百零四元。"

中年男子翻了一下两部书上的价格，不解道："你这旧书卖价比书上面的定价还贵，我现在上网买新版的都不用这么贵呀！"

"先生，二十年前的一百元，和现在的一百元相比，您觉得购买力是一样的吗？有句话叫作物以稀为贵，这套书在市面上已经绝版多年，所以它的售价超过新版也很正常。另外，对于真正的金庸迷来说，很多更喜欢看老版，而不喜欢看新版，因为新版的改动太大，对于看老版长大的金庸迷来说，心理上接受不了。要不您也不会特意去买三联老版的金庸小说，您说是吗？"

"看来你也是个金庸迷呀。"中年男子笑道。

"彼此彼此。"

中年男子买完单，正准备走时，秦风一把叫住他，从柜台上拿了本书递过去："这本《侠隐记》，是一部都市武侠小说，我看过，写得不错，您要不先拿回去看一看，觉得好的话可以买下来，如果不喜欢就退给我们好了。"

中年男子收下书后，笑道："你不怕我拿了书不还吗？"

"真正的金庸迷，是不会做这样没品的事情的。"

"哈哈，你这店主还真有意思，下次我带我老婆一起来，她也喜欢淘旧书。"

"随时欢迎。"

中年男子走后，秦风让高飞去仓库里找一找，看有没有其他版本的金庸小说。高飞得令后，屁颠屁颠地去仓库了。

"老实交代，那本《献给投考初中者》是不是被你偷偷藏起来了？"刘子欣突然问道。

"呵呵，这都被你发现了。"

"好哇，帮我打理书店，你居然敢监守自盗？"刘子欣故意板着脸。

"没办法，作为一名忠实的金庸粉丝，看到自己偶像绝版多年的处女作，实在忍不住想据为己有。你如果要惩罚的话，就从我的工资里扣除书款吧。"

"想得美，你这三年的工资，我可是已经预付给你了。"

"那你说怎么办？"

"既然你是金庸迷，那么我就考考你，能过关的话，书就送给你；要是过不了关的话，你就得乖乖受罚哟。"

"好哇，考什么？"秦风一听，兴致来了。

"韦伯伯对你青眼有加，钱教授也赞你诗才敏捷，那我就随便说一个金庸小说中的人物，如果你能在五分钟的时间内，写出一首七绝来，那你就过关了。"

"没问题。"

"金庸小说中最出名的男主角是郭靖，所以第一首诗就请你写一写郭大侠。"

"郭靖、郭靖，侠之大者，为国为民……"秦风踱着步子陷入沉思，突然，他停住步子，笑道："有了！"

> 襄阳城头震千军，侠之大者显豪英。
> 可记当年张家口，一见蓉儿便倾心。

"不错！既写出了英雄气概，又道出了儿女情长。"

"谢谢夸奖，愧不敢当！"

"金庸小说中，我最喜欢的女子是郭襄，你给她也写一首诗吧。"

"郭襄，杨过，峨眉……"秦风皱着眉头喃喃自语。刘子欣似乎很喜欢看秦风思考时的样子，坐在柜台前，托腮凝视，眼角含笑。

一会儿，秦风眉头一展，一首诗脱口而出。

> 一见杨过误终身，心无俗念弃红尘。
> 从此江湖三峰起，武当峨眉并昆仑。

"这首诗写得挺好，前面两句也很好明白，可是这第三、四句是什么意思呢？"

"呵呵！看来你读小说读得不仔细哦。在《倚天屠龙记》的开篇，郭襄一直没有找到杨过，后来大彻大悟创立了峨眉派。而少年张三丰虽然对郭襄有爱慕之心，但知道对方心有所属，于是潜心修炼，中年悟道后成为武当派的开山祖师。至于何足道，初见郭襄时如遇知音，惊为天人，只是在少林寺被觉远和尚和少年张三丰折了锐气，于是重回西域，后来创立了昆仑派。可以说，一个郭襄，导致了三大门派的诞生。"

"我想起来了，还真是这么一回事。"

"怎么样？郭襄姑娘，我过关了吗？"

"我是郭襄，那你就是何足道了。"

"为什么我是何足道，不是杨过呢？"

"第一，你没有杨过帅；第二，你没有杨过那么愤世嫉俗；第三，你也不像杨过那么招惹女孩子。倒是你身上那股孤芳自赏的劲儿，像极了何足道。"

"你这么一说，我倒真要给何足道来一首诗了。"秦风笑了笑，似乎都没怎么思考，便脱口吟诵起来。

三圣名头何足道，少林一战傲气消。

孤芳偶遇知音赏，剑气每将块垒浇。

"我算不算是你的知音哪？"刘子欣嫣然一笑道。

"不仅仅是知音，更是我的灵魂伴侣。"秦风说着，将刘子欣搂在怀里。

"大诗人，有什么要表白的吗？"

"大功告成，亲个嘴儿。"秦风坏笑了一下，低头欲一亲芳泽。

突然，一阵刺耳的警车声响起，将沉醉在爱河中的这对小儿女唤醒，接着，只见三辆警灯闪烁的警车从店门外呼啸而过。

"师父，怎么回事？"高飞冲过来，一脸的好奇。

"我去看看，说不定是……"刘子欣话没说完，秦风已明白她的意思，接口道："行，你带高飞一起去看看，注意安全！"

39

半个小时后，刘子欣和高飞回到书店，高飞一脸兴奋的表情，刘子欣却是沉默不语。

"外面是怎么回事？"秦风问。

"师父，今天你可错过了一场警匪片的好戏。"高飞眉飞色舞道。

"说来听听。"

接下来，高飞声情并茂地将刚刚发生的事情讲了一通，秦风一听，马上明白了来龙去脉：原来四天前，秦风和刘子欣报警后，引起了警方的高度重视，于是迅速采取行动，安排便衣对这伙人进行二十四小时监控。几天下来，掌握了足够的证据后，今天展开抓捕行动，警方动用三十多名警力，将这个文物走私犯罪集团的数十名成员一网打尽。现场抓捕时，那个络腮胡还想翻墙溜走，结果被埋伏好的刑警用警棍撂倒，直接生擒。

"师父，今天现场还有报社的记者在采访拍摄，我跟他们聊了一下，他们说这个文物走私犯罪集团在这里潜伏了两个月，挖了一条几十米长的地道想凿通地宫，结果刚打开地宫门就被警方抓到了。听说地宫里的宝贝不计其数，现在省里的文物专家正在赶来的路上呢。"

"子欣，看来我们是做了件好事哦！"

"因为这个案子，现在青云塔周边全都封禁起来，等专家过来现场勘察。我担心，这会不会对我们书店有影响。"刘子欣一脸忧色道。

"你想多了，青云塔那里离我们这边还有一段距离，不会影响到我们的。"

"那就最好了。"

接下来几天，青云塔下的盗墓大案成为黄州市民街谈巷议的热门话题，有一个传言传得甚嚣尘上，说这青云塔最早并非初建于明朝，其原址曾有佛塔，乃是建于宋代，只是其后毁于战火。而塔下不远处有与佛塔建于同一时期的地宫，因深藏地底不为人知而保存完好，里面藏有大量宋代的文物，专家看了都惊叹不已。这传言说得活灵活现，就好像当事人亲眼看到了专家在现场勘察一般。秦风听到后，只能无奈地一笑。

不论外界如何风云变幻，书店的日子依旧是波澜不惊。

这天，秦风说要给大家一个惊喜，一早便出门了。刘子欣见他神秘兮兮的样子，满腹狐疑。

临到中午的时候，秦风拿着个大包裹赶回来。

"你拿的什么东西呀？"刘子欣问。

秦风笑而不答，冲着高飞说道："来，你扮演一下买单的顾客。"

高飞老老实实地拿了本书，走到柜台前买单，却发现柜台上多了个两尺来高的机器人，有手有脚，眼睛一眨一眨闪着蓝光，样子萌萌的。

"师父，你从哪里弄来这么一个玩具呀？"

"这可不是玩具，他是我们的新店员高达，拥有给顾客打折优惠的权利。"

"呵呵，它也姓高，那就是我的兄弟了，它能说话吗？"

"你摸一下它胸口的触摸屏。"

高飞依言摸了一下，只见高达眼睛红光一闪，突然张嘴，瓮声瓮气道："您好！我是机器人高达，如果您能在十秒钟内回答出我的问题，您手中的书我们可以给您八五折优惠。"

"太好玩了，你说吧，什么问题？"

"《静静的顿河》作者是谁？"

"啊？"高飞张大了嘴巴，目瞪口呆，眼睛转向秦风求援，秦风故意不理他。

时间到了，高达又接着瓮声瓮气道："再给您一次回答问题的机会，答出来的话，您手中的书我们可以给您九折优惠。"

"好吧。"

"近十余年，在国内影响力最大的通俗类历史读物是什么书？"

"这么难啊？"高飞哭丧着脸，将求援的目光投向了刘子欣。刘子欣笑了笑，凑近他耳边低声说了一句。

"我知道了，是《明朝那些事儿》。"高飞兴奋得大叫起来。

"回答正确，您手中的书我们可以给您九折优惠。"

看到高飞欢天喜地的样子，刘子欣忍不住掩口而笑。她扯了下秦风的袖子说："你这个点子还真高明，以后冲着这个会说话还会问问题的机器人，一定会吸引不少年轻读者过来买书。"

"那当然！"秦飞得意道。

"不过你这个机器人从哪里弄来的？市面上都看不到哦。"

"我前些时参加同学会，席上遇到一个老同学刘昙，在一家研制小型智能机器人的科技公司里做技术主管，这是他们新研发出来的产品，目前正在市场推广阶段。我跟他沟通过，这个机器人我们可以免费使用一年，只需要定期给他反馈客户体验信息，供他们改进功能。剩下的就是我给他一个知识题库，他输到机器人数据库里就行了。"

"你好厉害耶，这种法子都能想出来！"

"我厉害的可不止这一点哦！"秦风一脸坏笑道。

"说正经的，你还有什么其他的好创意？"

"我这里想法多着呢，比如我们可以把大堂中间的玻璃展柜撤掉，放上几排桌椅，设为'自由阅读区'，这样可以方便读者在书店里阅读；每张桌子上可以放一个留言簿，方便读者随时写下自己的感悟；另外，我们还可以在大堂一个角落设置一块'留言墙'，将留言簿上写得好的条子贴在墙上，这样也容易吸引年轻人的注意。"

"你这么多点子是从哪里想出来的？"

"呵呵！在广州的时候，有段时间没工作，闲着没事做，我经常去体育东一家1200bookshop不打烊书店里蹭书看，它那里有很多人性化的设计，我也是学来的。"

"他们老板应该向你收取咨询费。"

"等我们书店上了正轨，我是得去好好谢谢人家。"

两人正聊得开心，高飞突然凑过来，拿了张报纸放在秦风面前："师父，你看！"

秦风一看，原来是省内销量最大的报纸《荆楚日报》，上面第三版用了整个版面的篇幅来报道那起盗墓案，主报道如下：

鼠贼租房挖洞盗掘地宫　警方雷霆出击一网打尽

近日，黄冈市公安机关在公安部指挥下，破获了黄州青云塔地宫盗掘案件，涉案文物价值过亿元。抓获13名犯罪嫌疑人，收缴包括六件一级文物在内的185件珍贵文物。

青云塔位于黄州城南，据明清史料记载，青云塔始建于明朝万历二年（1574），后因塔上五层倒塌，清道光二十八年（1848）又进行重建。2005年9月，市政府派工程队维修该塔时，专家发现塔底一块青砖形制与其他砖块明显不同，其上铸有"大宋皇祐五年（1053）岁次癸巳秋八月十六日建谨记"的字样。专家判断青云塔最早并非初建于明朝，其原址曾有佛塔，乃是建于宋代，只是后来毁于战火。其后，工程队因施工期间一技术员吴康明无故坠塔身亡，而导致维修工程被迫终止。

今年10月，有热心市民发现，一伙自称是科研考古队的外地人，在青云塔附近租住民居，并经常在深夜非法施工，形迹可疑，于是报警。

警方调查发现，这伙人是一个流窜多省市疯狂作案的盗墓团伙，其首脑章海靴曾参与过2005年的维修青云塔工作。警方迅速展开抓捕行动，将该团伙13人一网打尽。

13名犯罪嫌疑人对盗掘地宫事实供认不讳。该团伙作案手法专业，犯罪工具既有传统的洛阳铲、鹤嘴锄，也有现代化的金属探测仪、凿岩机、小型鼓风机、专用发电机等。作案时，先假扮科研考古队在青云塔旁踩好点，再租个附近的房子，然后深夜施工，两个月时间，挖了一条垂直3米高、纵深42米长的L形地道，一直挖到地宫，最后用暴力手段打开地宫大门。突审期间，警方还发现该团伙首脑章海靴涉嫌2005年技术员吴康明坠塔身亡案件。

警方收缴的文物共计185件，其中宋代白釉狮钮瓜棱形带花温碗执壶、宋代镶金边钵形玛瑙碗、宋代钧窑月白釉出戟尊等6件被专家认定为国家一级文物。

十五、宝藏

40

作为热心市民，一周后，秦风领到了公安机关奖励的一万元"线索举报奖金"。高飞嚷着要师父请吃海鲜大餐，秦风看了眼刘子欣，笑着同意了。

吃饭的地点选在了东坡楼，毕竟这是黄州为数不多的能做高档海鲜的酒家。

入座后，刘子欣研究了一下菜牌，点了四菜一汤：海鲜刺身拼盘、咖喱炒蟹、香煎法国银鳕鱼、黄金凤尾虾和什锦海鲜汤。

下单时，侍应生殷勤道："我们酒楼最近研发出了几道国宴菜式，其他地方吃不到的，各位要不要尝试一下？"

秦风道："哦，有哪些菜？你说来听听。"

侍应生道："有宫保飞龙、桃仁鸭方、金华鲍鱼、乌龙戏珠、冰糖甲鱼……"

刘子欣笑道："哦，既是国宴菜式，自然是秘不外传的，你们酒楼又是从哪里学来的？"

侍应生凑近一步，一脸神秘道："听大厨说，这几道菜的菜谱是我们老板重金从北京人民大会堂的烹饪大师那里求来的，着实不容易呢！"

秦风强忍住笑道："谢谢，我们的菜已经够了，不用了。"

等到侍应生走远后，秦风和刘子欣对望一眼，都不由得捧腹大笑。

高飞诧异道："师父、欣姐，你们笑什么呀？"

秦风喝了口水，把刘子欣当时将《国宴菜谱集锦》一书卖给成明鉴的经过，一五一十地说了。

高飞恍然大悟道："原来是这么一回事，东坡楼的老板拿了那本菜谱，真的研发出新菜来了，还弄出这么些噱头。"

三人说笑的工夫，几道菜也都陆续上齐了。大家边吃边聊，兴致勃勃。

听秦风讲起去公安局领奖金的经过时，刘子欣突然想起了什么，问道："我看新闻报道里说，警方在突审期间，发现盗墓团伙首脑章海靴涉嫌十年前本地的一起谋杀案，你知道是怎么回事吗？"

秦风道："你问我算是问对人了，这次我在局里找了一个认识的哥们，专门了解了一下，原来十年前，市政府派了一个工程队维修青云塔，结果施工时，领队的专家祝成云教授发现塔底有一块青砖竟然是宋代的，于是怀疑塔底另有乾坤。"

刘子欣问道："那后来呢？"

秦风道："祝教授让他的助手吴康明暗中留心，施工期间注意各种蛛丝马迹。这吴康明也算精明，竟然在宝塔第四层墙缝间发现一个暗壁，暗壁中供有一尊小佛像，而佛像内便藏着一张标有详细地形位置的地宫图。"

高飞忍不住问道："那这张图呢？"

"吴康明发现地宫图时，祝教授正生病住院，吴康明还没来得及告诉老师，却在一次酒醉后不小心将此事说给老乡章海靴听。章海鞑当时是施工队里的一个小包工头，得知此事后起了贪念，于是劝吴康明拿出地宫图，自己愿意出50万来买。那吴康明一时利欲熏心，于是答应章海鞑午夜在塔上交易。当晚，章海鞑拿到地宫图后，便将吴康明从塔上端下来摔死了。由于现场没有留下任何痕迹，警方当时无法断定吴康明是他杀，于是案件只能搁置下来。"

高飞不解道："既然章海鞑拿到了地宫图，为什么当时不挖，要等到十年后才挖呢？"

秦风道："这就是章海鞑狡猾的地方，青云塔命案一出，他知道周边已经引起了警方的注意，并且盗掘地宫这样一个大型工程，又绝非他单枪匹马一人能干得了的，于是他蛰伏了好几年，之后去外省找了一些盗墓方面的好手，先做了几个案子练手。等觉得条件成熟后，才杀回黄州干这最后一票大的。"

刘子欣叹道："真是人为财死，鸟为食亡。没想到一个盗掘地宫案，竟然扯出了十年前的一宗命案！"秦风和高飞也都感慨不已。

吃完饭回来后，秦风让高飞去书房做给他布置的"每日功课"，自己拉着刘子欣，去了地下室。

"怎么了，神神秘秘的？"刘子欣问。

"我觉得师父身上，一定藏着一个秘密。"

"为什么你会这么想？"

"我上周拜访韦伯伯，闲谈中他告诉我，过去二十多年里，师父一共卖了六十五部古籍给他，所得款项，师父大部分都贴进书店里了。这也是书店虽然生意不景气但一直能够维持下去的重要原因。"

"原来是这样，难怪这么多年书店能够一直亏本经营下去。"刘子欣恍然大悟。

"可是现在书店里真正值钱的古籍善本也没几部了，包括那十几个老式书箱，我们都打开彻底清点过，也没什么更好的发现。"

"那你说的秘密是什么？"

"师父曾给我留下一封信，信里有句话：我把这家书店托付给你，还有它所有的秘密。希望你能找到属于你的宝藏！你觉不觉得这句话另有深意？"

"好像是有些言外之意。对了，我突然想起来，你将书店挂牌出售的时候，如果我不出面阻止，书店会落到谁手上？"

"胡润成！"秦风脱口道。

"你觉得他像是个有兴趣经营书店的人吗？"

"当然不像，他是做古玩生意的。"

"那你觉得他想买书店是为什么？"

"醉翁之意不在酒，我大概理清一点头绪了。"

"你师父的信里还写了什么？给我看看。"

秦风急忙取过信来，打开地下室所有的灯，两人对着信逐字逐句地看了起来。

"咦，你看这里！"刘子欣惊叫一声。

秦风顺着她的指示看过去，只见信纸右下角画了个厘米见方的小格子，里面写着"书痴"两个字，自己当初看信时以为是师父随手涂写，并未在意。

"伯父在信里做这么个记号，一定是有他的深意。"

"难道他是让我们在店内找一本名叫《书痴》的书吗？可是，店内所有书籍都清点过了，并没有这样一本书啊？"

"他让我们找的并不是一本书，而是一幅画。"刘子欣的手指向了书墙正上方挂的那幅宽边白框的铜版画，画的右下角上赫然便是钢笔写的"书痴"两个字。

秦风恍然大悟，赶紧伸手将铜版画从书墙上摘了下来。

两人对着版画看了半天，只能看出这是一幅钢笔版画，画家的笔锋细致入微，几乎连每一册书的书脊都刻画出了，人物的形象更是栩栩如生。除此之外，就是版画右下角师父用钢笔写的"书痴"两个字，看不出什么所以然来。

"这幅画到底有什么古怪呢？"刘子欣疑惑不解道。

秦风突然灵光一闪，想到什么，于是将版画翻了一个面，小心翼翼地将画框拆开。当把画框背面的硬板拆掉后，只见画页背面粘着一张折成八卦形的黄色纸片。秦风一看，便知道这是师父特有的折纸手法。

"你怎么知道镜框后面藏着纸条？"刘子欣好奇道。

"以前师父给我讲过一个故事，说是'文革'中，一位老画家为了躲过上门抄家的红卫兵小将的破坏，将藏品中最贵重的一幅宋人画作剪下来，藏在毛主席画像的镜框里面，这才逃过一劫。"

说话的同时，秦风已经打开了黄色折纸，映入眼帘的正是师父那熟悉的字体：

```
林海雪原

                                                      火与冰


                          风雨会中州


            山乡巨变
```

"这是什么意思呢？"刘子欣问。

"我们先在书墙上找一找，有没有这上面列的四本书。"

花了小半天工夫，两人终于在书墙上找到了这四本书，因为《林海雪原》和《火与冰》两本书居然是英文版的，所以找起来很费了些时间。

"还好这两本书不是法语和德语的，要不然我们是睁着眼睛也找不到。"刘子欣吐了下舌头。

"看来秘密就在这四本书里，可是这些书都砌在一起了，怎么才能拿出来呢？"秦风说着，试着想抽动一下《林海雪原》，可是书就像焊死了一样，纹丝不动。

"这四本书是不是在排列组合方面有什么讲究，就像密码设置一样。"刘子欣嘀咕了一下，然后口里念念有词："《林海雪原》《火与冰》《风雨会中州》《山乡巨变》……"

刘子欣说者无心，秦风听者有意，刹那间仿佛醍醐灌顶一般，大叫一声："风林火山！这四本书书名第一个字刚好可以拼成'风林火山'！！"

"风林火山"是源自《孙子兵法》中的一句名言，原意是：其疾如风，其徐如林，侵掠如火，不动如山。讲的是兵法中的要义，没想到师父在这里用作组合排序。

两人相顾一笑后，开始行动。秦风先找到《风雨会中州》，试着用力抽动书脊，果然能够抽动，于是小心翼翼地将书抽了出来。接下来，又依样子画葫芦，将《林海雪原》《火与冰》《山乡巨变》这三本书也先后抽出来。

当最后一本书《山乡巨变》完全抽出来后，只听"轰隆"一声巨响，秦风赶紧将刘子欣拉到一边。两人睁大了眼睛，只见整面书墙竟然从中裂开，随后像两扇大门一样缓缓打开。

"没想到伯父根本不是砌的一道书墙，而是用书墙作伪装打造了两扇书门！"刘子欣感叹道。

可是两扇沉重的书门打开后，出现在面前的依然是一面厚厚的墙，并没有两人希望看到的东西。

41

秦风和刘子欣面面相觑，一时不明所以。还是秦风先反应过来，上下左右把整面墙细细打量了一番，依旧没有发现什么异常，整面墙看上去浑然一体，既没有奇形怪状的图形指示，也没有凹凸不平之处。

"难道伯父是跟我们开了个玩笑？"刘子欣嘀咕道。

"不会的，师父费这么大的劲，一定有他的用意。"秦风说完，把左耳贴在墙上，右手在墙上轻轻敲打。

敲着敲着，只见秦风眉头一展，似乎听出什么不对劲来，右手停顿了一下，接着在某处用力连敲了几下，确定了具体方位后，用手鼓捣了半天，竟然从墙壁左上方某处弄下一块长约七寸、宽约两寸的石板下来，于是墙面上露出一个长方形的黑洞。

秦风把手伸进石洞里掏了半天，发现什么都没有，顿时一头雾水。

刘子欣也好奇地将手伸进洞去摸了一下，笑道："怎么感觉这里刚好可以放一块砖呀？！"

正是一语惊醒梦中人，秦风仿佛醍醐灌顶，顿时想到了什么，比画了一下洞口的大小，脸上露出微笑，对刘子欣说："你等我一会儿，我上去拿样东西。"

没等刘子欣反应过来，秦风几个箭步上了楼，去到书房，却见高飞已经困得趴在书案上睡着了。秦风笑着摇摇头，脱下外套，轻轻给高飞披在身上。接着，他从博古架上取下那方从韦府拿回来的明代如意池长方澄泥砚。

回到地下室，在刘子欣诧异的目光中，秦风将砚台小心放入墙上的石洞中，不出所料，大小长短刚好合适，塞得严丝合缝。当砚台完全塞到顶的时候，只听"喀嚓"一声，就像机器启动的声音一样，秦风赶紧拉着刘子欣闪到一边。只见墙面犹如石门一般打开，眼前竟然出现了一个黑咕隆咚的洞穴。

"你怎么知道那方砚台可以作为开门钥匙使用？"刘子欣诧

异道。

"直觉！"秦风笑道。

"这里面是什么？我害怕！"看着一片漆黑的洞穴，刘子欣不由得躲在秦风身后。

"别怕，有我呢！"秦风说着，找来两个店里备用的强光手电筒，给了刘子欣一个，自己拿一个。

"里面会不会有妖魔鬼怪呀？"刘子欣声音在打战。

"不会的，你跟在我后面就行。"

洞穴进去是一段四十五度往下走的台阶，路面不太平整，秦风牵着刘子欣的手，护着她一步一小心地走下去。

台阶走了不过二十步就到底了，秦风拿着手电筒朝四周照了一圈，发现这个地穴约莫十五平方米，里面除了两边墙各放了一个两米高、三米宽的樟木大书柜外，别的一无所有。

秦风知道秘密就要揭晓了，压抑住内心的狂喜，走到书柜前，颤抖着打开插了钥匙的黄铜锁。

柜门打开后，映入秦风眼帘的是满满一柜放得整整齐齐的线装书，而且几乎每一部书都有包装考究的函套，函套上附着一张标注有详细书籍信息的纸条。秦风深深呼了口气，大概浏览了一下，顿时大吃一惊，这柜内随便一部书，价值都非同小可，有些甚至是内府所藏的海内珍本。这些稀见的古籍善本，师父究竟是从何得来？

秦风正陷入沉思的时候，刘子欣已从另一个书柜拿了一部书来，放到秦风面前，戏谑道："才子，这部书一定对你的胃口。"

秦风翻了一下，不禁哑然，原来这是一套四册明万历四十四年（1616）武林刊本的《青楼韵语》，这部书是明代朱元亮辑，录入历代名妓之诗、词、曲等作品，并撷句设景作画。内有多幅名家版画，刻画得细致入微，极富意境。

"你怎么知道我对这部书感兴趣？"

"你不是自诩为才子吗？古代的才子可都是喜欢逛青楼的哦！"

秦风微微一笑，从书柜中拿了五册书，放到刘子欣面前，说道："青楼名妓的诗词歌赋固然雅丽，不过终究还是比不上皇帝老儿的案边把玩之书吧。"

"哪个皇帝看的书？我也要看看。"刘子欣一把拿过秦风手中的书，见是五册明嘉靖年间刻本的《六家文选》，书的卷首页上盖满了大大小小的印章。刘子欣辨认了半天，只认出一个落款是"太上皇帝之宝"。

"这是哪个皇帝呀？"刘子欣问。

"这一册书上盖了十一个印章，其中包括'五福五代堂古稀天子宝''八徵耄念之宝''太上皇帝之宝'在内，有四个印章是同一个人的，你说是谁？"秦风反问道。

"应该是那个喜欢附庸风雅、乱题字画的乾隆皇帝吧！"

"猜对了，正是乾隆的藏书。如果用价值来衡量的话，那套全本的《青楼韵语》可以在黄州市中心买一套大户型的电梯楼；至于这五册《六家文选》，虽然不是整套齐全，但毕竟是曾被乾隆皇帝经手过目的内府珍本，存世已是凤毛麟角，价值抵得上武汉市中心一套三居室的学位房。"

看着秦风一脸得意地介绍，刘子欣有些不服气，于是捧着厚厚四函的一套书放在秦风面前，撇着嘴道："我就不信，这屋里还有别的书价值能超过它！"

秦风定睛一看，见是一套四函三十二册全的《红楼梦》，本有些不以为然，可上手翻了一下，顿时目瞪口呆，原来这不是一套普通的《红楼梦》，而是曹雪芹《红楼梦》成书后的第一个印刷本，即印行于清乾隆五十六年（1791）萃文书屋的活字本，该书付梓时由程伟元主持其事，世人称之为"程甲本"。目前程甲本完整流传于世的已是寥若晨星，故极具文物价值和收藏价值。

"好眼力！这书的分量够得上入藏国图、专家研究了。"秦风赞叹道。

刘子欣高兴的劲儿还没过，秦风又从书柜中拿出一函巴掌大小的小书来，说道："这是真正的国宝！此书在台北'故宫博物院'图书馆也有一套，不过那套品相还没这套好。"

刘子欣将书拿到手上仔细翻看，见是一函六册装的巾箱本，书名为《婺本点校重言重意互注尚书十三卷》，卷首页上也盖满了大大小小的印章，其中一个落款是"宋本"。

"这是宋代的书吗？"刘子欣好奇道。

"不错，这是如假包换的宋本书，上面还有'铁琴铜剑楼'的藏书印。古人云：纸寿千年。现在我们眼前这部书，真的就是跨过了一千年的历史烟云。"秦风双手捧着书，一脸沉醉的表情，仿佛穿越到了那个文采风流一时盛、软红香土醉煞人的宋朝。

刘子欣看着怔怔发呆的秦风，突然来了气："你这人怎么这样喜欢抬杠？我找一本书，你就拿另外一本书来压我！"

秦风回过神来，忙安抚道："别生气了，这里所有的书加在一起，都没有你在我心目中更重要！"

在手电筒因为电量不足而明灭不定的光影下，两人紧紧抱在了一起，以一个深深的热吻结束了这场精彩刺激的冒险历程。

42

如何处置这批珍贵的古籍，成为摆在秦风和刘子欣面前的一个棘手的难题。

刘子欣想得很简单，既然这批古籍如此珍贵，那最好的办法就是捐给国家，否则放在自己手里，天天提心吊胆，连觉都睡不安稳。

但秦风却多了一层顾虑，他劝刘子欣不要着急捐书，先把整个事情的来龙去脉搞清楚再说。

"你是不是打算把这批书私吞？要是这样做，我们和那伙盗墓贼有什么区别！"刘子欣激动道。

秦风一听急了："你把我当什么人？我是怕你好心做错事！你有没有想过师父这批书是从哪里来的？"

"哪里来的？难道也是盗墓……"刘子欣话说到一半就打住了。

"我师父不是那样的人。"秦风没好气地回了句，又接着说："这批古籍的价值实在是非同小可，以一般人的财力和能力，根本无法通过正常途径收到。我担心，我们现在去捐书，人家问一句，你这书是从哪里来的，我们说是师父留给我们的。人家再问一句，你师父的书又是从哪里来的，你怎么回答？搞不好还影响到师父的清誉。"

"那你说怎么办？"

"我想先把师父这批藏书的来龙去脉弄清楚，之后，该捐的照捐，你说行吗？"

"好，听你的。"

在秦风手把手的指导下，店内日常的事务，高飞基本都已上手了，秦风于是可以脱开身，和刘子欣一起整理清点地下室及"藏书洞"（刘子欣给神秘洞穴取的名）中的书籍。

这天，秦风正清点一堆民国版的《万有文库》丛书，突然手机响了，他拿起一看，是在《荆楚日报》驻黄冈记者站做记者的老同学尹伟打过来的。

"伟哥，找我啥事呢？"

"长话短说，我刚刚和省电视台的记者一起采访了市领导，领导说了一大通，我感觉接下来的市政建设可能会对你们书店有影响，所以先给你电话提个醒。"

"我们书店碍着市政建设什么了，能说清楚点吗？"

"我马上要开会，来不及多说，今晚六点半的《湖北新闻》会有报道，你看了就明白。"

挂了电话，秦风半天没回过神来，虽然他不知道到底是怎么回事，但从尹伟刚才电话里急切紧迫的口吻听来，绝非好事！

对于秦风这个土生土长的湖北人来说，最近一次看《湖北新闻》，都已经是上个世纪的事情了，毕竟在这个信息爆炸的时代，很多年轻人连新闻联播和报纸都懒得看，更不用说省一级的卫视新闻。但是今天，他只能是怀着忐忑不安的心情静候在电视机前，他也从来没有像今天这样意识到原来政治离他的生活如此之近！

六点半，《湖北新闻》准时开播了。六点四十分时，新闻播出了黄州的"盗掘地宫案"，内容和之前《荆楚日报》上报道的差不多，但配上记者现场拍摄的录像后，给人的震撼力明显大了很多，如果说盗墓团伙挖的42米长的L形地道已经让观众大开眼界，那么现场收缴的185件珍贵文物，尤其是6件国家一级文物，在专家的解说下足以令观众叹为观止。

"黄州青云塔地宫盗掘案"播完后，下一个新闻马上转为记者采访黄冈市分管城建的副市长顾启泰，这是一个五十岁左右的男子，天庭饱满。

记者："请问'盗掘地宫案'侦破后，黄冈市政府围绕青云塔地宫考古发现，如何开展相关工作呢？"

顾启泰："青云塔地宫的出土，不仅仅是黄州城考古史上的重大发现，更将成为黄冈文化建设与经济建设的一个重要抓手，市里将以此为契机，以点带面，筑巢引凤，通过旅游业和文博业推动黄冈的进一步发展。"

记者："请问接下来，黄冈市政府将采取哪些具体措施？"

顾启泰："主要是做好两项工作：一、鉴于青云塔地宫考古发现的重大价值，市里已向上级部门申请专项基金和专业考古、文博团队，原址保护，一方面做好文物挖掘和保护工作，另一方面拟在原址建立'黄州青云塔地宫博物馆',目前该项目正在报批过程中。二、黄冈是一片神奇的土地,黄冈文化更是独一无二、无可替代,青云塔地宫考古发现,再次验证了这一点,同时也用考古事实证明了,早在一千年前的宋代,黄州青云塔区域就已经是黄冈乃至整个鄂东地区的经济和文化中心,以古鉴今,我们更应该擦亮文化这张城市的名片。现在市里研究后,已经决定,今后十年,将以黄州青云塔为地标,打造一个涵盖周边安国寺、宝塔公园等在内的大型文化商圈,名为'青云古韵',集文博展览、风光旅游、佛教文化于一体,把文化资源优势转化为市场优势,实现文化产业大发展大繁荣。"

记者:"请问'青云古韵'文化商圈工程上马后,是否会牵涉到大范围的居民拆迁?对此,黄冈市政府有何举措?"

顾启泰:"这个嘛,市里已派人进行了调研,该商圈依托于原有的宝塔公园拓展而建,涉及的原住居民极少,主要是区内的几十户零散商铺。对此,市里将根据相关的政策规定,照章操作,力争在服务大局的前提下,将影响降到最小。"

……

看完新闻后,秦风关掉电视,长叹了一口气。

"你是不是觉得,这个拆迁会影响到我们书店?"刘子欣问。

"这个要等具体规划出来后才知道,不过青云塔距离我们书店的直线距离不到两百米,而且尹伟还特意打电话提醒我,我估计,书店十有八九被列入拆迁名单中。"

"别担心,现在不是都有拆迁补偿费吗?大不了咱们在城里另外找个地方开店呗。"刘子欣故作轻松道。

"如果是在上海、广州这种大城市，不少人还盼着拆迁，因为补偿费用高，可在三四线城市，补偿费用可就差远了。咱们书店要是拆迁了，拿到的钱根本不够在市中心另找一个地儿开店。而且这家旧书店在师父手中经营了三十多年，某种程度上都成了活化石一般的存在，同时也培养了一批相对固定的读者群体，现在突然搬走，经过一段时间选址、装修后新店开业，只怕原有的老客户都找不到影了。"说到这里，秦风一时按捺不住，重重拍了下桌子："早知道会遇到这种破事，我就不去报警了，那帮鼠贼要盗地宫就去盗吧，现在倒好，做了好事，反而受牵连，书店都开不成了！"

刘子欣被秦风气愤填膺的样子吓了一跳，她看着面前这个激动得脸都涨红了的男人，突然觉得他像一个心爱的玩具被人抢走的孩子一样愤怒和无助，于是走上前，轻轻按住他的手，宽慰道："别担心，最坏的事情往往不会发生。而且我相信，伯父的在天之灵一定会保佑我们书店逢凶化吉的。"

在刘子欣温柔话语的抚慰下，秦风的怒火终于渐渐平息下来，现在他唯一的心愿，就是希望书店能够躲过这一劫。

十六、离别

43

是福不是祸，是祸躲不过。第二天，就有拆迁办的两名工作人员上门了，一个是国字脸的中年男子，另一个是大饼脸的中年妇女，两人都穿着黑色的制服，不过衣服看上去都不太合身，就像临时工借了别人的衣服穿在自己身上一样。

两人先出示了自己的工作证，接着将市政府发布的《拆迁公告》给秦风看了。秦风特别留意了其中关于"拆迁期限"的内容：自二○一五年十月二十日起，至二○一五年十二月二十日止。在上述期限内，被拆迁人须将所属建筑物、构筑物和附属物全部拆除清理完毕，验收合格后，领取验收单。

"我们书店一定要拆迁吗？"秦风皱着眉头问。

"《公告》上也已经写明了，你们书店就在拆迁范围内，所以按照规定，是必须拆迁的。"国字脸解释道。

"今天已经十月十六日了，你这《公告》上要求在十二月二十日前完成拆迁，也就两个月的时间，我们还要为重新开店而进行选址、装修、搬迁等一系列工作，时间太紧张了，能不能往后缓一缓？"

"拆迁工作是文化商圈工程中的重要一环，政府不可能因为你一家而延期，从而影响到整个工程的进度。另外私下里和你交个底，你们要能在十二月二十日前完成拆迁的话，就能拿到全额的拆迁补偿费。如果往后拖超过十天的，拆迁补偿费就只能拿到百分之八十，并且还会受到相应的处罚。越往后拖，拆迁补偿费越少，处罚越多。所以听老哥一句话，早拆迁，早拿钱，免得无谓的损失。"国字脸一副语重心长、为人着想的口吻。

"既然是搞文化产业，可为什么就容不下一家书店呢？"秦风苦笑道。

"现在谁还看书呀？我看你们这店里也没几个顾客。"大饼脸不识趣地来了句。

秦风一听，顿时气就不打一处来，当即怼道："要人人都像你这样不看书的话，那这个城市也就没希望了！"

"你怎么说话的？！"大饼脸就像被踩了尾巴的猫一样跳起来，脸色大变，几乎马上就要开启泼妇骂街、狂犬吠日的战斗模式。还好国字脸和刘子欣赶快拉架，一人按住一个，这才将一场即将爆发的口舌大战扼杀在萌芽状态。

拆迁办的两名工作人员走后，秦风的心情一下子跌到了低谷，他没有想到，回来才一个月的时间，他和书店的命运竟然如此跌宕起伏：如果不是师父留给他这家书店，现在他的灵魂已不知飘荡在何处；师父希望他继续经营书店的遗愿曾令他犹豫，而朋友催债的电话又让他不得不选择卖掉书店；刘子欣的突然出现搅黄了他出售书店的计划，而"K书之王"比赛的失败更是让他失去了书店的所有权；阴差阳错之下，他居然成了帮刘子欣打工的书店店员，而刘子欣帮他还清债务的雪中送炭之举，更是让他只有死心塌地为书店效力这一条路可以走；当书店的经营开始走上正轨，师父深藏的秘密也向他揭晓，他真正要找的那个女孩也出现时，他却得到书店要拆迁的噩耗。这一刻，他终于知道什么叫作造物弄人！

看着秦风长吁短叹的样子，一旁的刘子欣软语相劝了几句，秦风毫无反应，依旧沉浸在消沉的情绪中。

"你到底是不是个男人，这点挫折都受不了？书店只是面临拆迁，又不是开不下去了，你用得着这么垂头丧气吗？"刘子欣忍不住爆发了。

"你说得倒轻松，书店就算开不下去，对你也没多大影响，你照样在国外留学读研，但对我不一样，我好不容易找到一个可以证明自己价值的工作，我想把它做好，对师父有个交代，对我自己也有个交代。可是一拆迁，师父经营三十多年的心血都白费了，所有一切都得从头再来，你考虑过我的感受吗？！"秦风几乎是歇斯底里地发作了。

面对情绪近乎失控的秦风，刘子欣一句话也说不出来，一脸委屈的表情，两行清泪夺眶而出。

看到刘子欣伤心的模样，秦风意识到自己的失态，赶紧上前，用纸巾帮她拭去了脸上的泪水："对不起，我刚才说错话了，你别放在心上。"

刘子欣抽泣着说道："你没说错，我马上就要走了，这次回来我请了一个月的假，时间快到了，我之前预订的回程机票是明天的航班。"

"你为什么不早点跟我说？"

"你这么情绪化的人，我怕你早一天知道，就会早一天难受。"

这下轮到秦风伤心欲绝了，这一个月的时间里，他和刘子欣几乎是朝夕相处，后来更是形影不离。从一开始的冤家对头到之后化敌为友，再到最后的如胶似漆，两人的感情几乎是在一日千里地加深着，不承想情到最浓处却要分离。其实私底下他也曾想过，刘子欣什么时候会走，她会不会为自己留下来。可是每次这样的念头一起来，他就马上将它压下去，也许热恋中的人儿都不喜欢去考虑这些现实的问题，只想着贪恋当下的甜蜜时光。可是，离别的这一天终于来了，而且来得这样突然！

秦风紧紧抱着刘子欣，抱得这样紧，似乎担心她此刻就会突然消失不见，泪水不受控制地涌了出来，将刘子欣后背的衣服湿了一片。

"能不能答应我一个要求？"刘子欣哽咽道。

"你说吧，我一定做到！"

"我想你把书店好好经营下去，哪怕是拆迁后迁址重建，我也希望你不要放弃！不管是为了你师父，还是为了我！"

"我答应你！"秦风毫不犹豫地应下来，又问道："你什么时候回来？"

"两年后。"

"这么长时间？！你不是还有寒暑假吗？"

"除了完成学业外，我还有一些个人事情要处理，等全部弄完，怎么也要两年时间。"

"什么个人事情，要处理这么久？"

"给我一点秘密好不好？"刘子欣停顿了一下，笑容里似乎有些苦涩，"当然，如果你等不了的话，也不用等，你可以找一个你喜欢的女孩结婚，而我也会在大洋彼岸默默地祝福你们！"

"你这是什么意思？我只喜欢你，别人再好我也不稀罕。我不是等不了，我只是不想和你分离这么久！"

"以前，我的感情曾被伤害过，直到又遇上了你！我不知道你是不是真的爱我，我只知道，世间的爱情，总是经不起时间和空间的考验，所以，不妨把这两年之约，也当作是我们爱情的一个考验，好吗？"

秦风一时间不敢相信自己的耳朵，可看着刘子欣的样子，怎么也不像是在开玩笑，他迟疑了一下，说道："我等你，只要你能回来！"

"如果万一我回不来了呢？"刘子欣问道。

秦风愣了一下，认真回答："那我就做一个孤独终老的书店店主，守着这家店，怀念一个人！"

刘子欣顿时笑出声来，可不知怎么，笑容里却有几滴泪水。

44

留给两人只有一个晚上的时间，高飞知趣地出去看电影了，秦风本来提议一起出去吃西餐，刘子欣说不想出去，在家里随便吃点就行，于是秦风挽起袖子下厨了。

冰箱里只有些剩饭、火腿、鸡蛋和胡萝卜，秦风干脆因陋就简，用这些材料做了个扬州炒饭。读中学时，母亲因为工作原因经常回来得比较晚，所以秦风很早便学会了下厨做饭，当然他最拿手的还是这道材料比较简单的扬州炒饭。果然，菜一上桌，光诱人的看相便让刘子欣赞不绝口。

动筷前，刘子欣先深深吸了口气，待细细咀嚼品尝完第一口后，她又闭上眼睛，似乎回味无穷。

"不用这么夸张吧？我这又不是食神做的'黯然销魂饭'。"秦风打趣道。

"到美国后，我就再也吃不到你做的饭菜了，我想将此刻的味道深深地印在脑海里。"

"傻瓜，你又不是不回来，等你回来后，我天天换着花样做饭给你吃。"

听了秦风的话，刘子欣似乎再也忍不住，眼泪流了下来。

"怎么了？我们又不是生离死别，不用这么难过吧！"秦风一边帮刘子欣擦拭泪水，一边安慰她。

秦风哄了半天，刘子欣终于止住眼泪，眼睛红红的吃完了炒饭。

饭桌上点着两支红色的蜡烛，这是秦风从地下室里找出来的，当初也许是师父备着停电时用的，没想到此刻倒是成为烛光晚餐的绝佳道具。只是被刘子欣这一哭，本应浪漫的氛围却变得令人有些伤感。

"有一份小礼物送给你。"秦风说着，从风衣内侧拿出一个打着蝴蝶结的信封。

"这是什么？"

"打开你就知道了。"

刘子欣拿出信封里的纸，阅读着上面的内容：

舒冈同志：

我与足下虽素不相识，但我却早从大作中认识足下了。

一些关切通俗文学事业的单位和同志，决定于本月十五日在成都市和平路市人民政府招待所召开一次对拙作《明月出天山》一书的讨论会，希望足下光临指导。

这次邀请与会的人不多，但却都是热爱和有志于通俗文学的专家、学者。一句话，都是志同道合的朋友。除对拙作提出批评外，还可交换一些其他有益的意见。

  耑此 顺候

撰安

叶云生 1986.10.5

"叶云生！"刘子欣惊叫道。

"是他的亲笔信件！我从夫子网上买到的。虽然他并不是第一流的小说家，但他的小说曾给我们带来过无穷的乐趣。"

"你怎么知道我是他的书迷？"

"那天你出现在书店时，我留意你半天了，虽然没有认出你来，但却注意到你手里拿着本《明月出天山》，看了有半个钟头。而且这本书你是从下册翻起的，说明你以前看过上册。当然，最重要的是，你接手书店后，我发现店里仅有的那套《明月出天山》居然神秘地消失了。"

"你真有心！"刘子欣抱住秦风，亲了一下他的脸颊，"从未有人送过我这样的礼物！"

"还好你当时看的是《明月出天山》，如果你看的是《战争与和平》，那我就真的没辙了。"

"你给了我一个莫大的惊喜！"

"希望两年后你回来时，我能给你一个更大的惊喜！"

这一夜，两人在卿卿我我、尤云殢雨的缠绵中度过，直到黎明前，秦风才带着倦意沉入了梦乡。

蒙眬中，秦风伸手一抱，却抱了个空，惊醒了一看，发现枕边人已不见踪影，床头只有一本《明月出天山》下册，里面夹着一张刘子欣留下的纸条：

阿风：

请原谅我不辞而别。我素来不喜欢离别时的伤感和不舍，更怕当你送我到机场时，我会迈不开离去的步伐，所以我选择独自离开。这两年里，你不用给我电话，也不要给我写信，因为我需要静一静，好好处理一些事情。

书店我托付给你了，相信在你的经营下，它能好好地生存下去。如果两年后，我们的缘分还没有断，我一定会来找你！

子欣

秦风发了疯似的找遍书店，也不见刘子欣的身影，连她的行李箱和衣物也都不见了，看来她真的是已经走了。秦风又将信翻来覆去地看了十几遍，终于打消了去机场送她的念头。"十月十七日。"他将这个日期默念了三遍，确定已经牢牢刻在心底。

45

刘子欣走了，可书店面临的拆迁难题依然等着秦风去解决。秦风找张超商量对策，两人想破脑袋，也想不出什么好的办法。

正当秦风一筹莫展的时候，张超突然一拍大腿道："尹伟不是在《荆楚日报》吗？可以找他想法子嘛！"

"找他有什么用？拆迁这事还是他先告诉我的。"

"你可以这样嘛。"张超凑到秦风耳边，如此这般说了一通。

"这样有用吗？"

"不管有没有用，总得试一试，就算死马当活马医吧。"

秦风犹豫了一下，叹道："也只能这样了！"

几天后，《荆楚日报》副刊上刊出了一篇名为《最后一家旧书店》的文章，引起了不少读书人的关注。

最后一家旧书店

在我看来，一个没有旧书店的城市是一个没有历史和品位的城市。旧书业在城市中是一个不起眼的行业，但它代表着这个城市的文化品位和历史积淀。如果没有旧书店，即使高楼林立，富丽堂皇，也只像一个浅薄的暴发户，缺乏内涵，是得不到别人的尊重的。而古城黄州，即将成为一个没有旧书店的城市。

近日，陪家人在宝塔公园闲逛时，无意中发现青云塔附近那家"古意旧书店"挂出了即将停业的告示，顿时心里一咯噔，忍不住走了进去。印象中这家旧书店开了很多年，在宝塔公园这个大商圈内，算得上是一个另类的存在。记得我第一次逛这家旧书店时，禁不住眼前一亮，因为店里既不卖教辅书，也不卖畅销书，卖的全是市面上绝版的旧书，不少是二十世纪八九十年代人文社科方面的优秀书籍，显然店主也是个颇有品位和追求的读书人。从此以后，每次来宝塔公园时，只要有空，我都会到这家旧书店逛一会儿，买几本书。久而久之，也成了一个习惯。

对于很多人来说，东西都是新的好，书也不例外。但我却并不认同，在我眼里，一本经过时间检验的旧书，其价值甚至大过一百本仓促出炉的快餐新书。旧书不仅仅可以凭它的内容打动人，同样也可以靠它的外观吸引人，甚至岁月在它身上留下的痕迹都足以令人沉醉。作为一个曾经对旧书情有独钟的好书之徒，这家旧书店曾给我带来过无穷的淘书乐趣：

抚摸着一本民国三十七年出版的《小学升学指导》，看着当时小学生的升学考试题目，发黄的纸张见证了那个战乱不休、民心思变的时代。

翻阅着一本1952年12月北京初版的繁体字版红色老书《钢铁是怎样炼成的》，重温了保尔·柯察金那段"回首往事"的名言，禁不住心潮起伏。

欣赏着一本1979年出版的《中国儿童画选》，如品佳茗，看着书中那一幅幅出自小朋友之手生动稚拙的画面，不由得想起了自己的童年。

品鉴着一本1984年12月长城出版社出版的《黄埔军校建校六十周年纪念册》，想起那些叱咤风云的英雄儿女，忍不住感慨万千……

读旧书的乐趣，也许是读电子书的人永远体会不到的。

只是没想到，这家旧书店终于要停业了。

看着门口停业的告示，我有些伤感，选了几本书，结账时特意和店主聊了几句。原来的店主是位身着青色长衫的老夫子，据说上个月已经因病去世了。新店主是他的徒弟，一个三十出头的小伙子，一脸的书卷气，听他说这家书店在他师父手上开了有三十多年了，早些年还能正常经营，后来因为网购和电子书的双重打击，生意变得不景气，好不容易苦苦支撑下来，但现在因为市里"青云古韵"文化商圈工程启动，书店正好在拆迁范围内，所以不得不停业拆迁。

对于黄州城所有的书虫来说，这无疑是一个噩耗：拥有千年历史的文化古城黄州，竟然留不住最后一家旧书店！而这家旧书店的被迫拆迁，竟然是为了给新启动的"青云古韵"文化商圈工程让路，感觉像是一个黑色幽默。

也许，在某些人看来，一家旧书店的存亡，不是什么大不了的事情，毕竟，在服务经济、促进发展的大局中，这只不过是必须付出的微小代价罢了。但是，一座城市如果没有植入文化基因，这座城市是没有前途的，而书店，正是这座城市必不可少的一个文化基因，它就像冬日里偏僻小巷的一盏路灯，一点亮光足以温暖夜归的行人。试想一下，当你孤独的时候，可以在一个物欲横流的都市里，找到一家有着温暖灯光的小书店，和一本又一本书交流，暂时远离尘世的喧嚣；和很多人，或者自己一个人，享受一个安静的、被书包围着的空间。在这里，你会发现，这个世界上，原来有这样一群人，和你一起，享受文字的乐趣，享受阅读的快感。

曾经看过一张"荷兰屋图书馆"的照片：1940年10月22日，位于伦敦肯辛郡的"荷兰屋图书馆"被德军空袭，几成废墟，但却有三位绅士头戴礼帽，脚踩残垣断壁，静静翻书，神情安闲。喜欢这张照片中显示出的淡然和尊严。我想如果有一天，世界将毁灭，那么希望那一刻我能在一家旧书店，留下生命中的最后一秒。

十七、救难

46

接下来一周，来店里光顾的人明显多了几倍，有的一出手就是十本八本的买书，连价钱都不还；有的拿着手机在店里四处拍照，甚至还要求与秦风合影，说是留个纪念。秦风知道是那篇文章起到的作用，藏在心底的那份希望不禁如星火燎原一样熊熊燃烧起来。

几天前秦风找到尹伟，想让他帮忙，在《荆楚日报》上发一篇关于书店处境的深度报道，希望通过媒体的力量引起社会的关注，看能否使书店搬迁之事出现转机。但尹伟一听便大摇其头，说"青云古韵"文化商圈建设是市领导班子集体研究拍板定下来的重点工程，任何对该工程建设有不利影响的新闻都不可能出现在报纸上，劝秦风还是死了这条心。但是在秦风的苦苦哀求下，尹伟终于松了口，答应帮忙。不过最后还是折中了一下，文章不是以新闻报道的形式出现，而是以一篇看似不起眼的随笔刊登在《荆楚日报》的副刊上，用尹伟的话说，就是"瞒天过海，曲线救国"。现在看来，这篇用心良苦的文章似乎多少起到了一点作用。

秦风压抑不住内心的喜悦，拨通了尹伟的电话，准备请他吃个饭，并当面致谢。

不料电话才接通，还没等秦风说话，对面的尹伟火冒三丈地来了句："好你个秦风，这回兄弟可被你给害惨了！"

秦风一时丈二和尚摸不着头脑，诧异道："怎么啦？"

"怎么啦？！为了你那个旧书店，我给你发了那篇文章，结果动静闹大了，今天上午我被报社胡总编叫过去谈话了，说市委宣传部的刘部长看过那篇文章后大为光火，批评我无组织无纪律，不顾大局，妄加评论，给市里的经济建设和文化建设抹黑添乱，问我到底还想不想干了？"

秦风听了，一颗心跳到了嗓子眼，着急道："兄弟，那怎么办？你不会有事吧？"

"还好我福大命大，和胡总编是老交情，胡总编呢，和咱们市里的彭市长私交不错，于是找他说了个情，这事就算不了了之了。不过兄弟，以后书店拆迁这破事，你可别再找我了，兄弟我还指望着过几年安稳日子呢！"

秦风一颗心好不容易定下来，忙不迭地答应。挂了电话后，他又看了眼手边那份登了文章的《荆楚日报》，长长地叹了口气。本以为书店拆迁之事会有转机，没想到折腾了一番，最终还是竹篮打水一场空。从某种意义上看，《最后一家旧书店》就像是一篇祭文，激起了不少书虫对古意旧书店的怀念和惋惜，可纵然凭吊的人再多，也改变不了它即将被拆迁的命运。

秦风正在柜台前黯然神伤，突然一个窈窕的身影出现在他面前。秦风抬头一看，发现正是之前拎着香奈儿包过来买童书的那位少妇，不过这回却不见她拎着香奈儿包，只是拿着个普通的黑色皮包。

见是熟客，秦风热情道："您好！需要我为您找几本合适的童书吗？"

少妇脸色有些憔悴，摆手道："这次我不买童书，你能找几本适合我现在读的书吗？"

"现在读的？"秦风有些不解。

"我要离开这座城市了，就像书中说的那样，'人们对自己所在的地方从来没有满意过。'我想我需要换个环境了。离开之前，我想来你这里买几本适合我现在读的书。"少妇的语气颇有些伤感，秦风注意到她秀发遮挡下隐约可见颈项旁有一块指余长的瘀青。

"哦，没问题。"秦风转身走向书架，一番寻寻觅觅，拿了三套书过来，分别是《飘》《边城》和《三体》。

少妇接过书，放在柜台上随手翻了翻，看到《三体》时不禁哑然失笑："你觉得我现在的心情，还看得进科幻小说吗？"

"我不确定。我只知道，当你进入这部书中的世界时，会发觉在浩瀚无际的宇宙中，地球所处的太阳系实在是微不足道；而在太阳系里，地球上的任何一个人都不过是沧海一粟；而我们所谓的烦恼，其实都算不了什么。"

"你说得很对，我也想起了一句话，活着时放愉快些，因为我们将死得很久！"

少妇走了，秦风默然呆立半天，想着她说的那句话。

接下来的日子里，秦风纵有千般不愿，也只能接受现实，开始在市区内寻找其他适合开店的地方。可一番东寻西觅下来，却没有找到合适的地方，不是位置太偏僻，就是租金太高昂。

这天下起了淅淅沥沥的小雨，虽然雨不大，但因为到了深秋，一层秋雨一层凉，寒意袭人，加上又不是周末，来书店的人比平时少了大半。秦风也没心思出去找房子，自己坐在柜台前，一边守店，一边拿着本柯云路的《新星》在翻看。

看了一会儿，有些乏了，秦风放下书观察起店里的顾客来。虽然经营旧书店的时间并不长，但他却不自觉地养成了一个职业习惯，就是喜欢静静观察书店里的顾客，观察久了，他发现形形色色的顾客在这里大致可以分为三类人：

一类是书虫，进了书店就两眼放光，恨不得将看中的书全部据为己有。可惜这类人大多经济条件一般，往往挑中了一堆书，临到买单前，估摸着超支了，于是又经过一番艰难的选择，最终只挑出一两本收入囊中，没买的那几本还特意藏在某个角落，冀望着下次过来时还在。

一类是代购。这类人往往自己并不看书，而是帮单位或其他人买书。他们一进门，不是问"你们这里有《沉思录》和《世界是平的》吗"，就是问"有《旧制度与大革命》和《大清相国》吗"。买了后，一定要求开发票，好拿回去报销。不过这类人到了店里，多半会失望，因为店里卖的都是旧书，纵然有他们所说的那些时髦书的老版本，却也因为模样寒酸而不入这些人的法眼。

还有一类则是自以为爱读书的闲人。这类人往往把书店当作是闲逛场所，见到感兴趣的书就翻翻，不求甚解，放下，然后再找下一本。置身于书的海洋中，觉得自带光芒，陶醉在腹有诗书气自华的自赏中。当然还不忘拍几张照片，发到朋友圈里，顿时感觉无比良好。虽然走的时候，一本书也没有买。

眼下书店里唯一一名顾客刚好成为秦风眼里绝佳的观察对象：这是一个四十五岁左右的中年男子，身材高大，体形微微有些发福，不过他身上那套剪裁得体的青灰色呢子大衣很好地掩饰了这一缺陷。他在大堂里逛了一圈，看得十分仔细，先后拿起翻阅的书有七八本，翻阅的过程中，时不时露出会意的一笑，笑的时候，他那张五官并不突出的脸显得格外生动。显然，这是一个真正的读书人。

结账的时候，秦风见中年男子拿的两本书是《苏东坡的传说》和《苏东坡的故事》，于是说道："这两本书都是丁永淮先生的作品，他还有本书是《苏东坡黄州作品全编》，您有兴趣吗？"

"有兴趣，能帮我找一找吗？"中年男子笑道。

"没问题。"秦风说完便去找书，没一会儿，他便将书拿到柜台前。

中年男子拿起《苏东坡黄州作品全编》，翻看了一下，叹道："没想到，还有人记得丁永淮这个名字。"

"我师父曾提起过他，说他是本地的文化名人，在挖掘东坡文化和赤壁历史方面做了不少贡献。"

中年男子看着秦风，眼里颇有赞许之意："黄州城里所有书店我都逛过，却只在你们这家旧书店里找到我想买的书。"

"我们这可是黄州城内历史最久的旧书店了。"秦风不无得意道。

中年男子笑了笑："你能再推荐一本适合我看的书吗？"

"为顾客推荐图书不是一件容易的事情，因为每个人的口味都不一样。"秦风停顿了一下，又接着说，"不过，如果您能够告诉我您最近一本读过两遍以上的书是什么，我大概可以做到。"

"我想一想。"中年男子想了一下，脱口而出："《亮剑》，我看了有三遍。"

"《亮剑》！"秦风皱起眉头，苦苦思索。突然，灵光一闪，说道："您稍等一下，我去帮您找书。"

片刻工夫，秦风找了一本书拿到柜台前。这是一本红色封面的书，书名为《一代战将——回忆王近山》，原来是纪念我军著名将领王近山的一本纪念文集。

中年男子拿起书，翻看了几页，笑道："为什么你觉得这本书适合我？"

"《亮剑》是迄今为止国内军事题材小说的经典之作，您这么喜欢看，自然也想多了解一些和这本书有关的故事。而《亮剑》的主人公李云龙，据说原型正是中野名将王近山。"

"是吗？"中年男子一听，大感兴趣，又拿起书翻看，这次看的过程中频频颔首，显然十分满意。

"你这里还有没有什么黄冈本地作家的好书可以推荐的？"中年男子合上书，又问了句。

秦风正想说没有，突然眼角余光瞥到柜台一角放的《侠隐记》，顿时灵机一动，拿起一本说道："这是一位本地作家写的书，武侠题材，写得还不错。"

"武侠小说，好像不太适合我吧。"中年男子犹豫了一下。

"邓小平同志都喜欢看《射雕英雄传》，您又何必对武侠小说有成见呢？"

"汪东海？这个名字没听说过。"中年男子翻着书，随口道。

"哦，这是一位不出名的作家，知道的人不多，但这本书确实写得好，您看了一定不会失望！"

"好，相信你的眼光，这几本书我都买了。"

秦风打收银单时，中年男子笑道："你们这家旧书店还真不错，我本来只想买两本书，被你一忽悠，居然买了五本，希望下次来时，你们还能保持这样优质的服务。"

秦风苦笑了一下，说道："您下次来这里的时候，可能就看不到我们书店了，因为我们书店马上就要停业拆迁了。"

"这么好的书店，确实不应该迁走。"中年男子若有所思道。

47

刘子欣离开有一个多星期了，秦风每天都是在思念中度过，感觉她不在身边的时光，空气中似乎都弥漫着伤感的气息，日子了无生趣。

为了不让自己沉湎于这种失魂落魄近乎颓废的状态中，秦风一旦闲下来时便疯狂地看书，想让书里的字句充斥自己的大脑，不至于再因为入骨的相思而痛苦。随手拿起一本书便看，管它是小说、散文，还是历史。可是，不论看什么书，里面总会有一些字句让他想起那个远在异国他乡的人儿。

　　我们的花园非常好，浓绿的林荫路，幽静的角落，小河、磨坊、小船、月夜、夜莺……我们常去散步，而且我常常闭上眼睛，把右臂膀挽成一个半圆，想象着是您正与我挽手同行。

——《契诃夫传》

　　在一个充满混沌不清的宇宙中，这样明确的事只能出现一次，不论你活几生几世，以后永不会再现。

——《廊桥遗梦》

　　我答应过你，我会等你回来的。
　　当一切浮华散尽的时候，我还会在这里等待着你。
　　此情可流转，千载永不渝。

——《明朝那些事儿》

　　每个人都有属于自己的一片森林，也许我们从来不曾去过，但它一直在那里，总会在那里。迷失的人迷失了，相逢的人会再相逢。

——《挪威的森林》

　　……
　　这天，秦风又拿起手边那本看了一半的《挪威的森林》继续往下看，不料书中一段话像闪电一般划过他的眼睛：

　　"春天的原野里，你一个人正走着，对面走来一只可爱的小熊，浑身的毛活像天鹅绒，眼睛圆鼓鼓的。它这么对你说道：'你好，小姐，和我一块打滚玩好吗？'接着，你就和小熊抱在一起，顺着长满三叶草的山坡骨碌骨碌滚下去，整整玩了一大天。你说棒不棒？"

　　"太棒了。"
　　"我就这么喜欢你！"

　　仿佛晴天霹雳一般，秦风立刻想起了那天吃饭时刘子欣说这话时的情景，顿时泪水模糊了双眼。

　　受不了相思的折磨，秦风无数次拨打刘子欣的电话，可惜永远是"您所拨打的电话无法接通"；想给她写信，却又没有具体的通信地址，甚至，连邮箱都没有一个。她就像是一只无脚鸟，在秦风的世界里停留了片刻，最终却没有留下一点痕迹。

　　秦风终于可以体会到杨过苦等小龙女时的心情，"黯然销魂者，唯别而已矣"！

　　在相思苦海中沉沦了一阵子，终于有一件重要的事情可以转移一下秦风的注意力——新的店址有着落了！

　　在看了几十家铺面后，总算找到一家合适的铺面：空间够大，并且有一个方便做仓库用的地下室；地段不错，处在一个闹中取静的位置，附近不到三百米正好有一所大学。不过，租金也不便宜，一年下来近十万，加上搬迁和装修的费用，一次性投入怎么都要二十多万了。想到钱的问题，秦风就觉得头大。

这家铺面的业主姓刘，一个四十来岁的油腻中年男子，家里几套房，就靠着收租为生，大家都叫他"刘租公"。因为是熟人介绍，所以连中介都免了，几番见面，谈得差不多了，都快要签合同了，刘租公提出要来秦风店里看看，秦风一口答应。

陪着刘租公在店里看了一圈后，两人去书房坐下喝茶。

"像我这样出租房子的，最怕租户是什么开饭馆、搞桑拿的，要么把房子弄得烟熏火燎不像样，要么就是成天有不三不四的人进进出出。像你这样开书店的，都是文化人，我就放心了！"

"那当然，我们开书店也算是利国利民的事，只是小本经营，利润微薄，您看租金方面能不能再优惠点。"秦风赔着笑脸道。

"租金方面，给你们已经是最优惠的了，你要嫌贵，外面可大把的人想租呢！"

秦风叹了口气，说道："我们要等拿到拆迁补偿费后，才能交齐一年的租金，您看，我们能不能先交一万作为押金，租金预付部分晚一点交。"

"这个没问题，今天我把合同都带过来了，你看一看，没问题，咱们就签了吧。"刘租公说着，拿出一式两份的《房屋租赁合同》放在桌面上。

秦风拿起一份，翻来覆去看了两遍，觉得没什么问题，拿起笔准备签名。

这时，高飞突然掀开竹帘闯了进来："师父，有人找您！"

"没看到我正忙着吗，让他们等一等！"秦风没好气道。

"是上次拆迁办的那两个人，他们说有急事找您。"高飞喘着粗气道。

秦风想了想，对刘租公说道："麻烦您稍等片刻，我出去处理一下急事就过来。"

"没关系，你先去忙，我在这里喝茶等你。"

来到大堂，只见上次登门的那两个拆迁办的工作人员满脸含笑地站在门口。还没等秦风打招呼，国字脸已经冲过来，握住秦风的手，激动道："兄弟，告诉你一个好消息！"

"什么好消息？"秦风被对方这突如其来的热情搞得摸不着头脑。

"你们书店不用拆迁了，可以在原址继续经营。"

"是真的吗？！"秦风一时不敢相信自己的耳朵。

"你们这家书店开了三十多年，在宝塔公园这里也算是一个地标式的老建筑，市里觉得你们这家旧书店很有文化气息，完全可以作为体现'青云古韵'文化内涵的一个重要组成部分，所以决定予以保留。"

"太好了！"秦风激动得给了国字脸一个结结实实的熊抱。困扰了他多日的难题，居然一下子迎刃而解，他忍不住心花怒放。可是狂喜之余，他也不禁有些纳闷，前些时，想尽办法给书店续命，结果差点连累到老同学尹伟。本以为书店拆迁之事已是板上钉钉，毫无回旋余地，没想到一下子峰回路转、柳暗花明，真不知道短短时间，事情怎么会出现这么大的转折？

"大兄弟，真佩服你，不知找的哪门子关系，居然能将这事搞定？"大饼脸一脸羡慕道。

秦风也正疑惑，这时国字脸递过来一封黄色的信封，说道："这是市政府办公室让我带给你的信。"

送走两人后，秦风小心拆开信封，这是一种特制的保密信封，内外有两层，拆开时还很需要费一番功夫。好不容易拆开后，秦风拿出里面的信纸，阅读着上面的内容：

秦风同学：

请允许我这样称呼你。因为朋友说项，我留意到《荆楚日报》上刊登的那篇文章，所以想来你们书店看一看。你干得很棒，成功地向我推销了三本书。我回去后翻了翻，这几本书都很不错，包括那位不出名的本地作家，我都想有机会和他聊一聊。

我手上拆迁了数百家店铺，我想我能帮忙拯救这一家书店。因为我的老师丁永准曾说过，我是他教过的学生中最喜欢读书的那一个。你提醒了我。

彭雪崧

"彭雪崧！"秦风惊讶得合不拢嘴，虽然他并不关心政治，但至少还是知道黄冈市现任的市长正是彭雪崧。没想到，居然是他在书店面临生死存亡的关键时刻，伸出了援助之手。

秦风闭上眼睛，任凭激动的泪水夺眶而出，这一刻，他仿佛看到师父那慈祥的面容正对着他微笑。

十八、相思

48

书店逢凶化吉，这样的好消息无论如何都要告诉刘子欣，可是现在却联系不到她，怎么办？

还好张超有办法，发动了自己所有的关系，终于得悉有个远房亲戚的儿子也在美国哥伦比亚大学读书，于是赶快托其帮忙打听刘子欣的下落。

在等待消息的日子里，秦风还是过着按部就班的生活：跑步、清书、卖书，除此之外便是手把手地指导高飞书店业务和日常功课。还好有高飞陪着，秦风不至于做个茕茕孑立、形影相吊的孤独店主。有时秦风甚至会想，刘子欣是不是特意将高飞收留下来，好陪伴自己度过这段漫长的等待时光。

这天，秦风正守在柜台前，对着刘子欣留给他的那本《明月出天山》发呆。突然，高飞喜滋滋地跑过来，拿着一本线装书放到柜台上，说道："师父，我在地下室里发现了一本好书！"

"什么好书？"秦风一边问，一边将高飞拿过来的书翻了起来，这是一本民国时出版的医书，名为《沈氏女科辑要笺正》，沈尧封辑著，张山雷笺正。

"这书没什么特别的，民国时的版本而已。"秦风正不以为然，突然扫到书中一段文字，顿时眼前一亮，忍不住念出声来："生育之机，纯由天赋，本非人力之所能胜天，更何论乎药物。

惟能遂其天机，而不以人欲乱性，断无不能生育之理。世之艰于孕育者，太率皆研丧过度，自损天真，是以欲求孕育，唯有节欲二字……"

"太好了！"秦风兴奋得拍了一下柜台，"原来这里有个千金荡胞汤的方子可以治疗女性不孕。"

"师父，我们要不要现在就把这个方子告诉张叔叔。"

"先不要着急。"秦风沉思了一下，解释道："这毕竟是民国时的医书，功效如何也不太确定，我们这附近有个坐诊多年的老中医，以前还给我看过病，我把这医书先拿给他看一看，如果有用的话，请他帮忙照方煎药，再跟张超说，这样稳妥一些。"

"师父，还是你想得周全。"

师徒俩正说得热火朝天时，突然从门外进来一人，不是别人，正是张超。

"说曹操，曹操到，我们正聊着你，你就出现了。"秦风打趣道。

"又在背地里说我什么坏话？"张超笑道。

"在说你什么时候能打听到刘子欣的下落。"

"嗯，今天来就是跟你说这事，不过……"张超口气有些迟疑，似乎不知从何说起。

秦风一看张超的表情，顿时一颗心跳到了嗓子眼，一把抓住他的手，追问道："到底是怎么回事，快告诉我！"

"我托那个小伙子帮忙，在哥伦比亚大学里找刘子欣，但是怎么找，都找不到她的人。"

"怎么可能，她不是在哥伦比亚大学信息管理学专业读研究生吗？"秦风急了。

"那个小伙子去信息管理学院问过了，了解到刘子欣之前是在那里读了一年的研究生，但是学业没修完，今年九月份的时候，她就办了退学手续，离开学校，之后，她的老师、同学和舍友，就再也没有见过她了。"

"她为什么要办退学手续？"

"那个小伙子也打听了，据说刘子欣申请办理退学手续的理由是'身体健康原因'，但具体是什么，校方以涉及个人隐私为由不予告知。"

"身体健康原因？"秦风喃喃自语，脑海中突然浮现起那天下午出门前刘子欣头晕卧床休息时的情形，当时问她怎么回事，她只说是没吃早餐低血糖犯了。现在看来，问题远远没有她说的那么简单。

"那个小伙子还挺负责的，问了一圈刘子欣的同学和舍友，有没有她的联系方式，大家都说她的手机打不通，推特和微信也都关闭了，完全联系不上，好在她有个舍友提供了刘子欣的一个电子邮箱，不过上面最近一次收发邮件也已经是半年前的事情了。"张超拿出一张写着邮箱的纸条递给秦风。

秦风接过纸条，将上面的邮箱反复看了几遍，然后小心翼翼地放进口袋里。

这一天接下来的时间，秦风都是在魂不守舍的状态中度过，虽然打听到了刘子欣的消息，可依然不知道她究竟在哪里，她到底生了什么病，她为什么不和自己联系……这一切的一切，像一张巨大的网，将秦风网在中央，无法自拔。

晚上，到了夜深人静的时候，秦风终于遏制不住体内疯狂思念的洪荒之力，坐在电脑前，对着那个心中默念了无数遍的名字，写下了第一封信。

子欣：

我恨你！恨你的不辞而别。你为什么招呼都不打一声就离我而去？连一个送别的机会都不给我，让我一下子从甜蜜的梦乡堕入寒冷的冰窟，我现在都不知道自己活着还有什么意义，如果不是答应了你要把书店经营下去，我现在都不想这样孤零零地活在人世间。因为没有你的日子里，生命没有任何乐趣！

子欣，我恨自己！为什么没有多关心一下你，让你独自一人承受病痛的折磨。我不知道你生了什么病，希望你能告诉我。如果你需要的话，我可以把我的肝给你，把我的肾给你，把我的眼睛给你，甚至可以把我的心给你，只要你能好好活着，我愿意献出我的生命！希望你给我一次救赎的机会！

子欣，告诉你一个好消息，我们的旧书店不用拆迁了，可以继续在原址经营下去。你一定很好奇问题是怎么解决的，这里我想先保守一下秘密，等我们见面的时候，我再亲口告诉你。我盼着那一天早日到来！

子欣，盼着你的回信，不要让我在无尽的痛苦中沉沦！

爱你的阿风

10.30夜

49

第一封信通过电子邮箱发出去后，秦风体内汹涌澎湃的思念狂潮终于找到了一个宣泄口，从此每天晚上十点，他都雷打不动地坐在电脑前，给远在万里之遥的心上人写上一封信。发送邮件的时候，他会点下"阅读后请发送回执"的选项。

可是，一个多月过去了，三十多封邮件发出后犹如石沉大海，没有一点回音，邮箱里甚至都没有收到一份邮件已读的回执。秦风几乎已经绝望了，直到他发出了第三十六封信。

子欣：

这是我给你写的第三十六封信，我都已经快要绝望了。前面给你写的信，你没有任何回复，我甚至都不知道你看到没有。如果这是你给我不够关心你的惩罚，那么这个惩罚已经足够残酷了，因为每天，我都是在失魂落魄中度过，对任何事情都提不起精神来，就像那个被美女勾去魂魄的野兽一样，困在幽暗的城堡中度日如年。

我现在发现酒是个好东西，可以麻痹一下痛苦的神经，最近两周，每天我都会去江边那家馆子喝上一点，有时是张超陪我，有时是高飞陪我。几杯酒下腹后，痛苦似乎被冲淡了不少。当然你不用担心我会喝多，因为我还惦记着晚上回来给你写信，这对我来说，已经成了一个习惯。

　　我现在只盼着能收到你的回信。

酒鬼阿风
12.4夜

　　这封信发出去的第二天，秦风收到了一份邮件已读的回执，显示的时间为"2015.12.5　14：25"。

　　秦风顿时喜出望外，虽然只是一封邮件已读的回执，但却重新点燃了他心中希望的火焰，于是心花怒放的他，迫不及待地在电脑前，写下了他的第三十七封信。

子欣：

　　相信你看到我的信了，因为我收到了邮件已读的回执，你不知道我当时高兴成什么样子，我想跟所有的人分享我心中的喜悦，我甚至都想给当天所有来店里买书的顾客免单。还好，这个提议被高飞及时阻止了。

　　子欣，我不知道为什么前面的信件你都不给我回复，也许你是生我的气，也许你有什么难言之隐……我的心一直惴惴不安，设想过无数种可能，我只怕最糟糕的那一种，我甚至都不敢将它说出来！还好，见到这封回执，我才松了一口气，想起你对我说的那句话：最坏的事情往往不会发生。我相信你说的是对的。

　　今晚，我终于可以睡个安稳觉了。梦里，我想我会见到你！

阿风
12.5夜

第三十七封信发出后，依然没有任何回音，但秦风的心情终于不再像之前那样忐忑不安了，因为他至少可以肯定一点——刘子欣看到了他的来信！接下来，他要做的，就是每天将这份思念和挂怀通过电邮发出去，发给那个不知身在何方的女孩，以此来慰藉自己那颗被思念之虫咬噬得千疮百孔的心！

日子一天天过去，数百封邮件发出去后，秦风发现了一个规律：他的每一封邮件，都没有收到回信，但收到了四份邮件已读的回执，而每次回执之间的时间都刚好是两个月。想来想去，秦风觉得这一定不是巧合，于是给刘子欣去了第一百九十封信。

子欣：

我发现了一个秘密，这个秘密足以让我兴奋得睡不着觉。我给你的信，相信你已经看到了，虽然你都没有回复，我也只收到四份邮件已读的回执，但每次回执之间的时间都刚好是两个月，这样的巧合让我难免不会生出无限的遐想。我甚至想到，你是否被恶魔囚禁在一个暗无天日的城堡，每两个月才有一次放风的机会。如果是那样，请你赶快告诉我你在哪里，我一定会飞过来拯救你……

请原谅我不切实际的幻想，因为只有靠着这些幻想，我才能支撑自己活下去，并相信你没事。我会坚持等到你回来的那一天，我希望这一天快点到来！

另外还有一个好消息要告诉你，张超的老婆怀孕了，他今天特意请我吃饭感谢我。你一定很好奇我帮了他什么忙，我本来想把这个秘密留到你回来时当面告诉你，但我忍了又忍，还是忍不住现在就告诉你，去年你走后不久，高飞在店里找到一本民国时的医书，里面居然记载了如何治疗女性不孕的方子。我把医书拿给一位老中医看了，他觉得可以一试，并照方煎好了中药。然后我跟张超两口子说了，他们半信半疑，但还是按照老中医的吩咐，一边吃药，一边调理，结果不到半年，真的就怀上了。张超还说，等他的孩子出世后，一定要认我做干爹，我说没问题，到时候你就是孩子他干妈了。

子欣，我突然想到，那本医书如此奇妙，并且又是专门针对各种妇科疑难杂症的，应该也可以治好你身上的病，你说是吗？

阿风

2016.5.6夜

二〇一六年九月二十三日，"古意旧书店"举办了一个Meet You周年庆活动。当晚忙完了店庆的所有事情后，已快到凌晨了，不过秦风还是拖着疲惫不堪的身体，在电脑前写下了给刘子欣的第三百三十封信。

子欣：

今天我们店里举办了一个Meet You周年庆活动。活动非常成功，感觉我们的老顾客差不多全来了，我在黄州的同学都过来捧场，韦伯伯和钱教授也来了，甚至连那个拯救了书店的神秘人物也出现了一小会。售书的环节把我吓坏了，顾客们都像书不要钱似的抢书，两个新招的店员在柜台前忙得手抽筋，以至于最后我不得不临时宣布：每个人只能选购两本书。要不然我真担心大堂内的书会被大家抢光。

看到我们的旧书店这么受大家欢迎，我心里也非常有成就感，我想，这也许就是支撑师父能够将旧书店经营三十多年的动力源泉吧。现在，我深切地感受到，生命中不能没有书，就像鱼儿不能没有水一样。也许，有的人可以过着没有书的生活，但是在我看来，那样的人生如同晒干的咸鱼一样了无生趣。而对于读书人来说，生命中不能没有书店，因为书店就是天堂，是一个可以让我们的灵魂放松和憩息的地方。

今晚，所有的人都很开心，除了我。当庆典结束的时候，我的心一片荒凉，好似"欢娱未尽分散去，使我惆怅惊心神"。我知道，这是因为你不在我身边的缘故。

在没有你的日子里，我只能与书为伴，通过看书来缓解思念你的痛苦。《明月出天山》我已经看了二十遍，每次看到男女主人公生离死别的时候，我都忍不住潸然泪下，还好最后他们都能够重逢相聚在一起，要不然，我真不敢想象我们最后的结局！

子欣，这么久没有等到你的回音，也许你真的是不想再和我见面了，想到这一点，我的心就像要裂开了一样痛苦。我也曾想过把你忘记，但是，我做不到！我想就是到了太平洋的最后一滴水被太阳晒干的时候，到了这一刻从树上滴落的松脂变成琥珀的时候，我还是会记得你，记得你说"我喜欢你"的那个雨夜！

盼着你，早一天回来，不要让我等到花儿都谢了！

　　PS：周年庆典之所以取Meet You这个名字，是因为一年前的今天，正是我们在店里的相逢之日，从那一天开始，你闯入了我的生命，并彻底改变了我的人生轨迹！

阿风

2016.9.24凌晨

十九、遗书

50

在秦风的苦心经营下，书店的运营也步入正轨了，第一年下来，基本做到了收支平衡。等到第二年的时候，随着顾客群的不断扩大和营业额的稳步增长，店里人手不足的情况越来越严重，秦风便招了两个年轻人做店员，于是年纪轻轻的高飞成了负责日常店务的店长，每天带着两个店员忙得不亦乐乎。而秦风乐得从日常事务中解放出来，除了外出收书外，没事便在地下室里看书，有时也会去藏书洞里待上半天。

这天中午，秦风在餐厅，一边吃着便当盒饭，一边看着广东新闻。虽然离开广东快两年了，但也许是在深圳和广州留下了太多的青春回忆，所以他时不时还会关注一下那边的新闻。

秦风正吃着鱼香茄子饭，突然电视上一则新闻引起了他的注意：

近日，一名青年男子从深圳福田区某商厦上坠楼身亡。该男子名叫吴仁，系仁山乐水文化传播有限公司董事长。据知情人透露，吴仁生前因投资失败，资金链断裂，其公司资产已被银行抵押。根据警方现场排查，排除他杀可能。

秦风霍然起身，走到电视前，眼也不眨地盯着电视画面。随着电视屏幕上出现当事人的照片，他终于确信死者就是那个曾与他情同手足，后来却反目成仇的吴仁。

此时，秦风心中百感交集，曾经他对吴仁恨之入骨，可是随着时间的流逝，恨意已渐渐淡去。只是没想到，当年那个从不甘居人后、自信天下事无不可为的吴仁，竟然会走到跳楼自杀这一步。这一刻，他脑海里翻来覆去想到的就是"世事无常"这四个字。

高飞走过来，见秦风神色有异，问道："师父，你怎么了？"

"没什么，你帮忙看下店，我去地下室歇一会。"

高飞走开后，秦风叹了口气，关上电视，去了地下室。

待在地下室里，秦风心潮起伏，久久不能平静。终于，他决定还是去藏书洞里散散心。

藏书洞仿佛有一种神奇的魔力，每次秦风情绪不佳的时候，只要进去待一会，心情便会平静下来。看着满满两柜的古籍善本，秦风感觉就像穿越时空，去到了古代的藏书楼，那种欣然而足的快感正如古人所说的"丈夫拥书万卷，何假南面百城"。而古籍上那一个个"太上皇帝之宝""铁琴铜剑楼藏书""毛氏藏书子孙永保""八千卷楼"等印文，让人观之不由得心潮起伏，这一本本古书，该是经过了多少岁月沧桑，在一代又一代爱书人的传承下，才得以保存下来。每次进了藏书洞，秦风哪怕什么都不做，只是闭上眼睛坐一会儿，出来后都会感觉身心得到了一次净化和洗涤，身上又多沾了一份书卷气。秦风十分享受这种感觉。

今天心情不好，秦风又打开了藏书洞。进去后，他打开右侧书柜门，直接清点起最下方一格的书籍。藏书洞的秘密他没有告诉高飞，清点里面的书籍他都是亲力亲为，而每次清点都会找到几册令他眼红耳热、视如拱璧的善本，于是一番手不释卷下来，半天光阴便过去了。好在秦风也不赶时间，就这样随心所欲地清点翻阅，藏书洞里上千册古籍，消磨掉秦风不少时间，也让他被思念折磨的痛苦缓解了不少。

终于，秦风清点到最后一个角落的书籍了。小心取出压在最下方的那个函套盒，秦风感觉入手有点轻，一看函套封皮上写着"少白遗物"四个大字，正是师父笔迹，顿时心跳加速，一双手禁不住抖了起来。

好不容易稳住心神，秦风轻轻打开函套盒，首先映入眼帘的是一个巴掌大小的锦盒。秦风仿佛触电了一样，赶紧缩回手去，他已经猜到了里面是什么东西，一时间竟不敢伸手去碰。

秦风闭上眼睛，无数前尘往事在脑海中翻来覆去。终于，他睁开眼睛，鼓足勇气，小心翼翼地打开了锦盒。不出所料，里面正是那只当年被他失手摔碎导致师徒俩反目的玉镯。此刻，这只曾被摔碎的玉镯，已经被人以金镶玉工艺巧妙接好，晶莹剔透的羊脂美玉和金光灿灿的金箍交相辉映，给人一种精金美玉相得益彰的感觉。

秦风捧着玉镯，忍不住泪流满面，他恨自己鲁莽冲动，摔坏了师父的心爱之物；他更恨自己冥顽无知，把高考失利的原因怪罪到师父身上，十几年都不见师父面。现在，他知道自己错了，可是，师父已经不在了！

哭了良久，秦风正想把装着玉镯的锦盒放回函套盒内，却发现里面居然垫着一张旧报纸，拿起来一看，原来是张一九五六年十月二十五日的《光明日报》，上面有篇社论文章被人用粗黑线圈了起来，标题是《古旧图书不应再任令损毁》。

秦风好奇心起，仔细看了起来。这篇社论讲的是当时古旧图书被人损毁的现象触目惊心，文中提到，损毁旧书的现象有三：一是用古旧书做造纸原料，安徽歙县某纸坊一年销毁古书五六万斤；二是许多商店、摊贩拆散古书做包装用纸，其数量不亚于造纸厂；三是农村中所藏古书大量被毁，地主的藏书成了"浮财"，分到手的农民大搞"废物"利用，或做引火纸，或代替木柴烤火。

秦风看后，忍不住长叹一口气，书遭此劫，人神共愤！

良久，秦风才回过神来，正要将报纸放回原处，却发现函套盒底还有一个鹅黄色信封，上面用毛笔写着"秦风启"，显然是师父留下来的。秦风拿起信封打开，竖格子的老式信笺上正是师父熟悉的笔迹。

秦风：

这是我给你的最后一封信，当你看到的时候，书店所有的秘密都将在你面前打开。

现在，你已经知道了我是如何打理这家书店的，也找到了这个我一手营造并藏匿多年的藏书洞。但是，你肯定不知道洞里的这些珍贵古书从何而来。那么，下面我来告诉你这个最后的秘密。

我少年时代在家乡的镇江图书馆打过杂，馆里有位以前教过私塾的老先生，对我很好，见我喜欢读书，经常拿着些古旧书籍，手把手地给我讲解。我对古书的感情，就是那个时候培养起来的。

但是好景不长，家里人觉得做杂役没前途，于是托人找关系，让我进了一个造纸厂当工人。最开始，我见到的造纸材料都是木浆、草浆和废纸，直到有一天，我看到碎纸车间的工人，将成车运来的古书毫不可惜地倒入碎纸机内，最后从化浆池变成纸浆流出来。我问他们为什么要这样做，他们说这些都是各地"破四旧"收缴上来的封建遗毒物品，上级指示要变废为宝，刚好拿来回收利用做造纸的原料。

看着成千上万的古书在碎纸机中变成碎屑，我的心在滴血，这种野蛮行径和秦始皇的焚书坑儒、法西斯的广场焚书又有什么区别？作为一个良知未泯的读书人，我必须要做点什么，于是我申请去了条件比较艰苦的碎纸车间，每天工作到最后一刻才下班。趁着同事不注意的时候，每天我都会从堆积如山的古书中偷出几本，藏在身上带出来。为了藏书，我特意在家中院子里挖了一个地洞，所有偷出来的书籍都放在里面。

就这样做了一年多的地下工作，我因为被人告发"用诗歌诋毁大跃进"，被关进了监狱，直到'文革'结束后才出来。出狱后，我发现自己几乎失去了一切，父母去世了，恋人已为人妇，工作也没了，但是幸运的是，我藏的那些书都还在洞里完好无损。这也许是冥冥中老天的庇护，保佑它们躲过一劫。

二十世纪八十年代初，我从镇江迁居黄州，并想尽办法将这批书也带了过来。后来开了这家旧书店，又认识了韦之清这样志同道合的朋友。再后来，又遇上了你。

书店我托付给你了，相信你和子欣会把它打理得很好。藏书洞里的古籍善本，我曾考虑过找一个合适的机会捐给国家，也算完璧归赵。但是，一来出于藏书家自私的天性，我总想把这些古籍善本留在手里多赏玩一段时间；二来，我总担心有生之年里会不会再次遭遇焚书之厄。所以，一直犹豫着没有做出决定。现在，我把这些珍贵的古书交给你，相信你会为它们找到最好的归宿。

玉镯的事情，我早已经原谅你了，希望你也能够原谅我当时的不理智。打碎的玉镯我找工匠重新接好了，还可以继续戴，但是被伤害的心灵却需要更多的时光来修补。

一直以来，我都盼着你能叫我一声师父，可惜我等不到那一天。

少白书

看完信后，秦风双膝跪倒在地，泣不成声，口里不停念着"师父"。他就这样跪着忏悔，不知道时间过去了多久，他只知道，自己再也没有机会弥补这个令他悔恨终身的过错了……

51

秦风捐赠古书的行动在黄州城引起了不小的轰动，《荆楚日报》上用了整个版面来报道，大标题起得让秦风吐血的心都有——《价值上亿古籍善本无偿捐给国家　书店小哥牢记师嘱保护民族文化》。

看到新闻的署名记者正是尹伟，秦风顿时气就不打一处来，立刻一个电话打了过去。

"你这篇报道也太过火了！现在一堆闲人跑到我店里来看热闹。"

"兄弟，我这也是为你好哇！你做了这么一件功德无量的大好事，怎么能够不好好宣传一下呢？现在社会上缺的就是像你这样的正能量，做好事不能太低调，一定要宣传出去，让大家都知道，这也是我们领导要求的。"尹伟解释道。

"可你也不要这么写呀，什么价值上亿，举世罕见，堪与青云塔地宫出土成果相提并论……也太耸人听闻了吧！"

"兄弟，现在新闻要的就是吸引眼球，我要不写得绘声绘色点，怎么有轰动效应？再说，这篇新闻也算是如实报道，你不是跟我说过，这批古籍善本如果上拍，以现在的市场价肯定过亿了，这话可是你说的……"

秦风没等尹伟说完就挂断了电话。虽然尹伟这事做得不地道，但毕竟是职责所在，而且之前还给他帮了个大忙，他也不好责备什么，当务之急是为出席第二天的"刘少白先生珍藏古籍善本捐赠仪式"做准备。以秦风的性格，很不愿意出席这种抛头露面纯属作秀的场合，一开始想婉言谢绝主办方的邀请，没想到对方搬出了彭雪崧，说这是彭市长的意思，希望秦风能配合一下宣传，为黄冈的文化建设再尽绵薄之力。话说到这个份儿，秦风也只能勉为其难了。

秦风正在电脑前写着捐赠仪式上的致谢辞，突然高飞走过来道："师父，有你的信。"

秦风又惊又喜，心想该不会是刘子欣寄过来的吧，赶紧接过，发现是一张精美的明信片，正面是一个少女的背影，她正凝视着一座亘古不化的雪山，远方一轮红日正喷薄欲出。再翻到背面，上面写着几行字："很多人都有被书籍拯救过的经历。在生活苦不堪言的时候，在人生失去方向的时候，在厌恶一切的时候，无意中拿起一本书，它能推你一把，让你迈出新的一步，让你产生重新面对社会的勇气，连一本滑稽可笑的书里，也有拯救生命的力量。谢谢你为我选的书，让我找到了自己要走的路！"

明信片上落款处没有留名，只是用漫画画了一大一小两个人，看得出是一个妈妈带着一个孩子，妈妈手上还拎着一个包，两人都是一脸喜悦的表情。秦风明白这封明信片就是那位喜欢拎着香奈儿包的少妇寄过来的。他又看了下明信片上的邮戳，发自云南腾冲。

秦风拿着明信片，发呆良久，虽然不知那对母子现在生活得怎么样，但相信他们活得一定比以前要开心快乐。

"刘少白先生珍藏古籍善本捐赠仪式"举办得十分成功，彭雪崧市长发表了热情洋溢的讲话，在讲话的最后他饱含深情道：

作为我市文化界的知名人士，刘少白先生一手创办的"古意旧书店"，历经三十多年岁月沧桑，已固化为我市一个独具特色的文化地标，成为无数读书人魂牵梦系的精神家园。同时，作为一位生前名声不显的大收藏家，刘少白先生以他半个多世纪的坚守和卫护，为中华民族保存了一批珍贵的文化遗产。在他收藏的这325套1526册古籍善本中，不乏府藏宋本、顾批黄跋等国家一、二级珍贵文物，其数量之多，价值之高，世所罕见。作为刘少白先生的嫡传弟子，秦风先生遵照先师遗嘱，将这批珍贵的古籍善本全部无偿捐给黄冈市博物馆，这必将成为黄冈人民一笔巨大的精神财富，为黄冈文化建设带来积极而深远的影响。

刘少白和秦风先生此举，开创了我市民间收藏家大批文物无偿捐赠的先河，填补了我市古籍善本类藏品的空白，体现了我市文化界人士心系文化、情系桑梓的大爱情怀。文物弥足珍贵，精神更加宝贵。我市将精心收藏，确保安全，以回馈刘少白和秦风先生情系桑梓、奉献社会的义举，为我市文化事业大发展、大繁荣做出新的贡献！

彭雪崧市长讲完后，台下响起了持久而热烈的掌声。秦风心里也十分激动，他想师父在天之灵如果看到这一刻，应该也会感到欣慰的。

接下来，彭雪崧向秦风颁发"捐赠纪念证书"时，秦风激动道："彭市长，谢谢您帮我们保住了书店！"

"这是我应该做的，倒是我，要代表黄州城所有的读书人，感谢你们开了一家这么好的书店！"彭雪崧一双有力的大手握住秦风的手，秦风只觉得一股暖流涌上心头。

捐赠仪式结束后，好不容易应付完一帮媒体记者的狂轰滥炸，秦风赶紧冲进厕所，放了一通水，这才松了一口气。

从厕所出来后，秦风正准备悄无声息地走掉，不料斜刺里突然闪出一个人，挡住了他的去路。秦风一见之下，顿时大吃一惊，眼前之人不是别人，正是和自己离婚后再也没有见过面的前妻慕茜！只见她依旧是一身白领丽人的职场干练打扮，但一脸的浓妆却掩饰不住眼角的鱼尾纹，不到两年时间，距离她当年电视上意气风发的样子，明显老了不少。

"恭喜你呀，大收藏家！"慕茜似笑非笑道。

"有什么事吗？"秦风不耐烦道。面对眼前这个当年他爱过亦恨过的最熟悉的陌生人，他实在没有心情和她废话。

"没事就不能坐下来聊一聊吗？好歹夫妻一场，不用这么翻脸无情吧！"

慕茜这么一说，秦风也不好说什么，他不是一个很记仇的人，虽然当年离婚时和慕茜闹得不可开交，但事情过去了几年，那些曾令他痛苦万分的往事在他脑海中也渐渐淡忘了。只是，再次见到慕茜，他心里多少有点不舒服。

犹豫了一下，秦风还是接受了慕茜的提议，和她一起去了最近的一家"心语"咖啡厅里坐下。慕茜点了杯卡布奇诺，秦风习惯性地点了杯哥伦比亚。

"怎么样，现在过得还好吧？"慕茜问道。

"挺好的，每天看看书，守守店，做的都是自己喜欢的事情。"秦风抿了口咖啡，"你呢？"

"我现在一个人。"慕茜笑容里有些苦涩，"吴仁那个浑蛋，把我所有的钱都投到股市里，赔了个一塌糊涂。"

"他现在人都死了，说他还有什么意思呢！"

"你能不能帮我一个忙？"

"你想让我，帮你一起扛债务吗？"

"你把我当成什么人？"

"你难道不是这种人吗？"

"过去的事情已经过去了，是人都应该往前看。你现在守着个旧书店也没多大意思，不如我们合作，一起发大财！"

"合作什么？"

"我有个朋友，是一家艺术品投资基金的负责人，他看了你捐赠的新闻报道，认定你手上肯定还有价值不菲的古籍善本，不如你拿出来，他帮你运作一下，几千万的钞票就到手了，不比在这里守着个旧书店强？"

"很抱歉，我手里的古籍善本全部捐出去了，发财的事情，你另找别人吧。"

"秦风，看来你真是个扶不起的刘阿斗，发财的机会放在面前，你都不会把握！"

"道不同，不相为谋！"秦风站起身来准备走。

"秦风，你真的不在乎我吗？"慕茜急了，一把抓住秦风的手。

"刚才你也说了，过去的事情已经过去了，是人都应该往前看。我的前方没有你！"秦风说完，一把推开慕茜的手，径直走了出去，留下慕茜僵立原地，呆若木鸡。

虽是深秋了，当天的太阳却格外灿烂，阳光打在脸上，仿佛妈妈的吻一样让人有种幸福的感觉。

这天是十月十二日，再有四天，刘子欣就该回来了。

二十、重生

52

云薇站在书店门口，打量了半天，这家书店她已经听人说过无数次了，今天虽是第一次来，却一点儿都不觉得陌生。

书店正门上方依旧挂着那块"古意旧书店"的乌木牌匾，店门两侧也依旧是那副"藏书万卷，候君一人"的著名对联。唯一不同的是店门右侧砖墙上多了块金属铭牌，上面用烫印字刻着：

古意旧书店
1984年创建
2015年重生

云薇口里喃喃念着"重生"两个字，别有一番滋味涌上心头。

走进书店，只见里面有二十多名顾客，一半在书的海洋里徜徉寻觅、尽情遨游，另一半坐在大堂正中及靠窗"免费阅读区"的书桌前静静读书。偌大的屋子里几乎听不到人说话的声音，空气中只传来轻柔的《爱在西元前》的背景音乐声。

云薇仿佛也被这能让灵魂安静的气氛所感染，静下心来翻书。一会儿功夫，她选好了两本书，一本是韩素音的自传体爱情小说《瑰宝》，另一本是平装影印本的《阳谷集》。前者是市面上难得一见的老版本，云薇寻觅多年没想到却在此见到；后者封面上有个腰封，上面写着"媲美《浮生六记》的古书遗珠，打捞一代英才的诗意人生"，信手翻来，发现竟是清末民初一位少年才子的诗文集，古意旧书店根据原书影印的自印本，读来口齿留香，于是欣然买下。

书店大堂一角有一面是留言墙，上面贴满了密密麻麻的巴掌大小的留言条，两名顾客正在驻足观看。云薇好奇心起，也凑过去看。墙上的留言五花八门，大多是心情感言，也有一些是漫画速写。云薇越看越觉得有意思，忍不住拿出手机，拍了下来。其中几则留言她更是细细品读，咀嚼再三。

一家书店温暖一座城市

置身于这快节奏的大时代

能于街头

寻觅到这样一家

收藏那么多故纸陈灰和历史记忆的旧书店

真是十分幸运

愿一年三百六十五天

这里永远保持那份温情

By Demi　　2016.3.6

知道这家旧书店有一段时间了。

慕名而来，果然不虚此行。一来就找到了我寻觅已久的两套书：《静静的顿河》和《金瓯缺》。都是绝版多年的老书，在这里居然能找到，不能不说老板真是个牛人！

　　有这么好的书店，还能碰上这么多爱读书的人，我终于感觉到自己没那么孤单了！

夕阳武士　　2016.8.25

　　现在是晚上8：45，书店快要打烊了。

　　这是我第二次来这家书店。真的很感谢它，能为我提供一个休憩的港湾。

　　今天看了本关于唐伯虎的书。桃花坞里桃花庵，桃花庵下桃花仙，桃花仙人种桃树，又摘桃花换酒钱。酒醒只在花间坐，酒醉还来花下眠。半醉半醒日复日，花开花落年复年……

　　希望我终有一日也能当个桃花仙人，不问世事，偏安一隅。你有你的故事和酒，我有我的书本和茶。

　　很喜欢很喜欢这家书店！对于一个爱独处的人来说，一个人坐在窗边，听着耳机里的歌，看着窗外的细雨，我想我这个夜晚并不孤单！

　　这家书店给我感觉就如那句话：

　　数间茅舍，藏书万卷，投老村家。

　　山中何事，松花酿酒，煮水煎茶。

婧妤　　2017.2.15

英国有查令十字街84号

法国有莎士比亚书店

美国有岛上书店

还好，我们有古意旧书店

紫龙　2017.7.18

特意来古意旧书店感受一下。此刻世界也可以这么安静。

走过川流不息的人群，终于可以停下脚步，让灵魂松口气。

这么安静的地方，适合看书，更适合去发呆，想些美好的事。

唯一的遗憾就是没有碰上那位传说中的酷酷的书店老板，听说他总是一身青色长衫，不苟言笑。可惜，来了几次都没碰到。希望下次能遇到！

穿靴子的猫　2017.9.16

看到"那位传说中的酷酷的书店老板"这句时，云薇不禁一笑，转身在书店里环顾了一圈，最后将目光投向了柜台，只见一位年轻的男店员正在忙碌，看样子老板并不在。

在店内转了一圈，云薇突然发现展示架上放着几摞崭新的书，书名是"侠隐记"，不禁有些奇怪。看到前面几步开外有名女店员背对着自己在清书，于是轻轻唤了几声，不料对方毫无反应。

云薇正纳闷对方怎么不理自己，这时柜台前的那位年轻男店员走过来，笑着说："那位同事有听障，我是店长高飞，请问有什么需要我效劳的？"

"你们这里不是旧书店吗，为什么还有新书卖呢？"云薇问道。

"我们店里卖的新书只有一种，就是《侠隐记》，这是本地一位作家写的，我们老板看了，觉得很不错，就同意放在店内代售。后来彭雪崧市长也看了这本书，十分欣赏，觉得作为本地作家要大力宣传，于是一段时间这本书销得很不错。我们店就又进了两百本签名本长期销售。"

"哦，原来是这么回事。请问你们老板今天在吗？"

"我们老板参加捐赠仪式去了，要晚点才回来。"

"你们老板结婚了吗？"

听到这个颇为唐突的问题，高飞有些奇怪，仔细打量起面前这位年轻漂亮、打扮入时的女子来。云薇被他看得有些不好意思，急忙解释道："我是时尚杂志《季风》的编辑，我们主编想约秦风先生做一个人物访谈，因为不少女性读者对秦风先生的感情世界很好奇，所以我冒昧打听一下。"

"我们老板还没结婚，不过他已经有女朋友了。"

"他女朋友今天在吗？如果在的话，我也想采访一下。"

"她在国外，还没回来。"高飞说着，伴以一声长长的叹息。

"看来今天我是白跑一趟了，那改天我再过来吧。"

"等会买单时您可以参与机器人答题游戏，答对的话购书有优惠！"

"好的，我会试一试。"

留意到"免费阅读区"的每张书桌上都有一个留言簿，云薇心血来潮，在靠窗边找了个位置坐下，拿出笔在留言簿上写了起来。

买单时，云薇注意到柜台上果然有个萌萌的机器人，两尺来高，手脚灵活，眼睛一眨一眨地闪着蓝光。旁边是刚才那个年轻店长高飞，他见是云薇，笑道："您好！这是我们的机器人店员高达，拥有给顾客打折优惠的权利。您可以摸一下它胸口的触摸屏，参与答题游戏。"

　　云薇依言摸了一下，只见高达眼睛红光一闪，突然张嘴，瓮声瓮气道："您好！我是机器人高达，如果您能在十秒钟内回答出我的问题，您手中的书我们可以给您八五折优惠。"

　　"好的，请提问吧？"

　　"古意旧书店的创始人是谁？"

　　"啊？"云薇眉头紧锁，不知如何回答。她虽然知道这家书店现在的老板叫秦风，但要问创始人是谁，她还真不知道。

　　时间到了，高达又接着瓮声瓮气道："再给您一次回答问题的机会，答出来的话，您手中的书我们可以给您九折优惠。"

　　"好的。"

　　"《明月出天山》的作者是谁？"

　　"叶云生！"云薇脱口而出。

　　"回答正确，您手中的书我们可以给您九折优惠。"

　　"能回答出这个问题的人还真没几个。"高飞插嘴道，"毕竟这部书不是太出名！"

　　"是的，但是碰巧我知道。"云薇将书小心放入挎包内，回了对方一个笑脸。

53

云薇正要出"古意旧书店"门口时,手机响了,她急忙打开挎包拿手机,不小心和门外进来的一名男子撞了个满怀。男子连声致歉,云薇示意不要紧,一边接电话一边往外走。

男子在店内转了一圈,找到埋头在电脑前核对清单的高飞,拍了下他的肩膀。

"师父,你回来了!"高飞惊喜道,原来这名男子正是刚从"心语"咖啡厅赶回来的秦风。

"师父,刚才有一个《季风》杂志社的女编辑来找你,说要做人物访谈。"

"《季风》杂志社的女编辑。"秦风皱起了眉头,"她人呢?"

"走了没多久。这编辑挺八卦的,她问我你结婚了没有。"

"她还做了什么?"

"她好像在靠窗那边第一张书桌的留言簿上写了半天,也不知道写了些什么。"

秦风走到靠窗的第一张书桌前,拿起桌上的留言簿翻了起来,翻到有读者留言的最后一页,仔细阅读起这位神秘女顾客的留言。

亲爱的欣子：

　　终于来到这家你和我提起过无数遍的旧书店，和你描述得一模一样，我甚至想起了《查令十字街84号》中的一段文字，用来形容这家旧书店似乎也挺合适的：一走进店内，喧嚣全被关在门外。一阵古书的陈旧气味扑鼻而来……那是一种混杂着霉味儿、常年积尘的气息，加上墙壁、地板散发的木头香……极目所见全是书架——高耸直抵天花板的深色的古老书架，橡木架面经过漫长岁月的洗礼，虽已褪色仍径放光芒。

　　我在书店逛了半天，感觉生意还不错，进进出出的人络绎不绝，但却没有一点嘈杂的声音，看来喜欢来这里的都是真正的爱书之人。书店大堂一角有一面是留言墙，上面贴满了留言条，我忍不住好奇，也去看了半天。嘻嘻！你猜我看到了什么精彩内容，居然有女读者留言说，"唯一的遗憾就是没有碰上那位传说中的酷酷的书店老板，听说他总是一身青色长衫，不苟言笑。可惜，来了几次都没碰到。希望下次能遇到！"欣子，看来你的心上人很受欢迎，你可不要吃醋哦！

　　我也没有碰上"那位传说中的酷酷的书店老板"，听店长说他参加捐赠仪式去了。不过我已经帮你打听到了，他还没结婚，因为他还在等你！写到这里，我都要嫉妒了，什么时候你也帮我找一个这样痴情的男朋友。

　　欣子，你交给我的任务，我已经圆满完成了，现在就看你的了！你一定要好起来，因为这家书店和书店的老板都在等着你！

　　　　　　　　　　　　　　　　　　　薇薇　　2017.10.12

秦风看完信后，马上意识到什么，赶紧问高飞："那个女编辑什么样子？"

"她长得很漂亮，穿件橘黄色的风衣，披条杏红色的围巾，很好认的。"

"她往哪个方向去了？"

"不知道啊。"高飞一脸茫然。

这时，一旁默默看了半天的那位听障女店员走过来，带秦风走到门口，指着西侧方向，用手比画了半天，秦风马上明白，拔腿就往西边跑去。

还好西边只有一条路，路上也没多少车辆和行人，秦风一路狂奔了三四百米，终于看到一个穿着件橘黄色风衣的妙龄女子。

"你好！我是秦风，刚才是你找我吗？"秦风的突然出现把云薇吓了一跳，还好他赶快自报家门让云薇定下心来。

看着眼前这个跑得上气不接下气的青年男子，云薇上下打量了他一番，笑道："刚才是我找你。怎么不见你穿青色长衫啊？"

"我今天去参加捐赠仪式，所以就换了身衣服。"秦风解释了一下，急忙问道："你认识刘子欣吗？是不是她让你过来的？"

"我是刘子欣的好朋友云薇，是她让我来找你的。"

"她现在在哪里？"两年来第一次听到刘子欣的确切消息，秦风欣喜若狂，激动得抓住了云薇的肩膀，当对方惊叫了一声后，这才意识到自己的失态，赶紧松手。

"对不起，我刚刚太激动了，你赶快告诉我她在哪里？"秦风话里的焦灼让人完全无法联想起那个旁人眼中"不苟言笑"的书店老板。

"她现在在哪里我也不知道。"云薇的回答仿佛一桶冰水，把秦风浇了个透心凉。

看着秦风失望之极的表情，云薇有些不忍，接着道："我虽然不知道她现在在哪里，但我知道她为什么要离开你。"

"为什么？"

"这件事说来话长，我还是从头和你说起吧。"

两人在路上边走边谈，云薇表情有些忧伤，婉转悠扬的声音讲述了一个令人伤感的故事。

54

我和子欣从小在一个院子里长大，小学时便是姐妹淘，初中时继续同班又成了形影不离的闺蜜。

子欣拥有一样让我们羡慕不已的神奇本领，就是她的记忆力特别好，能够记住见过的每一个人、看过的每一本书，甚至只要她愿意，她可以将她过去几年内每一天发生的事情都从脑子里调出来，我们都笑她有一个超级大脑。

但是私底下，子欣却经常跟我抱怨，超强的记忆力给她带来了常人难以理解的烦恼：她晚上经常失眠头痛，因为随便一想事情，各种记忆就像潮水一样将她淹没；对于常人来说，时间是治疗感情创伤的最佳良药，但是对她用处不大，所有痛苦的记忆都被刻在脑海里无法抹掉，所以她但凡经历一次失败的感情，便会长时间地陷入负面情绪中难以自拔……

我在浙江大学读大四时，子欣已经去了美国哥伦比亚大学读研究生，独在异乡的她每周都会和我用电子邮件联系，我们依旧是无话不谈。一次子欣在邮件里说她不想活了，她被病痛折磨得生不如死。我急忙问她是怎么回事，她说她有一天上课时，突然脑子一震，眼前出现成千上万支黑色利箭遮天蔽日向自己射来，感觉大脑就像死机一样崩溃了，整个人晕倒在课堂上，不省人事。

同学把子欣送去医院后，医生怎么检查，都查不出来是什么毛病。因为病例十分特殊，全美知名的脑神经医学专家大卫·彼得森教授特地赶过来诊断，认定是一种极其罕见的超强记忆紊乱综合征，发病率为五千万分之一，目前尚无特效药物治疗。这种病只会出现在拥有超强记忆力的天才身上，发病时患者因为海量信息过载，大脑会临时出现类似于电脑死机的情况，患者会头晕头痛甚至昏迷不醒。这种病初期发病频率不高，两三个月发作一次，但越往后发病频率越高，直到每天多次发作。最后，患者容易因大脑频繁受到剧烈刺激而出现脑损伤甚至导致自杀状况。

随着病情的加剧，子欣决定退学，并写好了遗书。可就在她办理退学手续前，收到伯父从国内寄过来的一封信，信里让她回国一趟，帮忙打理一下书店。她最开始很犹豫，直到一个月后接到张超先生的电话，才知道伯父去世了，而他生前交代给她的，实际上是他的遗愿。于是，她便回国了。这之后，她和书店的故事，你应该比我更清楚。

离开你后，这两年间，子欣和我通过几封邮件，也讲了你和她的故事。我问她既然已经退学回国了，为什么还要离开你？她说，她知道自己得的是不治之症，她不想拖累你，所以和你定下这两年之约。希望两年后，你把也许已经离开人世的她忘记。至于她自己，就用这生命中最后的时光去看一看风景。

"那子欣现在到底怎么样了？"听到这里，秦风终于忍不住打断云薇的话。

看着秦风激动得七情上脸的样子，云薇叹了口气，又接着往下说。

也是子欣命不该绝，一天她经过云台山，在庙里拜佛时突然晕倒，众人束手无策，一位老和尚站出来，帮她推血过宫，将她救醒。子欣说自己的病是绝症，不劳大师费力了。不料这位老和尚竟是禅宗中的得道高僧云休大师，不仅佛法高深，而且精通医术，了解子欣病情后，说她这种病实际上是心魔作怪而产生的一种癔症，可以通过修行和疗养来进行治疗。于是，子欣便跟随云休大师在深山里修行疗养。

"子欣她出家了吗？！"秦风惊讶得合不拢嘴。

"如果能治好病，你能接受她出家吗？"云薇问道。

"只要她能好好活着，我什么都能接受！"

看着秦风愁云惨淡的脸，云薇理了理思绪，又接着往下说。

子欣起初也有出家之意，但云休大师说她尘缘未尽，只允许她带发修行。让她和几个女居士一起，在寺庙旁的僧舍里一边修学佛法，一边疗养身体。

　　至于子欣为什么不跟你联系，原因很简单，一开始，她不想拖累你；修行期间，更是与外界断绝了一切联系，只有当每两个月下山采购生活用品的时候，子欣才会离开僧舍，到山下的小镇上买必需品，她还是放不下你，于是抽空去上网看你给她发的邮件，她不想把自己现在的情况告诉你，但又怕你担心，于是每次会给你回一封邮件已读的回执。

　　"她的病现在治好了吗？"秦风着急道。

　　"云休大师给子欣对症下药开的方子确实有效，第一年子欣还发了四次病，但症状一次比一次有所减轻；到了第二年，就上半年发了一次病，下半年到目前为止还没有发作过。照云休大师的诊断，今年下半年子欣如果能平安度过，那么她的病就彻底痊愈了。"

　　"现在已经快到两年之期了，子欣她怎么还不回来呀？"

　　"子欣她也很犹豫，一方面她从小到大一直饱受莫名病痛的困扰，一定程度上也产生了厌世情绪，这两年在云休大师的开导下，随着身体的康复，皈依佛门的念头也越来越强；另一方面，她心中始终放不下你，所以她这次托我过来，打听一下你的情况，如果你已经另有新欢的话，她也就没必要再过来和你见面了。"

　　"你告诉她，我一直在等她！如果她不出现，我就去云台山找她，哪怕她已经出家，我也要亲口跟她说几句话！"

"什么话？"

"我爱她，不管她变成什么样！"

云薇用一种复杂的眼神看着秦风，就像科考队员注视着刚从冰川冻层中挖出来的尸骨不化的古代武士。终于，她用手指向右前方。

秦风顺着她的手势看过去，只见右前方十米外的一棵大树后走出一个窈窕动人的女子，穿着件青灰色的素色汉服，眉头似蹙非蹙，脸上似喜非喜，不是别人，正是刘子欣！

后　记

　　第一次给自己的作品写《后记》，感觉很奇妙。回想起写作的过程，就像做梦一样，每天脑子里充满了各种奇思妙想，我甚至觉得书中的故事不是被我创造出来的，而是早已存在的遗迹，我只不过像一个考古学家，利用手头的工具将它从地里完好无损地挖出来。

　　以前看美国作家乔·昆南的随笔《大书特书》时，感觉作者就是打着读书的幌子，整了本《我的读书生涯》的自传，顺便罗列出上百本自己或喜欢或讨厌的书。老实说，作为一名嗜书瘾君子，这种夹带私货的事情我也想做一做，于是在这本关于书和书店的小说里也小小尝试了一下，希望读者不要介意。

　　感谢我的父亲，他的书房和书柜是我儿时的天堂。感谢我的母亲，在我小时从未拒绝我逛书店和买书的要求。因为他们，我才得以成为一个对书如此痴迷的书虫。

　　最后，我想感谢在我的前半生，伴我一路走来的那数千本书籍，因为有了它们，我才拥有了一个诗意的世界，而不至于被现实世界中的烦恼和喧嚣所久久困扰。就像日本作家石田衣良在

《孤独小说家》中所说：

  我想在场的各位，应该都有被书籍拯救过的经历。在生活苦不堪言的时候，在人生失去方向的时候，在厌恶一切的时候，无意中拿起一本书，它能推你一把，让你迈出新的一步，让你产生重新面对社会的勇气，连一本滑稽可笑的书里，也有拯救生命的力量。我非常庆幸能一直不舍不弃坚持写到现在，感谢书籍世界带给我的一切。

  是的，我要感谢书籍世界带给我的一切！
  喜欢一句话，就用它来为这篇《后记》收尾吧——
  人生苦短，阅读使其变得美好而悠长。